BESTSELLERWORLDBOOK 43

양치는 언덕

미우라 아야코 지음 | 서치헌 옮김

소담출판사

서치헌

한국외국어대학교 경영정보학과 및 동대학 동시통역대학원 졸업.
각종 국제회의, 삼성전자 등에서 통역일을 했으며,
현재는 프리랜서 번역가로 활발하게 활동 중이다.

sodampublishingcompany

BESTSELLER WORLDBOOK 43

양치는 언덕

펴낸날 | 1993년 10월 15일 초판 1쇄
       1996년 6월 12일 중판 1쇄
       2004년 2월 25일 중판 6쇄
지은이 | 미우라 아야코
옮긴이 | 서치헌
펴낸이 | 이태권
펴낸곳 | 소담출판사
       서울시 성북구 성북동 178-2 (우)136-020
       전화 | 745-8566~7 팩스 | 747-3238
       e-mail | sodam@dreamsodam.co.kr
       등록번호 | 제2-42호(1979년 11월 14일)

ISBN 89-7381-043-X 00830
● 책 가격은 뒤표지에 있습니다.

www.dreamsodam.co.kr

ひつじが丘

三浦綾子

"인간이란 완전하지 못해요.
언제나 무슨 잘못을 저지르고 있어요.
잘못을 저지르지 않고서는 살아갈 수
없는 것이 인간이에요."

ひつじが丘

차례

여고 시절

혜엄이라도 쳐보고 싶은 파란 하늘이었다. 가만히 바라보니 하늘 깊숙한 곳에서부터 끌어당기는 듯한 가느다란 명주실 같은 구름이 솟아오르고 있었다.

점심 식사를 끝내고 스기하라 교코(杉原京子)는 교실 2층 창가에 기대어 아까부터 하늘을 바라보고 있었다. 흰 명주실처럼 보이던 구름은 점점 엷은 베일이 되어 어느새 선명하게 떠오르고 있었다. 겨우 구름의 형태를 취하자 교코는 미소를 지으며 시선을 아래쪽 교정으로 돌렸다. 사람이라고는 그림자도 보이지 않는 넓은 교정에 배구공 하나가 굴러가고 있었다. 교정의 둘레에는 6월의 햇살을 듬뿍 받은 라일락이 피어 있었다.

삿포로 사람들은 오래 전부터 교코가 다니는 학교를 '기다미즈(北水)여고' 라는 정식 이름이 아닌 '라일락 여고' 라고 부르고 있었다. 라일락나무가 많았기 때문이다. 보라색에 흰 그림 물감을 가득 섞어놓은 듯한 라일락꽃과 그 향기가 교코는 좋았다. 투명한 흰 피부와 어딘가 그늘져 보이는 교코의 옆얼굴은 세일러복보다는 오히려 기모노가 더 어울릴 듯한 모습이어서 소화(昭和) 24년(1949)의 여고생으로는 보이지 않았다.

식사를 마친 학생들 몇 명이 책상 위에 걸터앉아 유행가를 부르기 시작했다.

「……누구를 기다리나

긴자(銀座)의 모퉁이……」

요즘 유행하는 '캉캉 아가씨'다.

그러자 다른 한 패가 맞장구를 치듯이,

「……푸른 산맥

눈 녹이는 벚꽃……」

하고 노래하기 시작했다.

'캉캉 아가씨'와 '푸른 산맥'이 교실에 가득 울려 퍼졌다. 그때 이 3학년 A반 교실 문이 요란하게 열렸다. 갑자기 노랫소리가 멈추었다.

「빅 뉴스, 빅 뉴스!」

밝고 낭랑한 목소리의 주인공은 바로 옆 B반의 야마자키(山崎) 다미코였다. 뚱뚱한데다가 피부는 검지만 가슴의 호크가 금세 터질 것 같은 풍만한 가슴을 하고 있다. A반 학생들은 갑자기 나타난 다미코를 보자 저마다 이죽거렸다.

다미코는 뉴스 보도부장으로 자처하고 있다. 날마다 여러 가지 뉴스를 같은 학년의 네 학급에 요란하게 전하고 다녔다. 그런데 그 뉴스라는 것이 교장이 복도에서 휴지를 주웠다든지, 어느 선생님이 구두를 새로 사 신었다든지 하는 따위의 하찮은 뉴스뿐이었기 때문에 관심을 가질 만한 것이 못 되었다. 그러나 그녀의 몸짓, 손짓과 요란한 말씨에는 애교가 있어서 교장이 휴지를 주운 정도의 이야기라도 듣는 사람을 즐겁게 하고 웃음을 자아내게 했다. 그래서 A반 학생들은 미리부터 웃을 준비를 하고 야마자키 다미코에게 시선을 모으고 있었다.

「뭐, 야마자키의 빅 뉴스라면 뻔하잖아? 수위실의 고양이 미케가 새끼를 몇 마리 낳았다는 정도겠지.」

누군가가 이죽거렸다.

「굉장해…… 아, 멋진 애야!」

누가 뭐라고 하든 다미코는 귀도 기울이지 않고, 힘껏 자기 가슴을 치고 나서 한숨을 쉬었다.

「멋진 애? 누구 말이야?」

반에서 제일가는 미인으로 자타가 공인하는 가와이 데루코(川井輝子)가 질 수 없다는 듯 아름다운 눈썹을 치켜올렸다. 예쁜 얼굴이지만 가는 눈매가 쌀쌀하다. 데루코는 최근 유행하는 롱스커트를 본떠서 학교 규칙이 허용하는 한도까지 길게 늘어뜨린 스커트와 등길이를 더 이상은 어떻게도 해볼 수 없을 정도로 짧게 한 세일러복을 세련되게 입고 있었다.

「누구냐 하면 말이야, 이제 곧 나타날 애야. 전학 온 모양이야. 이 반의 다케야마(竹山) 선생과 교장실에서 나오는 걸 봤단 말이야.」

명랑한 다미코는 가와이 데루코의 찡그린 얼굴은 거들떠보지도 않는다.

「정말 그렇게 예쁜 애니?」

누군가가 말했다.

「물론이야, 미스 삿포로나 미스 홋카이도(北海道)라도 될 수 있을 거야. 거짓말이라면 내 목을 내놓을게. 정말이지 그렇게 인상이 좋은 애는 처음 봐. 아휴, 바쁘다 바빠! 다른 반에도 빨리 알려야지.」

야마자키 다미코는 뜀박질을 할 때처럼 양쪽 주먹을 허리춤에 대고 교실에서 뛰쳐나갔다. 그러더니 곧 되돌아와서 얼굴만 불쑥 내밀고,

「왔다, 왔어!」

하고 외치더니 윙크를 하고는 다시 달려나갔다.

교코는 저도 모르게 얼굴에 미소를 지었다. 말할 수 없이 기뻤다. 가와이 데루코는 어쩐지 요즈음 교코에게 쌀쌀하게 굴었다. 선생님들, 특히 남자 선생님들이 교코를 귀여워해 주기 때문인지도 모른다.

무엇보다도 괴로운 일은 작은 요릿집 딸인 자기를 사장 딸인 데루코가 'ㅇㅇ'이라고 드러내 놓고 놀려대는 것이었다.

'우리 집은 ㅇㅇ집과는 달라.'

여자 혼자 몸으로 오빠 료이치(良一)와 자기를 길러 온 어머니의 고생을 교코는 잘 알고 있었다. 그래서 'ㅇㅇ'이라고 놀릴 때마다 데루코를 찔러 죽이고 싶을 정도로 미워했다. 그러나 교코는 콧대가 높은 데루코와는 말싸움조차 할 수 없었다.

방금 야마자키 다미코가 말한 대로 예쁜 아이가 새로 들어온다면, 데루코는 교코에 대한 라이벌 의식을 이 애에게로 옮길 것이 분명하다. 그래서 교코는 무척 기쁘게 생각했던 것이다.

야마자키 다미코가 뛰어나간 뒤, 곧 담임인 다케야마 데쓰야(竹山哲哉)

선생이 교실 입구에 나타났다.

다케야마 데쓰야는 영어 선생이다. 이마에 흘러내린 헝클어진 머리카락을 자연스럽게 뒤로 넘긴 것이 학생들에게는 큰 매력으로 보였다. 다케야마의 순박하면서도 열의 있는 영어 수업은 인기가 있었다. 만약 다케야마가 열의 있는 교사가 아니었더라도 당연히 인기가 있었을 것이다. 26세의 미혼 남성이라는 점만으로도 여고생들에게는 충분히 매력적인 존재이다. 더구나 다케야마는 언제 보아도 깔끔한 느낌을 주는 청년이었다.

다케야마의 뒤를 따라 전입생이 들어왔다. 날씬하게 균형 잡힌 몸매였다. 그 모습을 보자 시끌시끌하던 학생들은 갑자기 감전이나 된 듯이 숨을 죽였다.

「소개하겠어요. 하코다테(兩館)의 T여고에서 전학해 온 히로노 나오미 양입니다.」

다케야마는 이렇게 말하고 칠판에 또박또박, '廣野奈緒實 양'이라고 썼다.

깊이 가라앉은 듯한 나오미의 검은 눈동자에 학생들의 시선이 금세 빨려 들어갔다.

주목을 받으면서도 히로노 나오미는 부끄러워하지도 않았다. 목각(木刻)처럼 선명한 쌍꺼풀을 깜박이지도 않고 침착하게 학생 전체를 바라보고 고개를 숙였다. 그러는 그녀의 행동은 무척 어른스러워 보였다.

A반 학생들은 신임 교사를 맞이하는 듯한 착각을 느꼈다. 그러나 그것은 기분 좋은 압박감이었다.

「히로노 나오미 양의 아버지로 말하면……」

다케야마가 말하고 있을 때였다. 나오미가 부드럽게 웨이브 진 약간 긴 단발머리를 강하게 흔들며 다케야마의 말을 가로막았다. 다케야마는 의아스럽게 나오미를 바라보았다. 그러나 곧 두세 번 고개를 끄덕이고 씁쓸하게 웃었다.

「그럼 여러분, 사이 좋게 지내요.」

이렇게 말하고 나서 다케야마는 교코를 불렀다.

「스기하라(杉原) 양!」

「네.」

갑자기 자기 이름을 부르자, 교코는 얼굴이 빨개져서 자리에서 일어났다. 교코는 나오미를 처음 본 순간부터 이상한 느낌에 빠져 넋을 잃고 그 얼굴을 바라보고 있었다.

「저 학생이 스기하라 교코 양이에요. 스기하라 양의 옆 자리가 비어 있으니까 그곳에 앉도록 해요.」

다케야마는 이렇게 말하고는 서둘러 교실에서 나가 버렸다.

나오미는 천천히 교코의 옆으로 다가왔다. 교코는 자기가 전학생이기나 한 것처럼 두근거리는 가슴을 억누르고,

「저…… 스기하라 교코예요. 잘 부탁해요.」하고 말하며 얌전히 고개를 숙였다. 나오미나 교코는 상대방이 자기의 일생에 중대한 연관을 갖는 존재가 되리라고는 그때는 꿈에도 생각하지 못했다.

나오미의 눈에 정다운 미소가 떠올랐다. 교코는 그것을 보는 것만으로도 가슴이 벅차 올랐다. 나오미는 고개만 끄덕이고 자리에 앉았다.

나오미의 자리는 창가였다. 교코는 말을 걸고 싶어 몇 번이나 나오미 쪽

을 바라보았다. 그러나 나오미는 아무 말 없이 맑은 하늘을 바라볼 뿐이었
다.

나오미에게는 쉽게 말을 건넬 수 없는 그 무엇이 있었다. 새침한 것은
아니었다. 쌀쌀한 것도 아니었다. 자기 방에 갇혀 있는 것처럼 나오미는
혼자가 되어 있었다.

턱을 받치고 하늘을 바라보는 나오미에게는 3학년 A반의 어느 누구에
게서도 찾아볼 수 없는 묘한 분위기가 감돌고 있었다. 그것은 고독이라고
불러야 하는 것인지도 몰랐다.

'가와이 같은 건 발끝에도 못 따라가.'

교코는 슬쩍 데루코 쪽을 돌아보았다.

오후의 수업을 알리는 벨 소리가 울려 왔다.

그날 수업을 마친 A반 학생들은 자신들도 모르게 들떠 있었다. 북국(北
國)의 6월 햇살은 금모래처럼 부드럽게 살결을 어루만졌다. 학생들은 교
정의 라일락 나무 아래 앉아 있었다. 손질이 잘된 잔디 위에 저마다 멋대
로 다리를 쭉 뻗고 있었다.

「그 히로노라는 아이 참 이상하더라. 끝내 아무하고도 말 한 마디 하지
않고 가버렸잖아. 말을 몇 마디 주고받았다고 해서 하나님에게 벌받는 것
도 아닐 텐데 말이야.」

가와이 데루코의 아니꼽다는 말투였다.

「그렇지만 난 오히려 그게 매력적이더라. 그 아이는 조잘조잘 지껄이는
것보다는 그처럼 하늘을 바라보고 있는 게 더 어울려.」

「그래 맞아. 그 편이 오히려 신비스러워 보였어.」

「그리고 말이야, 그 아이는 무척 어른스럽잖아? 머리도 꽤 좋은 것 같지 않니?」

「그렇지만 역시 너무 새침한 것 같아.」

누가 데루코의 편을 들었다.

「어머, 너무해. 새침한 게 아냐. 말을 아주 잘해도 인상이 나쁜 아이는 있잖아.」

「그래 맞아. 히로노는 어딘지 모르게 숙연한 느낌을 주는 호수 같은 아이야.」

학생들은 저마다 나오미에 대한 인상을 서로 몇 마디씩 주고받았다.

「교코, 너 반한 모양이더구나. 혹시 열받은 거 아니니?」

「어머, 교코는 다케야마 선생이야. 그보다 너야말로 나오미, 나오미라고 노트에 잔뜩 쓰고 있더구나.」

「응, 그래. 나도 질세라, 히로노에게 열을 올려야지.」

「괜히 헛수고하지 마.」

대부분의 학생들이 나오미에게 호의적이었다.

교코는 방금 누군가,

「교코는 다케야마 선생이야.」 하고 말한 것이 마음에 걸렸다. 다케야마 데쓰야와 교코의 오빠 료이치는 대학 시절부터 친구 사이였다. 그래서 가끔 세 사람이 함께 거리를 거닐 때도 있었는데, 그것을 본 어떤 학생이 다케야마와 교코의 사이가 수상하다는 소문을 퍼뜨린 적도 있었다.

'나는 히로노와 친구가 될 거야.'

교코는 다케야마 선생님에 대해서는 관심이 없다고 자기 자신에게 말하고 싶었다.

잔디에 라일락 그림자가 길게 드리워져 모두들 집으로 돌아가려고 할 때였다. B반의 야마자키 다미코가 실내화를 끌고 잔디 위로 달려왔다.

「다미코, 이번엔 호외(號外)야?」

누군가 던진 말에 모두들 쾌활하게 웃었다.

「그래 그래, 호외야. 그런데 너희들 그 전학 온 아이의 정체를 알고 있니?」

다미코는 남이 웃어도 전혀 개의치 않았다.

「정체라니?」

「그러니까 어떤 내력의 아이인지 아느냐, 이런 말씀이야.」

A반 학생들은 서로 얼굴을 마주보았다. 담임인 다케야마가 「히로노 양의 아버지는……」 하고 말하려고 했을 때, 머리를 강하게 흔들며 말문을 가로막던 나오미의 인상이 학생들 마음에 남아 있었다.

'어떤 집안의 아이일까?'

'어쩌면 우리 집과 비슷한 집안일지도 몰라.'

교코는 나오미가 자기와 같은 처지이기를 내심 바라고 있었다.

「야마자키, 넌 알고 있니?」

누군가 물었다.

「물론! 알고 있지. 너는 이 다미코가 지옥에서 나는 소리도 들을 수 있는 귀를 갖고 있다는 걸 모르는구나. 다케야마 선생이 아버지를 소개하려고 했을 때 그 이쁜이가 안된다고 말했었지? 그것도 다 알고 있단 말씀이야.」

「이쁜이, 이쁜이 하지 마. 히로노 나오미라는 이름이 분명 있잖니.」

가와이 데루코가 쌀쌀하게 말했다.

「안다. 알아. 히로노 나오미라는 이름쯤은.」

다미코는 남자 같은 어투로 말했다.

「도대체 어떤 집안의 아이인데?」

가와이 데루코는 무척 궁금했다.

「진정해. 너처럼 돈 많은 사장의 따님은 아니니까, 안심이지? 아까 교무실에 갔더니 시바다(柴田) 선생이 '오늘 새로 들어온 아이는 꽤 예쁘더군요, 어떤 집 아이입니까?' 하지 않겠어. 그러자 다케야마 선생이 '목사의 딸인데 말입니다, 그걸 소개하려고 했더니 싫다는 거예요. 왜 그랬을까요?' 하지 뭐야.」

'목사?'

교코는 무척 실망했다. 나오미는 자기와 비슷한 집안의 딸이 아니었던 것이다.

「목사? 그럼 어째서 남에게 알려지는 걸 싫어했을까?」

기다미즈 여고는 미션 스쿨이기 때문에 목사는 존경받는 존재였다.

「그러게 말이야, 목사님의 따님이라니 멋지다 애. 부끄러워할 일도 아니잖아?」

이야기꽃을 피우는 급우들을 등지고 교코는 천천히 자리에서 일어났다.

* * *

다케야마 데쓰야는 내일 있을 수업 준비를 하고 있었다. 방과후의 교무실에는 두세 명의 교사가 남아 있을 뿐이었다. 운동장에서 가끔씩 함성이 들려 왔다. 교사 팀과 3학년 학생 팀의 배구 시합이 시작되었던 것이다.

「다케야마 선생님!」 하고 부르는 소리에 고개를 들어보니 앞에 앉은 마쿠다(幕田)가 길다란 얼굴을 쑥 내밀듯이 하면서 말했다.

「선생님 반의 히로노 나오미라는 학생의 수업 태도가 좋지 않더군요.」

마쿠다는 쉰 살에 접어든 국어 선생이다. 머리가 아주 하얗게 세어 나이보다 더 늙어 보였다.

「마쿠다 선생님 시간에도 수업 태도가 나쁩니까?」

다케야마는 무심코 이렇게 물었다. 마쿠다는 미션 스쿨의 교사로서는 과격한 사나이다. '벼락' 이라는 별명이 있을 정도로 가끔 학생들에게 고함을 친다.

「나쁜 정도가 아니에요. 나를 쳐다보고 수업을 들은 적이 한 번도 없어요. 필기도 하지 않고…….」

마쿠다는 어이없다는 듯이 말했다.

「주의를 주셨습니까?」

「아니, 그게 말이죠. 그 애는 왠지 주의를 주기가 힘들더군요. 오늘은 꼭 주의를 줘야지 하면서도 그만 기회를 놓쳐 버리곤 해요.」

마쿠다는 쓰디쓰게 웃었다.

「그래요? 미안합니다. 제가 주의를 주겠습니다.」

벼락이라는 별명을 가진 마쿠다조차도 주의를 줄 기회를 놓친다고 한다면, 다른 선생들도 마찬가지일 것이라고 다케야마는 생각했다.

다케야마는 지금도 수업 준비를 하면서 자기가 어느새 히로노 나오미를 의식하고 있다는 것을 알게 되었다. 나오미는 전학 온 지 열흘이 지났는데도 수업 시간에 손 한 번 든 적이 없었고 필기조차 하지 않았다.

처음에는 전학 온 지 얼마 안되니까 학교 분위기에 적응하지 못한 탓일 거라고 생각했다. 내일은 한 번쯤 손을 들고 대답할 거라고 생각했다. 그래서 반 학생 전원이 대답할 수 있는 질문을 유도해 보기도 했다. 그러나 나오미는 여전히 창 쪽만 바라보고 있을 뿐이었다. 다른 학생들이 소리를 내어 웃을 때에도 나오미는 전혀 웃지 않았다.

다케야마는 날이 갈수록 초조해졌다. 요즈음은 나오미를 생각만 해도 가르친다는 일에 자신을 잃을 것 같았다.

다음날 다케야마는 나오미의 태도를 꼭 고쳐 주어야겠다는 생각을 하고 교실에 들어섰다. 교재는 다케야마가 직접 등사한 맨스필드의 『원유회(園遊會)』였다. 나오미는 여전히 시선을 창 밖으로 두고 있었다.

다케야마는 속이 부글부글 끓어오르는 것을 참고 교재를 읽어 나갔다. 그는 수업의 흐름을 중단하고 싶지가 않았다. 학생 한 명 때문에 다른 학생들의 시간을 빼앗는 것은 가능하면 피하고 싶었다. 방과후에 나오미를 불러 주의를 주는 것이 좋겠다고 생각했다.

수업 시간이 거의 끝나 가고 있었다.

「그럼 지금 말한 것은 중요하니까 필기해 두세요.」

다케야마는 이렇게 말하며 학생들을 둘러보았다. 학생들은 저마다 고개를 앞으로 숙이고는 필기를 하기 시작했다. 그는 나오미를 보았다. 나오미의 책상 위에는 공책도 필통도 놓여 있지 않았다.

데쓰야는 이제 더 이상 참을 수가 없었다.

「히로노!」

학생들이 깜짝 놀라 고개를 들 만큼 엄한 말투였다. 나오미는 천천히 시선을 데쓰야 선생에게로 돌렸다. 신기한 것이라도 바라보는 듯이 나오미는 다케야마 선생의 엄한 시선을 받아들였다.

「히로노, 왜 필기를 안 하지?」

나오미는 얼굴을 들고 데쓰야를 가만히 바라보기만 할 뿐 아무 대답도 하지 않았다.

「너는 오늘뿐만이 아니야. 수업 시간에는 언제나 창 밖만 내다보고 있어. 대체 무슨 생각을 하고 있는 거지?」

나오미는 아무 대답도 하지 않았다.

「무슨 생각을 하고 있냐고 묻고 있잖아!」

데쓰야는 다그쳐 물었다. 나오미는 천천히 일어섰다. 학생들은 필기하는 것도 잊고 나오미를 쳐다보았다.

「I have been thinking about your wife. What a wonderful woman she will be! How happy she is to be married to a man like you!」

(선생님의 부인은 얼마나 멋진 여성일까 하고 생각하고 있었어요. 선생님 같은 분과 결혼한 여성은 얼마나 행복한 분일까 하고요.)

굉장히 유창한 영어였다. 또 정확한 발음이었다. 그러나 약간 빠르게 말했기 때문에 학생들은 무슨 의미인지 잘 알 수 없었다. 그러나 아무리 영어 시간이라고 해도 꾸중을 듣고 즉시 영어로 대답한 나오미에게 학생들은 감탄했다.

다케야마의 얼굴에 피가 역류하여 모였다. 그것은 분노인 듯하면서도 분노는 아니었다. 나오미의 말을 액면 그대로 받아들인 것은 아니다. 그러나 26세의 독신인 다케야마에게는 강렬한 말이었다. 한편으로는 놀림을 당한 느낌도 없지 않았다. 그러나 자기의 분노에 가볍게 응수한 나오미를 꾸짖고 싶지는 않았다. 오히려 나오미를 꾸짖지 못하는 자기 자신이 부끄러울 뿐이었다.

벨이 울렸다. 교실에서 나올 때 다케야마는 나오미를 돌아보고 싶었다. 그러나 그대로 복도로 나와 버렸다. 그날 이후 나오미는 3학년 A반의 우상이 되고 말았다.

＊＊＊

아침부터 후텁지근하게 무더운 날씨였다. 1학기가 끝나는 날이었다. 드디어 긴 여름 방학이 내일부터 시작되는 것이다. 교코는 어떻게 해서든지 한 번은 나오미와 함께 가고 싶었다.

나오미는 다케야마에게 주의를 받은 후로 수업 시간에 밖을 내다보는 일은 없었다. 그러나 자진해서 손을 들거나 하지는 않았다. 여전히 말이 없고 다른 학생들과 이야기를 나누는 일도 없었다. 하루의 수업이 끝나면 언제나 혼자서 집으로 돌아가곤 했다.

「안녕!」

오늘도 나오미는 교코에게 이렇게 말하고는 급히 교실을 빠져나갔다. 오랜 방학을 앞두고도 작별을 아쉬워하는 기색 같은 것은 보이지 않았다. 교코는 서둘러 뒤쫓아갔다. 현관을 나서는 나오미를 불렀다. 나오미가 뒤돌아보았다.

「저어……」

「왜 그래?」

「저어…… 같이 가지 않을래?」

나오미는 곤란한 듯이 찌푸린 하늘을 잠깐 쳐다보았다.

「미안하지만 오늘은 좀 들러서 갈 데가 있어.」

나오미는 가볍게 고개를 숙이고 가려고 했다. 그때였다.

「목사댁 따님은 ○○집 딸 같은 건 상대하지 않는대.」

들으란 듯이 큰소리로 말했다. 나오미는 멈칫했다. 어느새 가와이 데루코가 적의에 찬 눈초리를 번뜩이며 현관 앞에 서 있었다. 나오미는 그녀를 향해 발길을 돌렸다.

「지금 뭐라고 했지?」

「목사댁 따님이 ○○집 딸 같은 건 상대할 리가 없다고 그랬어.」

「○○집 딸이라니, 누가?」

「뻔하잖아, 저 애 말이야.」

데루코는 턱으로 교코를 가리켰다.

「교코네 집은 ○○집이 아냐.」

「그런 걸 네가 어떻게 알지?」

데루코는 야무지게 쏘아붙였다.

학생들이 4, 5명 다가왔다. 교코는 얼굴이 새파랗게 질려 입술을 지그시 깨물고 있었다.

「교코, 어서 가자.」

나오미는 교코의 등에 손을 얹었다. 교코의 눈에서 눈물이 뚝뚝 떨어졌다. 교코의 눈물을 보자, 나오미는 데루코를 쳐다보며 말했다.

「가와이, 이런 실례가 어디 있니?」

「뭐가 실례야, ○○집이니까 ○○집이라고 했는데.」

「너무했어, 그렇게 심한 말을 함부로 하는 게 아냐. 가와이, 너 무슨 이유로 이렇게 교코를 무시하는 거야?」

「나한테는 그 애를 무시할 권리가 있어.」

데루코는 태연하게 쏘아붙였다. 나오미는 기가 막히다는 듯이 데루코의 얼굴을 눈여겨보았다.

「가와이, 남을 무시할 권리는 아무도 갖고 있지 않아. 누구도 무시해서는 안돼.」

나오미의 말을 듣고 데루코는 아니꼽다는 듯이 웃었다.

「그래? 그럼 너에게 묻겠는데, 너는 전학 온 지 한 달이 지났어. 그런데 네 태도는 그게 뭐야. 사람을 바보로 취급하는 거 아냐? 반 아이들과는 별로 말도 하지 않고 선생들의 이야기도 듣는 둥 마는 둥, 손 한 번 들어 본 적이 있어? 네가 오히려 사람을 무시하고 있는 거 아냐?」

데루코는 기세가 등등하여 말했다. 순간 나오미는 놀란 표정으로 데루코를 바라보았다. 어느새 주위에는 학생들이 모여들었다.

「히로노는 선생이나 반 애들을 무시하고 있어. 그건 학교 전체를 무시하고 있는 거야. 그런데 '남을 무시해서는 안 된다' 고 설교를 하다니, 아무리 목사의 딸이라지만!」

데루코는 계속 다그쳤다. 나오미는 잠시 입을 다물고 있었으나 곧 깊이 깨달은 듯이 고개를 끄덕였다.

「정말 그랬구나. 가와이, 넌 정말 좋은 충고를 해줬어. 고마워.」

의외로 솔직한 나오미의 말에 데루코는 당황한 듯한 표정을 지었다.

「나는 절대로 너희들을 무시한 게 아냐. 그렇지만 듣고 보니 가와이의 말이 맞아. 내가 잘못했어. 나는 다만 생각으로 머리가 가득 차 있었던 거야.」

「생각? 말도 안 돼. 선생님 이야기도 귀에 들리지 않을 만큼 생각에만 잠겨 있었다는 거야? 친구들과 말을 건넬 사이도 없을 만큼 생각에 빠져 있었다는 거야? 엉터리 수작 그만해!」

「엉터리 수작이 아냐. 그러나 내가 어느 누구하고도 말하고 싶지 않았던 건 사실이야. 그게 실례라는 걸 이제야 잘 알게 되었어. 내가 잘못했어. 미안해!」

나오미는 계속해서 말을 이었다.

「하지만 가와이, 네가 교코에게 한 말도 잘못이라고 생각해.」

「나는 조금도 잘못했다고 생각지 않아.」

데루코는 뻔뻔스럽게 말했다.

「어머!」

참다 못해 교코가 입을 열었다.

「가와이, 우리 집은 작은 요릿집을 하고 있지만, ㅇㅇ집은 아냐.」

교코의 목소리는 떨리고 있었다.

「아냐, ㅇㅇ집이야.」

데루코는 조금도 물러서지 않았다.

「그만둬, 가와이.」

나오미가 나섰다.

「너는 아무것도 모르면서 왜 나서니, 잠자코 있어!」

「가와이, 너도…….」

「아까 말했잖아, 난 저 애를 무시할 권리가 있다고…….」

순간 데루코의 눈에서 눈물이 글썽거렸다. 나오미는 데루코가 어째서 눈물을 보이는지 알 수 없었다.

갑자기 데루코가 휙 돌아서서 교실 쪽으로 뛰어갔다. 둘러싼 아이들의 울타리가 무너졌다.

「어째서…… 어째서 그런…….」

지독한 말을 지껄이냐고 교코는 말하고 싶었다.

「가와이는 너무해.」 하고 나오미는 말했지만, 단순한 심술로 데루코가 교코를 몰아세웠다고는 생각되지 않았다. 단순한 심술치고는 너무나 지나치다고 생각했다.

두 사람은 말없이 아카시아 가로수 밑을 걸었다. 미국 병사들이 거리를 활보하고 있었다. 그들 주위만이 활기가 있어 보였다.

두 사람은 찻집 '엘름' 앞에 이르렀다.

「목이 좀 마른데, 들어가지 않을래?」

나오미가 먼저 '엘름'으로 들어갔다. 점심때가 가까워 찻집은 약간 혼잡했다. 입구에서 가까운 곳에 두 사람은 자리를 잡았다.

「입구 근처라 어수선하지만…….」

나오미는 침울한 교코의 얼굴을 보면서 말했다.

「난 화가 나면 무척 식욕이 생겨서 카레라이스를 세 접시쯤 거뜬히 비워 버려.」

나오미의 말에 교코는 겨우 미소를 지어 보였다. 그때 안쪽에서 남자들

서너 명이 입구 쪽에 있는 카운터로 다가왔다. 그 중의 한 사람이 고개를 숙이고 있는 교코를 바라보더니 가볍게 웃고 나서 그 눈길을 나오미에게로 옮겨 갔다. 그의 시선은 멈춰 버렸다.

나오미는 무심코 두세 걸음 떨어진 곳에 서 있는 그 사나이를 쳐다보았다. 어린아이와 같은 맑은 눈이 놀란 듯이 나오미를 바라보고 있었다. 나오미와 시선이 마주치자 사나이는 나오미에게서 눈을 떼지 않고 테이블로 다가왔다. 나오미는 자기도 모르게 몸이 뻣뻣해지는 것 같았다.

「어머!」

고개를 숙이고 있던 교코가 소리를 질렀다. 사나이는 바지 호주머니에서 100엔짜리 몇 장을 꺼내더니 아무렇게나 테이블 위에 놓고 곧 밖으로 나가 버렸다.

나오미는 어안이 벙벙해졌다.

「오빠야.」

교코는 얼굴을 붉히면서 100엔짜리를 작게 접었다.

해빙기

목사관의 콘크리트 벽을 온통 뒤덮고 있는 그 짙은 녹색 담쟁이덩굴이 나오미의 방 창문을 절반쯤 가리고 있었다. 바람이 스쳐 가면 담쟁이덩굴 잎사귀가 흔들렸다. 찌는 듯이 무더운 8월 여름 방학의 오후다. 나오미는 흰 블라우스에 프랑스 자수를 놓고 있었다. 내일은 이 블라우스를 입고 오다루(小樽)의 오다모이로 혼자 놀러 갈 참이었다. 나오미는 오다모이를 잘 모른다. 다만 아름다운 곳이라는 이야기만 들었을 뿐이다.

「나오미, 편지 왔다.」

아버지 히로노 고스케(廣野耕介)가 파자마 차림으로 방에 들어왔다. 사람을 빨아들일 것만 같은 나오미의 검은 눈동자는 아버지를 닮은 것 같았다. 어깨가 딱 벌어진 고스케의 체격은 일본인 같지가 않았다.

나오미는 말없이 편지를 받아 들었다. 1년 전부터 나오미는 학교에서나 집에서나 말을 하지 않았다. 발신인의 이름을 보고 나오미는 깜짝 놀랐다.

「왜 그러니?」

나오미는 아무 대답도 하지 않았다. 다케야마 데쓰야라고 달필로 쓰여진 이름을 나오미는 바라보고 있었다. 고스케는 딸의 얼굴을 빙그레 웃으면서 바라보았다. 나오미는 고스케의 화난 얼굴을 한 번도 본 적이 없었다. 그는 언제나 다정했다. 2, 3년 전에는 이런 일도 있었다.

나오미가 현관 옆방에서 공부를 하고 있는데 요란하게 문을 여는 소리가 들렸다. 나가 보니 검은 안경을 낀 사내가 어깨에 힘을 주고 서 있었다.

「아버진 없어?」

우렁차지만 음침하고 고약한 목소리라고 생각했다. 그때 고스케가 나타났다.

「이것 봐, 이걸 어떡할 셈이야?」

사나이는 고스케의 얼굴을 보자 더러운 손을 불쑥 내밀었다. 교회 앞을 지나가다가 커다란 돌에 걸려서 넘어졌다는 것이다. 괜히 트집을 잡으려는 것이다. 고스케는 묵묵히 사나이의 손을 보고 있었다.

「어떡할 셈이냐고 묻잖아!」

사나이는 버럭 소리를 질렀다. 고스케는 여전히 잠자코 있었다.

「이 자식이 사람을 어떻게 보고 이래!」

사나이는 갑자기 주머니에서 단도를 꺼내 마루 끝에 꽂았다.

「지금 몇 살인가?」

고스케가 차분하게 입을 열었다.

「뭐 어쩌고 어째?」

사나이는 화를 버럭 내면서 단도를 치켜들었다.

「어머니의 이름은 뭔가?」

고스케는 미소를 짓고 있었다. 사나이는 언짢은 눈초리로 고스케를 바라보았다. 두려운 기색이라고는 조금도 찾아볼 수 없는 고스케의 모습은 몸집이 큰 만큼 무척 당당해 보였는지도 모른다.

「돈이 필요한 모양이군. 그러나 돈이나 물건 같은 건 금세 없어지게 마련이야.」

사나이는 어느새 온몸이 굳어 버린 듯 고개를 숙이고 있었다. 나오미는 혹시 아버지를 단도로 쿡 찌르면 어쩌나 싶어 불안에 떨고 있었다.

「그런데 우리 집에는 절대로 없어지지 않는 귀중한 것이 있네. 하여튼 이리 들어오지 그래.」

사나이는 마침내 엉거주춤하며 「죄송합니다, 나리.」하고는 달아나 버렸다. 고스케는 사나이에게 성경책을 주려고 했던 모양이다.

「아버지는 무섭지 않으세요?」

나오미가 겁에 질린 목소리로 물었을 때,

「사랑에는 두려운 것이 없다고 성경에 적혀 있단다.」하고 고스케는 태연하게 말하는 것이었다. 외출한 어머니 아이코(愛子)가 집에 돌아왔으나 고스케는 이 일에 대해 말하지 않았다.

아이코와 남편 고스케는 어딘가 닮은 데가 있었다. 아이코는 여자 고등사범학교를 졸업한 다음 학생들에게 수학을 가르쳤다. 매우 느긋한 성격이라서 가끔 스웨터를 뒤집어 입고 장보러 가는 일도 있었다. 뿐만 아니라, 쇼핑을 하면 거스름돈 받는 것을 잊어버리거나, 돈만 지불하고 물건은 그대로 두고 오기도 했다. 그러면서도 남의 이름이나 얼굴은 잘 기억하여 100명이 넘는 교회 식구들의 생일이나 가족 관계를 훤하게 알고 있었다.

거지가 오면 절대로 돈을 그냥 주는 일이 없고, 반드시 뜰 안의 풀을 뽑게 하거나 장작을 패게 했다.

「당신은 거리를 다닐 만큼 기운이 있으니까 풀을 뽑는 일이라도 좀 거들어 줘요. 남의 돈을 공짜로 받으면 거지가 돼요.」 하고 거지를 웃게 만드는 얘기도 곧잘 했다. 그리고는 거지와 함께 풀을 뽑으며 거지의 신상 이야기를 들었다. 소경이거나 절름발이라도 일을 시켰다. 거리를 돌아다닐 수 있는 사람이 일하지 못할 리가 없다는 것이었다. 이런 고스케와 아이코의 외동딸로 자란 나오미가 웬일인지 1년 전부터 말이 없어졌다. 그러나 고스케와 아이코는 그런 나오미를 나무라거나 이유를 묻지 않았다.

고스케가 방에서 나가자, 나오미는 다케야마 데쓰야에게서 온 편지 봉투를 가위로 잘랐다. 굵은 만년필로 쓴 커다란 글자가 시원시원했다.

삿포로에서 처음 보내는 여름이 어때요? 바다가 있는 하코다테가 그립겠군요.
실은 여름 방학 동안에 한번 방문하려 했으나, 교사로서 그다지 부지런한 편이 못 되기에 여름 방학만큼은 푹 쉬어야겠다는 생각에서 방문을 하지 않기로 했어요.
그러나 방학이 앞으로 얼마 남지 않고 보니 다소 우울해져요. 히로노 나오미라는 존재가 나를 우울하게 만들고 있어요.
솔직하게 묻고 싶어요. 나오미는 어째서 수업 태도가 나쁘죠? 학교 성적은 어느 과목이나 좋아요. 그러나 성적보다 수업 태도가 더 중요하다고 생각해요.

나오미는 예쁘고 매끄러운 입술을 지그시 깨물었다.

하코다테 여고에 다닐 때의 성적만 보아도 나오미가 조금만 적극성을 가져 준다면 반 전체에도 좋은 영향을 주게 될 거라고 생각해요. 모든 일에 소극적인 지금의 나오미는 본래의 모습이 아니라고 생각해요. 나오미는 오히려 사나울 정도로 야성적인 정열을 갖고 있지 않나 하고, 지난번 영어 시간의 인상에서 추측하고 있어요. 이 추측이 맞다면 여기서 쌩긋 웃어 줘요.

나오미는 자기도 모르게 쌩긋 웃었다.

어쨌든 고칠 수 있다면 지금의 나쁜 태도를 빨리 고쳤으면 해요. 말못할 고민이나 무슨 사정이 있다면 얘기해 줘요. 별로 지장이 없는 일이라면 담임으로서 알고 싶어요. 8월 18일 오후에 시간이 있으면 나를 찾아 줘요.

8월 13일

다케야마 데쓰야

　나오미는 편지를 다 읽고 나서 책상 위에 올려 놓았다. 다케야마의 비누 냄새가 풍길 듯한 깔끔한 얼굴을 머리 속에 그려보았다. 나오미는 지금까지 이런 솔직한 충고를 어느 교사에게서도 들어 본 적이 없었다. 특히 하코다테의 T여고에서는 아버지 고스케가 일주일에 한 번씩 예배설교를 담당하고 있었으므로, 나오미는 어쩐지 특별 대우를 받고 있는 것 같았다.
　나오미는 다케야마의 편지를 다시 읽어본 후 곧 펜을 들었다.

편지 잘 받았습니다. 하코다테의 여름보다도 삿포로의 여름이 더 좋아요. 그것은 선생님의 편지를 받았기 때문인지도 몰라요.

여기까지 쓰고 나서 나오미는 편지지를 구겨서 던져 버렸다. 무슨 말을 어떻게 써야 할지 종잡을 수 없었다. 나오미는 블라우스를 집어들었다. 조금만 더 놓으면 보랏빛 포도송이를 다 수놓을 수 있었다.

* * *

다케야마에게서 편지가 온 다음날도 아침부터 무더웠다. 히로노 가(家)의 식사가 곧 시작되려는 참이었다. 고스케는 가라앉은 목소리로 식전 기도를 올렸다. 넓은 교회 뒤쪽에 있는 목사관은 조용했다. 뜰 안의 느릅나무에서 매미 한 마리가 울고 있었다.

고스케와 아이코가 머리를 숙이고 경건하게 기도드리는 모습을 나오미는 굽어보는 듯한 자세로 바라보고 있었다. 식탁 위에는 소금을 넣어 찐 감자와 치즈 그리고 찬 우유가 놓여 있었다.

「……오늘도 이 식사로 하여금 하나님을 섬기는 힘을 주옵시고……」

긴 기도가 끝났다. 고스케와 아이코가 「아멘」 하고 동시에 말했다. 그러자 나오미는 말없이 우유를 한 모금 마셨다. 꾸중을 들으면 「오타루 행 기차를 놓친단 말이에요. 무슨 기도가 그렇게 길어요.」 하고 말할 작정이었다. 그러나 고스케와 아이코는 우유를 마시고 있는 나오미를 보고 빙그레 웃어 보일 뿐이었다. 나오미는 말할 수 없이 외로웠다.

두 시간 후에 나오미는 오다모이 곶(바다나 호수로 뾰족하게 내민 땅—옮긴이)에 혼자 와 있었다. 사방이 유리로 된 큰 식당이었다. 손님은 몇 사람 되지 않았다. 바닷가의 자그마한 언덕 벼랑에 세워진, 이 유리로 둘러싸인 식당에 들어서자 나오미는 바닷속에 떠있는 작은 섬에 있는 것 같은 착각이 들었다.

나오미는 조금 이른 점심을 마치고 자리에서 일어났다. 창가로 가서 유리창 너머로 먼 수평선을 바라보았다. 바다로 나가는 배라고는 그림자도 볼 수 없었다. 눈이 부시게 빛나는 한여름의 바다는 의외로 쓸쓸했다.

「멋진 빛깔인데.」

조금 떨어진 곳에서 중얼거리는 소리에 나오미는 무심코 그 사람에게 시선을 돌렸다. 눈을 가늘게 뜨고 조용히 바다를 바라보는 사나이의 얼굴이 낯설지 않았다. 사나이가 힐끗 나오미를 보았다.

「아!」

나오미는 들릴락말락한 소리를 질렀다. 어린 사내아이처럼 맑은 눈을 크게 뜨고 반가운 듯 미소를 지었다. 교코의 오빠 스기하라 료이치였다.

「겨우 찾아냈네요.」

숨바꼭질할 때의 어투로 말하면서 료이치는 가까이 다가왔다. 흰 와이셔츠에 회색 바지가 잘 어울렸다.

「학교에서 교코와 짝이 되었다면서요. 히로노 나오미라는 이름도 정확하게 기억하고 있어요. 기억력 좋지요? 칭찬해 주세요.」

나오미는 뭐라고 대답해야 할지를 몰랐다. 료이치와 다케야마 선생과는 대학 동창이라고 들었다. 그러니까 나오미보다도 일곱 살 위일 것이다. 그러나 료이치는 초등학생보다도 순진하고 붙임성이 있어 보였다.

「지난번에 처음 만났을 때 난 깜짝 놀랐어요. 뭐라 할까요, 아름답다는 말로는 표현할 수 없어요. 그때 당신을 본 감동을 표현할 말은 이 세상에 없지 않을까요? 난 정말 놀랐어요.」

다른 남자의 말이라면 불쾌하게 들렸을지도 모른다. 그러나 료이치의 맑은 눈동자에는 아무 사심도 없어 말이 자연스럽게 들렸다.

'처음 만난 사람에게 이렇게 자기 마음을 솔직하게 털어놓다니, 이 사람은 언제나 진실밖에 모르는 사람일 거야.'

나오미는 자기가 연장자 같은 착각까지 느끼면서 부드럽게 미소를 지어 보였다. 살결이 창백해서인지 료이치는 환자 같은 느낌도 들었다.

「교코는요?」

「아, 같이 왔어요. 아마, 저 아래쪽에서 수영을 하고 있을 거예요, 당신도 수영하러 왔나요?」

두 사람은 어느새 테이블에 앉아 있었다.

「아니에요. 오다모이가 좋은 데라는 말은 들었지만 수영을 할 수 있는 곳인 줄은 몰랐어요.」

「아니, 그럼 수영을 하지 않을 건가요? 이거 실망이 큰데요. 당신의 수영복 입은 모습을 보고 싶은데…….」

나오미는 놀라면서도 료이치를 바라보았다. 료이치는 경치에 대한 이야기라도 하는 듯한 천진스러운 얼굴로 말했다.

「나 당신을 한번 그리고 싶은데요. 당신의 얼굴도 좋지만 당신이 갖고 있는 분위기랄까, 뭐랄까. 아무튼 좋은 그림이 될 수 있을 거예요.」

「그림을 그리세요?」

「난 화가가 되어야겠다는 걸 대학을 졸업할 쯤에야 알았어요. 바보지요? 지금 신문사에 있는데 그림을 그릴 시간이 없어서 애를 먹고 있어요.」

료이치는 가볍게 입을 일그러뜨렸다. 방금 이야기를 나누기 시작했는데도 나오미는 료이치의 말 한 마디 한 마디에 마음이 끌렸다. 이 사람은 남의 마음을 편안하게 만드는 이상한 마력을 가졌다고 생각했다.

「좀 걸을까요. 동굴에 가보았어요?」

「아니오. 먼저 배부터 채워야겠다는 생각에서 여기 들어왔어요.」

나오미는 자리에서 얼른 일어섰다.

사람이 겨우 오갈 수 있는 좁다란 길이었다. 한번 발을 잘못 디디면 아래는 수십 미터의 절벽이었다. 군데군데 철책이 쳐져 있었다. 저 아래 좁다란 평지에 해수욕을 하는 사람들이 모여 있었다.

바위를 뚫은 길로 들어서자 물이 바위에서 스며 나왔다. 이곳을 빠져나가자 다시 절벽 위에 올라설 수 있었다.

「지금 내가 나오미 양을 밀어 아래로 떨어뜨려도 남들은 실수해서 그렇게 된 줄로 알 테지요.」

료이치는 일부러 나직한 목소리로 말했다.

「어머, 무서워요.」

료이치는 웃으며 나오미의 손을 잡았다. 자연스러워서 거절하는 쪽이 부자연스럽게 생각되었다. 나오미는 손을 잡힌 채 료이치의 뒤를 따랐다.

「나오미 양도 집안일을 별로 거들지 않나 보군요.」

「왜요?」

「손이 이렇게 부드러우니 말이에요. 책만 읽어 이론만 앞서는 아가씨인 모양이군요.」

36

「어머, 이래뵈도 뭐든지 척척 해내요. 청소도 빨래도요.」

「허, 대단하군요. 그럼 내가 색시로 삼을까?」

료이치는 뒤를 돌아다보면서 웃었다. 나오미는 손을 뿌리치고, 료이치의 곁을 살짝 빠져나갔다. 그리고 료이치 앞을 성큼성큼 걸어갔다.

「아니, 취소하죠. 당신은 남편도 깔아뭉갤 소질이 농후하니까.」

료이치가 큰소리로 말하자, 나오미는 멈춰 서서 몸을 비틀고 웃었다.

곶의 맨 끝에 다다르자, 그 위의 좁다란 곳에 올라가 료이치는 노래를 부르기 시작했다.

「얼마나 푸른 하늘인가

얼마나 푸른 바다인가

얼마나 푸른 당신인가

얼마나 푸른 당신인가.」

산타루치아의 가락을 제멋대로 가사를 붙여 부르더니 료이치는 나오미에게 말했다.

「내 노래 솜씨 대단하죠? 칭찬해 줘요.」

나오미는 소리를 내어 웃었다. 나오미는 오늘 오래간만에 소리를 내어 웃을 수 있었다. 사실 료이치는 잘 이어지는 바리톤으로 곧잘 노래를 불렀다. 그러나 나오미는 말했다.

「별로 잘 부르지 못하는데요.」

「정말? 내가 잘 부르지 못해요?」

료이치는 정말로 기가 죽었다.

「아니에요. 잘 불러요. 그렇지만 저보다는 못해요.」

「허, 당신이 그렇게 잘 불러요? 그렇다면 한번 들려주지 않을래여?」

나오미는 순순히 방금 료이치가 즉흥적으로 부른 가사대로 불렀다.

노래가 끝나자 료이치는 진지한 얼굴로 나오미를 바라보며 말했다.

「당신, 성악가가 되는 게 좋겠군, 난 눈물이 나올 뻔했어요.」

나오미는 료이치가 거의 울먹이며 눈을 적시고 있는 것을 보고 크게 감동받았다. 료이치라는 인간의 천진스러움이 너무 좋았던 것이다.

몇몇 사람이 곳 끝까지 왔지만, 두 사람은 계속해서 노래를 합창했다. 두 사람은 오랫동안 사귄 친구처럼 마음이 통했다.

료이치와 나오미는 다시 위태로운 낭떠러지를 지나 천천히 되돌아왔다. 평탄한 광장에 나서자 나오미가 문득 멈춰 섰다. 식당 한쪽 벤치에 우윳빛 블라우스 차림의 교코와 다케야마 데쓰야가 바다를 등지고 앉아 있었다. 교코의 말에 무언가 자꾸만 고개를 끄덕이고 있는 다케야마를 나오미는 보았다. 다케야마가 와 있다는 말을 료이치는 하지 않았다.

「다케야마 선생님도 오셨군요.」

「다케야마? 아, 저 녀석은 나오미의 선생이지!」

나오미는 다케야마에게서 받은 편지를 생각했다. 다케야마는 료이치와 나오미를 보자 자리에서 일어났다. 나오미는 웬일인지 도망치고 싶었다.

「어머, 나오미!」

교코가 달려왔다. 나오미는 어쩔 수 없이 다가갔다.

「누구와 같이 왔니?」

「나하고. 내가 전화로 불러냈어.」

료이치는 진지한 얼굴로 말했다.

「허, 히로노와 스기하라는 아는 사이였나?」

다케야마는 혼자서 중얼거리듯이 말했다.

「아는 정도가 아니야. 친한 사이야.」

료이치는 재미있다는 듯이 말했다. 다케야마는 나오미를 지그시 바라보았다. 나오미는 어쩐지 어색한 기분으로 다케야마에게 눈인사를 했다. 어제 편지에 대해서는 다케야마도 나오미도 한마디도 꺼내지 않았다.

교코가 다케야마에게 바싹 다가서서 료이치와 뭐라고 이야기하고 있는 것을 나오미는 조금 떨어져서 바라보았다. 다케야마의 시선이 이따금 나오미에게로 쏠렸다. 그럴 때마다 나오미는 바다로 시선을 돌렸다.

료이치와 만나서 명랑해진 나오미의 마음은 다케야마를 만나자 다시 어두워졌다. 어두워졌다기보다는 오히려 무거워졌다.

「왜 그러는 거야, 나오미?」

료이치가 나오미의 옆에 와서 어깨에 손을 얹었다.

「아무것도 아니에요.」

나오미는 애써 밝은 표정으로 대답했다.

식당에서 잠시 쉬고 나서 네 사람은 산에 오르기로 했다. 학교에서는 그토록 나오미와 이야기를 나누고 싶어했던 교코가 오늘은 다케야마에게서 떨어지지 않았다. 자연히 나오미는 료이치와 나란히 걷게 되었다.

오후부터 해가 기울기는 했지만 산길은 무더웠다. 바싹 마른 길은 재처럼 푸석거렸다. 나오미와 료이치는 화가 고갱과 루오의 이야기를 하면서 교코보다 앞서서 걸었다. 료이치가 갑자기 멈춰 서서 진지하게 말했다.

「난 말이오, 가끔 그림을 그리는 게 무서워져요. 무엇 때문인지 알아요?」

나오미가 모르겠다고 고개를 옆으로 흔들자 료이치가 말을 이었다.

「난 내가 천재가 아닌가 하고 생각할 때가 있어요. 그렇지만 막상 다 그리고 나면 실망해요, 알겠어요?」

료이치가 말하는 루오나 마티스도 재미있었지만, 어쩐지 나오미의 마음은 그다지 동요되지 않았다.

기차 속에서 료이치는 역시 피곤했는지 꾸벅꾸벅 졸고 있었다. 부드러운 얼굴이었다. 다케야마와 교코는 시고츠 호(支笏湖)의 이야기를 하고 있었다. 시고츠 호는 나오미가 모르는 호수였다.

「시고츠 호에서 캠핑하고 싶어요. 안 그래요, 나오미?」

교코가 다정하게 말을 걸었으나, 나오미는 잠든 체하면서 차창에 머리를 기대고 있었다.

삿포로에 도착하니 어느새 전등이 반짝이고 있었다.

「히로노, 내가 바래다주지.」

역에서 나와 다케야마가 이렇게 말했을 때, 교코의 얼굴이 금세 어두워지는 것을 나오미는 놓치지 않았다.

「그러시는 게 좋겠네요.」 하고 교코가 말했으나, 나오미는 「저 혼자서도 갈 수 있어요. 안녕히 가세요.」 하고는 성큼성큼 걸어갔다.

「안녕.」

료이치와 교코의 목소리를 등뒤에 남기고 나오미는 무척 쓸쓸했다. 전차도 타지 않고 나오미는 달려가듯이 재빨리 걸어갔다.

「히로노!」

다케야마 선생의 목소리가 들려 왔다. 나오미는 말없이 뒤돌아보았다.

「걸음이 매우 빠르군.」

다케야마는 나오미 곁으로 다가섰다.

「바래다주지.」

「네, 하지만…….」

「편지 받았지?」

「네.」

「2학기부터는 수업 태도를 고치는 거지?」

나오미는 대답하지 않았다. 두 사람은 육교 위에 서 있었다. 육교 밑으로 기차가 지나갔다. 두 사람은 걷기 시작했다. 다케야마도 말이 없었다. 다케야마에게는 교코를 대할 때와 같은 부드러움도 없었다. 나오미가 말하지 않고 있으니 다케야마도 입을 열지 않았다. 두 사람은 금세 거리를 벗어나 홋카이도 대학 구내에 들어섰다. 여름방학의 대학 구내는 조용했다. 자전거로 구내를 빠져나가는 사람이 몇몇 있을 뿐이었다.

「히로노, 왜 언제나 그렇게 시무룩해 있지?」

다케야마가 멈춰 섰다. 커다란 포플러 숲이었다. 붉은 구름이 스러져 황혼이 깃드는 하늘에 포플러의 그늘이 검게 우뚝 서 있었다.

어두컴컴한 잔디 위에 두 사람은 마주 서 있었다.

「2학기부터는 활발하게 공부해 줄 거지?」

나오미는 아무 대답도 하지 않았다.

「히로노, 내가 걱정하는 걸 그렇게 모르겠어?」

나오미는 가와이 데루코의 말을 떠올리고 있었다.

'히로노는 선생이나 반 아이들을 모두 무시하고 있어. 그것은 학교 전체를 무시하고 있는 거야.'

「어째서 대답이 없는 거지? 네가 남자애였다면 때려주었을 거야.」

다케야마는 이렇게 말하고 몇 걸음 떼어놓았다. 나오미는 다케야마의 말에 마음이 흔들렸다. 자기도 모르게 다케야마의 뒷모습을 바라보다가 갑자기 휙 돌아서서 서둘러 그 자리를 벗어나려고 했다. 몇 걸음 떼어놓지 않아서 다케야마가 뒤쫓아왔다.

「히로노!」

나오미는 앗 하고 뺨을 만졌다. 다케야마 선생이 뺨을 때렸던 것이다.

「도대체 왜 그러는 거야? 그 따위 응석받이 근성은 버려.」

다시 한번 뺨이 화끈거렸다.

나오미는 잠자코 다케야마 선생을 쳐다보았다. 다케야마 선생은 그녀의 눈이 젖어 있는 것을 보았다.

「미안해, 손찌검을 하다니…….」

나오미는 조용히 고개를 옆으로 저었다.

「나는 남을 때려 본 적이 없어……. 미안해. 여자에게 손을 대다니.」

「아니에요, 매맞을 행동을 한걸요.」

두 사람은 커다란 나무 아래에 앉았다.

「선생님, 죄송해요. 걱정을 끼쳐 드려서…….」

나오미가 고개를 숙였다.

「어째서 너는 수업 시간에 손도 안 들고 친구들과 얘기도 안 했지?」

「모르겠어요, 저도.」

「몰라?」

「네, 그저 갑자기 세상이 시시하게 여겨지고, 이따금 아버지 어머니가 진짜 부모일까 하는 생각도 들고…….」

「왜 그런 생각을 하지?」

「아마도 아버지나 어머니에게서 꾸중을 듣는 일이 다른 친구들보다 적어서 그런 생각을 하게 되었을지도 몰라요. 어떤 친구는 툭 하면 '아버지에게 야단 맞는다' 거나 '어머니에게 혼난다' 고 말하거든요. 언젠가 갑자기 어째서 나는 꾸중을 듣지 않을까 하고 생각하기도 했어요.」

「아버지 어머니의 얼굴을 닮지 않았어?」

「아니에요. 얼굴은 아버지를, 목소리는 어머니를 닮았어요…….」

「그럼 진짜 딸이지 뭐야.」

「네. 하지만 부모를 좋아하면서도 때로는 미워하기도 하고, 존경하고 있는데도 한편으로는 경멸하기도 해요. 아무튼 이 세상은 살 만한 가치가 있을까 하고 생각하면 모든 게 하찮게 여겨져요.」

「음, 그렇긴 해. 하지만 그런 일은 너희 나이에는 흔히 있는 일이야. 그런데 살아가는 문제라면 아버지에게 물으면 되잖아, 목사님이니까.」

「그 목사라는 게 싫은 거예요. 목사의 딸이라는 게 싫어요.」

「아니 왜? 도무지 이해할 수가 없는 일이군.」

「전 왈가닥이거든요. 목사의 딸답게 사는 건 무척 어려워서…….」

「아, 그래? 그야 그럴 테지.」

다케야마는 나오미가 전학해 온 날의 일을 상기해 보았다. 그날 나오미는 아버지의 직업을 소개하는 것을 한사코 거절했었다.

「전 어렸을 때부터 교회 사람들이 귀엽다고 추켜세우고, 부모로부터 별로 꾸중을 듣는 일도 없고…… 왜 그런지 시시해서…….」

「그럼 나한테 얻어맞아서 깜짝 놀랐겠군.」

「아니에요…… 오히려 기뻤어요.」

나오미는 저녁놀 속에서 얼굴을 붉혔다.

「뭐, 기뻤어?」

다케야마는 나오미의 고독한 감정에 휘말려 들어가는 듯싶었다.

「선생님, 저 가와이한테서도 충고를 받았어요. 제 태도는 남을 무시하는 거라고요.」

「응, 얘기는 들었어. 스기하라 교코한테서.」

「이젠 고치겠어요. 죄송해요.」

「그럼 안심이군. 그런데 나오미는 꽤 괴팍한 데가 있군 그래. 그렇게 창밖만 내다보고 필기도 하지 않고, 남과 이야기도 하지 않으면서 태연할 수 있었으니까 말이야. 개성이 여간 강하지 않아.」

그러나 이렇게 개성이 강한 나오미도 결국 인격과 인격의 억센 충돌을 원하고 있었다는 것을 다케야마는 느낄 수 있었다. 결국은 진정으로 사랑해 줄 사람을 찾고 있는 것이 아닌가 하고 다케야마는 그날의 영어 시간을 떠올려 보았다. 나오미는 기분 내키는 대로 아무렇게나 지껄인 말처럼 들렸지만, 나오미는 누군가 꾸중해 주길 바래왔고 그래서 기뻐한 것이 아닌가 하고 이제 와서 다케야마는 생각했다.

「선생님, 오늘은 기쁜 일만 일어나고 있네요. 교코의 오빠하고 처음으로 이야기도 하고…… 그처럼 순수한 느낌을 주는 사람은 지금까지 본 적이 없어요. 그분같이 어린애들끼리의 대화처럼 천진스럽게 얘기할 수 있는 사람은 드물 거라고 생각했어요.」

「……」

「전 그분이라면 믿을 수 있을 것 같아요.」

다케야마는 잠시 골똘히 무언가를 생각하고 있는 것 같았으나 「스기하라는 좋은 남자야, 그렇지만……」 하고는 더 말하려다가 입을 다물어 버렸다.

지금 나오미는 이야기가 통할 수 있는 료이치를 발견하고, 전혀 다른 사람처럼 쾌활해졌다. 그것도 좋은 일이라고 다케야마는 생각했다.

「벌써 어두워졌군.」

다케야마는 자리에서 일어났다.

＊ ＊ ＊

졸업식이 다가오자 눈이 많이 쌓였지만 햇볕은 제법 따스했다. 나오미는 료이치를 알고, 다케야마에게서 뺨을 맞은 이후로 딴사람처럼 쾌활해졌다. 부모에게서 물려받은 포용력도 지니고 있어서 주위에 친구가 많이 생겼다. 그러나 가와이 데루코만은 여전히 교코와 나오미를 적대시하고 있었다. 복도에서 만나도 슬쩍 외면하곤 했다.

「일찍 왔구나, 가와이.」

나오미는 변함없이 아침마다 명랑한 인사를 건넸지만 데루코의 표정은 쌀쌀하기만 했다.

반 학생의 절반 이상이 대학에 진학하지 않는다. 고등학교가 생긴 지 얼마 안 되었기 때문에 구제(舊制) 여학교보다 1, 2년 더 학교에 다녔다고 생각했는지도 모른다. 데루코는 도쿄에 있는 대학에 진학하기로 되어 있었다. 나오미는 삿포로의 초급 대학에 진학해서 유치원 보모 자격증을 취득할 생각이었다. 아이들을 좋아하기 때문이기도 하지만 나오미의 진정한 소망은 아이들을 위해 단 한 편이라도 좋으니 동화를 쓰는 것이었다. 나오미는 여성이야말로 아이들을 위한 동화를 써야 한다고 생각하고 있었다. 그러기 위해서는 많은 아이들과 접촉하여 아이들의 세계를 알고 싶었다. 그러나 나오미는 이 진정한 소망을 교코에게조차도 말하지 않았다.

교코는 홋카이도 도청에서 근무하기로 되어 있었다.

졸업식 전날에 나오미는 결단을 내려 데루코의 집을 찾아갔다. 서로 허물없이 얘기하다 보면, 데루코의 오해도 풀리고 교코와 자기, 그리고 데루코도 가벼운 마음으로 졸업할 수 있을 거라고 나오미는 생각했다.

데루코의 집은 모이와 산(藻岩山) 부근인 주택지에 있었다. 높다란 돌담으로 둘러싸여 있는 넓은 정원에는 나무가 많았다.

오후의 햇살을 받은 지붕 위의 눈이 녹아서 낙숫물이 하염없이 밑으로 흘러내리고 있었다.

초인종을 누르자 몸이 마른 가정부가 조심스럽게 얼굴을 내밀었다. 그리고 가정부가 안으로 들어가자 적의를 드러낸 데루코가 털실로 짠 푸른색 기모노에 주홍빛 띠를 두르고 나타났다.

「무슨 볼일이 있니?」

쌀쌀한 태도였다. 물론 들어오라는 말도 하지 않았다.

「내일이면 우리는 헤어지잖니? 그래서 너하고 조용히 얘기하고 싶어서……」

「얘기? 난 별로 할말이 없는데…….」

「그렇지만 난 이렇게 헤어지고 싶지 않아. 앞으로 또 어떤 인연이 있어 만나게 될지도 모르잖아. 기분 좋게 헤어지고 싶어.」

나오미의 말에 데루코가 싸늘하게 웃었다.

졸업

「놀랐는데.」

데루코는 문턱에 선 채 나오미를 내려다보면서 시큰둥하게 웃었다.

「왜?」

나오미는 데루코가 무슨 말을 할지 알 수 없었다.

「그렇지 않고? 나와 너희들은 단지 반이 같았기 때문에 알고 지냈을 뿐이야. 졸업하면 너희들과 나는 사는 세계가 달라.」

「그래? 목사의 딸은 가난뱅이고, 교코는 물장수 딸이니까 이제는 만날 일이 없다는 거야?」

「그래, 앞으로 만날 일이 없을 테구, 난 이대로 그냥 헤어지는 게 좋아.」

데루코는 가느다란 눈으로 나오미를 쳐다보았다.

「진심이야, 데루코?」

「응, 진심이야.」

「영원한 이별이라면 난 더욱 기분 좋게 헤어지고 싶어. 그럼, 교코에게 무슨 전할 말 없어?」

「그 따위 애한테!」

데루코는 내뱉듯이 말했다.

「어째서 그 따위 애라는 거야? 교코처럼 착한 애를 왜 그렇게 미워하니?」

「제일 미워, 그런 불결한 인종!」

「왜 너보다 불결하다는 거니? 알다가도 모를 일이구나.」

나오미도 이젠 더 이상 참을 수가 없었다. 그러나 기분 좋게 헤어지기 위해 일부러 찾아온 것이다. 나오미는 입술을 깨물었다.

「넌 몰라도 돼. 난 바빠.」

그만 돌아가라는 말투였다.

「한 가지만 묻고 싶어. 무엇 때문에 날 미워하는 거야?」

「미우니까 미운 거야. 이유 같은 건 없어.」

그때 오른쪽 복도를 따라 오버 코트를 걸친 50대쯤 되어 보이는 남자와 데루코를 닮은 중년 부인이 현관으로 나왔다.

「데루코, 친구냐?」

풍채가 좋은 그 남자는 번질번질하고 붉은 얼굴을 하고 있었다.

「히로노라고 합니다.」

나오미는 인사를 했다.

「아주 미인이군.」

데루코의 아버지는 오버를 들고 서 있는 나오미를 머리에서 발끝까지 훑어보았다.

「들어오지 않고…….」 하고 데루코의 어머니가 말하자 데루코는 「괜찮아요, 이 앤 지금 돌아갈 거예요.」라고 말하고는 불쑥 안으로 들어가 버렸다.

「어머, 데루코! 그런 실례가…….」

데루코의 어머니는 당황한 듯이 나오미를 쳐다보았다.

「실례하겠어요.」

나오미는 화가 나면서도 한편으로 데루코라는 인간이 불쌍하게 생각되었다.

「집이 어디냐? 태워다 줄게. 마침 나가는 길이니까…….」

나오미는 순순히 데루코의 아버지를 따라 기다리고 있던 차의 옆자리에 앉았다. 데루코는 무례했지만, 데루코의 아버지와는 아무런 상관이 없는 일이라고 나오미는 생각했다.

「집이 어디지?」

「고맙습니다. 미쓰코시(三越) 앞까지만 태워다 주세요.」

하늘이 흐려지더니 또 눈이 내릴 것 같은 날씨였다.

「데루코와 싸우기라도 했니?」

「아니에요.」

「싸움도 하지 않았는데, 데루코는 언제나 말투가 그러니?」

나오미는 대답하기가 난처했다. 그렇다고 모든 걸 자세히 얘기한다는 것은 고자질을 하는 것 같아서 싫었다.

「저를 싫어해요.」

「허허, 아주 좋은 아가씨 같은데. 거 우리 앤 문제야. 삼형제의 막내에다 응석꾸러기니까, 좀 잘 봐줘.」

이야기를 해보니 인상보다는 인품이 그렇게 나쁜 것 같지 않았다. 이야기 속에는 어딘지 모르게 쓸쓸한 그늘이 드리워져 있었다.

「내일 졸업식에서는 서로 친해 보려고 했는데…….」

「암 그래야지. 그런데 데루코는 아가씨의 어디가 마음에 안 든다는 거지?」

「저와 가까운 친구를 싫어해요. 그래서…….」

데루코가 교코네를 ○○집이라고 욕했다는 말은 하지 않았다.

「그래서 아가씨까지 싫어하는 건가? 거 참 여자들이란 묘하군 그래.」

데루코의 아버지는 웃었다.

「그 아이는 착하지만…… 단지 요릿집 딸이기 때문에…….」

「그래? 그 친구의 이름이 뭔데?」

「스기하라 교코라고 해요.」

「스기하라?」

데루코의 아버지는 나오미의 얼굴을 쳐다보았다. 그리고 잠시 생각에 잠기는 것 같았다.

「스기하라를 아시나요?」

「아니 별로…… 어쨌든 데루코는 걱정이야.」

커다란 눈송이가 탐스럽게 쏟아졌다. 묵직한 봄눈이었다. 차는 어느새 미쓰코시 앞에 와 있었다.

「그럼 여기서 내리겠어요.」

나오미는 학생들이 붐비는 거리에 내렸다. 함박눈이 나오미의 눈썹에 살포시 내려앉았다.

＊＊＊

3월 초하루의 졸업식을 마치자, 4월까지는 무척 긴 것 같았다. 나오미는 사흘 동안에 전몰학생의 수기인 『들으라, 바다의 울부짖음을』과 하라다 미키(原田民喜)의 『여름꽃』을 다 읽었다. 거기에는 생생하게 묘사된 전쟁의 냄새가 났으며 전쟁에 짓눌린 처참한 생명의 신음이 담겨 있었다.

그 감동을 나오미는 누군가에게 말하지 않고서는 견딜 수 없었다. 갑자기 교코의 오빠 료이치의 맑은 눈동자가 떠올랐다. 그러나 료이치에게 이 책의 감동을 써 보내는 것은 너무 심한 자극을 주는 일 같았다. 료이치에게는 아름다운 동화라도 써 보내고 싶은 심정이었다.

나오미는 3월 오후의 햇살을 등에 받으면서 료이치를 생각하니 마음이 한결 포근해졌다. 그때 누가 찾아온 소리가 들려 왔다. 나가 보니 뜻밖에도 다케야마 데쓰야 선생이 현관에 서 있었다.

「어머, 선생님?」

나오미는 기쁨을 숨길 수 없었다.

「어때, 잘 있었어!」

다케야마의 새하얀 이가 청결하게 보였다.

「네, 선생님. 어서 올라오세요.」

「아버님은 계시니? 강연을 부탁하러 왔는데.」

「아버지는 마침 신자의 병문안을 가고 안 계세요. 그렇지만 곧 돌아오실 거예요.」

나오미는 부엌에 있는 어머니를 불렀다. 아이코는 졸업식 때 한번 다케 야마를 만난 적이 있었다.

「어머, 어서 오세요. 선생님 덕분에 나오미가 전처럼 명랑해졌어요. 오 늘은 답례로 맛있는 식사 대접을 해야겠어요.」

아이코의 여유 있는 인품은 누구에게나 호감을 주었다. 아이코를 만나 면 처음 대하는 사람도 마음이 편안해졌다. 다케야마도 사양하지 않고 저 녁을 먹고 갈 생각이었다.

아이코가 곧 부엌으로 들어가자 나오미는 다케야마를 자기 방으로 안 내했다. 조그만 그녀의 방에는 책상과 의자, 그리고 책장과 한구석에 작 은 난로가 놓여 있을 뿐이었다.

「뭐야, 책만 가득 꽂혀 있고…… 도무지 아가씨 방 같지가 않군 그래. 인형도 하나 없고.」

다케야마는 방안을 둘러보았다.

「인형 같은 건 싫어요. 언제 보아도 똑같은 표정이잖아요? 내가 슬플 때 나 기쁠 때나 웃기만 하는 건 싫어.」

「그러니까 위안을 받는 거 아니니?」

다케야마는 이렇게 말하면서 흐뭇한 표정으로 책상 앞에 털썩 앉았다.

「아니, 목사님댁에도 이렇게 많은 문학 전집이 있는 줄은 미처 몰랐어. 앞으로 가끔 책을 보러 와야겠군.」

「정말이세요? 좋아요. 졸업했으니 이제 선생님하고는 영영 만날 수 없 을 줄 알았어요.」

「이제부터는 선생과 학생 사이가 아니라 친구로 대하고 싶군.」

다케야마는 농담처럼 말했다.

「그렇지만 선생님은 어디까지나 선생님이니까 친구라고 할 수야 없잖아요. 언제 뺨을 찰싹 얻어맞을지도 모르는 선생님 쪽이 나아요.」

「그때 이야기는 이제 시효가 지났다고 보아도 좋을 텐데.」

다케야마는 약간 얼굴을 붉혔다.

「전 말이에요, 선생님. 오늘 누구하고든지 얘기를 하고 싶어 좀이 쑤시던 참이었어요.」

나오미는 료이치의 생각을 했다는 말은 하지 않았다.

「그럼, 계속 정신 상태는 양호하군.」

「무척 건강해요. 그래요, 이제부터는 선생님께 무슨 얘기든지 다 하고 싶어요.」

다케야마 같으면 독서의 감상을 진지하게 들어줄 수 있을 것 같았다.

「나라도 괜찮다면 기꺼이 얘기 상대가 되어 주지.」

「정말이세요? 아이 좋아. 저는 외동딸이잖아요? 하나님이 만일 오빠나 언니, 남동생이나 여동생 중에서 하나라도 주신다면 저는 망설이지 않고 오빠를 택하겠어요. 전 정말 오빠가 있었으면 해요.」

다케야마의 눈에 잠시 어두운 그림자가 드리워졌다.

「선생님! 여동생 있으세요?」

「난 막내야. 형과 누이가 둘씩이니 모두 5남매인 셈이지.」

「어머, 막내세요? 선생님은 장남 같으신데. 교코의 오빠는 막내 같지만 말이에요.」

「……」

「료이치 씨는 정말 천진난만한 어린애 같아요.」

다케야마는 묵묵히 책장을 넘기고 있다가 조용히 고개를 들고는 「스기하라는 나오미가 생각하고 있는 것처럼 그렇게 어린애는 아니야.」 하고 말했다.

「글쎄, 그럴까요? 하지만 선생님 쪽이 훨씬 어른스러워 보여요.」

「글쎄, 스기하라는 여러 가지 면으로 나보다 어른이야. 그에 비하면 나 같은 건 애송이지.」

다케야마의 어두워진 표정을 나오미는 알아차리지 못했다. 아버지 고스케가 돌아와 저녁을 함께 하면서도 다케야마 데쓰야는 이따금 무언가를 깊이 생각하는 듯한 눈빛이었다.

＊ ＊ ＊

나오미가 초급 대학에 다니기 시작한 이후로 다케야마는 물론 교코도 좀처럼 만날 기회가 없었다. 일요일 오전에는 교회에 나가고, 오후에는 집안일을 하느라 바빴다. 도청에 근무하는 교코는 교코대로 일주일에 세 번, 저녁때면 타이프를 배우러 다녔다. 날마다 학교에서 얼굴을 마주 대하던 친구도 학교를 떠나 각자의 길을 가게 되면 이렇게 만날 기회가 없는 건가 하고 나오미는 절실히 느꼈다. 과연 가와이 데루코의 말처럼 데루코 같은 애하고는 죽을 때까지 만날 기회가 없을 것 같기도 했다.

6월 14일은 삿포로 신사(神社)의 축제일이다. 저녁 식사를 하고 거리에 나온 나오미는 오래간만에 교코에게 전화를 걸었다.

「어이구, 나오미 양. 안녕하십니까?」

몹시 그리워한 듯한 료이치의 목소리였다.

「덕분에요, 교코는 집에 있어요?」

「아니, 나한테 전화한 게 아니에요? 이거 정말 실망했는데. 교코는 퇴근 길에 영화 구경이라도 하는가 봐요.」

「어머, 그래요? 오늘은 교코가 타이프 배우러 가는 날이 아니죠? 오래간 만에 교코와 커피라도 마시려고 했는데요.」

「커피라면 나하고 마셔도 되잖아요?」

「네, 하지만…….」

「정말 만나고 싶은데요. 지금 거기가 어디죠? 나오미 양네 집?」

「아녜요, 마루젠(丸善)이에요…….」

「아, 마루젠? 그럼 지금 당장 갈 테니까 기다려요.」

료이치는 나오미의 승낙 여부는 묻지도 않고 전화를 끊었다. 그러나 나 오미는 불쾌하지가 않았다. 오래간만에 료이치와 만난다는 것이 즐거웠 다. 마루젠 앞에서 나오미는 인파의 흐름을 지켜보고 있었다. 6월은 해가 무척 길다. 일곱시인데도 아직도 환했다.

덩치가 큰 미국 군인 옆에 일본 여자가 매달릴 듯이 바싹 붙어서 지나갔 다. 그것은 패전국의 슬픈 모습이었지만, 어쨌든 전쟁이 없다는 것은 기 쁜 일이라고 나오미는 생각했다.

「나오미 양!」

어디선가 료이치의 우렁찬 목소리가 들려 왔다. 사람들이 돌아다보았 을 때 료이치는 인파를 헤치고 싱글벙글 웃으면서 나오미에게로 다가오 고 있었다. 흰 유카다(浴衣)가 잘 어울려 보였다.

나오미는 미소를 짓지 않을 수 없었다. 나오미를 보자마자 남의 눈도 개의치 않고 멀리서 큰소리로 부른 료이치가 개구쟁이처럼 귀엽게 보였다. 언젠가 다케야마는 료이치에 대해 「여러 가지 면에서 나보다는 어른이지.」 하고 말한 적이 있었다. 그러나 아무리 살펴보아도 료이치에게는 다케야마보다 어른스러운 데가 없다고 나오미는 생각했다. 두 사람은 역 앞의 거리로 나왔다.

「어머, 아카시아 꽃이 피었군요.」

「그렇군요. 벌써 아카시아가 피다니…… 올해는 좀 이른 것 같군요.」

두 사람은 인파에 휩싸이면서도 흰 아카시아 꽃을 쳐다보고 있었다. 서로 자연스럽게 얼굴을 마주보고 눈웃음을 지었다.

「커피는 어디 가서 마시면 좋을까요? 자연장(紫烟莊)이 어때요?」

「뭐, 꼭 커피가 마시고 싶은 건 아녜요. 교코를 만나고 싶어서 그런 거예요.」

「난 만나고 싶지 않았고요?」

피로할 때에는 료이치의 어린애 같은 눈동자를 떠올려 보기도 했었다. 그러나 나오미는 엉뚱하게 대답했다.

「별로 만나고 싶지 않았어요.」

「너무하군요, 나는 거리를 다니다가도 혹시나 나오미 양을 만나지 않을까 하고 두리번거렸는데 말이에요. 전에는 나오미 양의 뒷모습을 닮은 사람이 있기에 뒤쫓아갔더니 아니잖아요. 정말 맥이 쭉 빠지더군요.」

「그럼, 우리 집에 오셨더라면 좋았을 걸 그랬어요.」

「아니, 나오미 양의 집엘요? 교회잖아요? 난 교회라면 아주 질색인 걸요. 네가 올 데가 못 된다고 하나님께서 야단치실 것 같으니까요.」

료이치는 진지한 얼굴로 말했다.

「저희 집은 교회 뒤쪽에 있어요.」

「그렇지만 나오미 양의 아버지는 목사 아녜요? 한눈에 내 마음속을 꿰뚫어보시고, 너는 내 딸을 유혹하러 왔구나 하고 금방 아실 거예요.」

나오미는 웃었다.

「난 정말 교회란 곳이 무서워요.」

「그럼 목사의 딸도 무섭겠네요.」

「아뇨, 나오미는 무섭지 않아요.」

두 사람은 밝은 상점이 쭉 늘어선 골목길을 인파에 밀리면서 걸어갔다.

「난 커피보다는 맥주를 마시고 싶은데요. 맥주는 삿포로 축제 때부터가 제 맛이 나요.」

「그럼 맥주 마시러 가요.」

「제가 술꾼이라는 말을 교코에게서 들었어요?」

「아뇨.」

두 사람은 골목길의 인파에서 벗어나 자연장으로 들어갔다. 조용하고 자그마한 집이었다. 젊은 남녀 몇 쌍이 앉아 있었다.

「전 여긴 처음이에요.」

「이 집은 커피가 아주 맛있어요.」

자리에 마주앉자, 료이치는 나오미의 눈동자를 지그시 들여다보았다. 나오미는 깜짝 놀랐다. 거기에는 천진한 어린아이와 같은 빛은 없었다. 타는 듯한 뜨거운 열기를 띤 눈이었다. 료이치는 오랫동안 시선을 떼지 않았다. 자기도 모르게 끌려들어 마주 바라보던 나오미도 료이치의 오랜 응시에 그만 시선을 돌리고 말았다. 료이치는 뚫어질 듯이 똑바로 나오미를 바라보았다.

「싫어요, 그렇게 보시면.」

나오미는 나직한 목소리로 말했다. 료이치는 아무것도 들리지 않는다는 듯이 조용히 나오미를 응시하고 있었다.

「싫다니까요.」

나오미가 다시 말하자 료이치는「좋아해요.」라고 불쑥 말하고는 수줍은 듯이 웃었다.

'좋아해요?' 나오미는 얼굴이 화끈 달아오르는 것을 느꼈다. 만엽(萬葉) 시대와 같은 소박한 사랑의 고백이라고 나오미는 생각했다. 얼굴을 드니 료이치는 반쯤 울상이 되어 나오미를 바라보고 있었다.

「화났어요? 그렇지만 난 진심을 털어놓은 거예요. 세상에 태어나서 처음으로 한 말이에요.」

나오미는 료이치의 말을 의심할 수 없었다.

「난 말예요, 나오미 양. 학생 시절에는 좀 다른 사상을 갖고 있었어요. 전시중에 선배가 감옥에 끌려 들어갔지요. 그걸 보자 나는 갑자기 무서워졌어요. 고문을 당하는 게 무서워서 도망쳐버린 겁쟁이랍니다. 저번에 도쿠다(德田) 일파가 공직에서 쫓겨났지요? 그 사실만으로도 난 전시를 생각하고 벌벌 떠는 겁쟁이예요.」

료이치가 이런 말을 왜 꺼내는지 나오미는 도무지 알 수가 없었다.

「그 후로 난 마시지 않고서는 견딜 수가 없었어요. 언제나 나는 배신자라고 생각하게 되었죠. 이런 나지만 만일 나오미 양이 좋아해 준다면, 새

사람이 될지도 모른다는 생각에서 염치 불구하고 나오미 양을 뚫어지게 쳐다본 거예요.」

료이치에게서는 천진스러운 어린아이의 눈빛은 전혀 찾아볼 수 없었다. 다만 애원하는 듯한 어둡고 쓸쓸한 눈동자가 있을 뿐이었다.

자연장에서 나오자 두 사람은 어느새 어두운 길을 골라 걷고 있었다. 집집마다 달아 놓은 축제등(祝祭燈)의 불빛조차 쓸쓸해 보이는 길이었다.

「교코도 사랑을 하고 있어요.」

갑자기 료이치가 말했다.

「교코가요?」

나오미는 다케야마의 얼굴이 문득 머리에 떠올랐다.

「오늘도 다케야마와 함께 영화관에 갔을지도 몰라요.」

오다모이에서 다케야마와 교코가 벤치에 나란히 앉아 있던 모습을 나오미는 떠올렸다. 갑자기 나오미는 마음을 가라앉힐 수가 없었다.

「좋아해.」

갑자기 료이치가 멈춰 서서 나오미를 바라보았다. 그러다가 슬며시 료이치의 손이 나오미의 어깨를 감싸 안았다. 료이치의 얼굴이 바로 나오미의 눈앞에 있었다.

「싫어요!」

나오미는 분명하게 말하고 몸을 빼냈다.

「싫어? 내가 싫어요?」

료이치가 다가오는 것을 나오미는 재빨리 피해 밝은 곳으로 걸어갔다.

「료이치 당신이 싫은 건 아녜요. 좋아하지만 아직은 몰라요.」

「모른다구요? 뭘 말이죠?」

「난 이제 여고를 갓 졸업했을 뿐이잖아요. 어린애 같은 기분으로 좋아하는 것뿐이에요. 어른의 감정으로 좋아하게 될 때까지 누구든지 날 가만히 내버려두었으면 해요.」

「그래요? 알겠어요. 그렇지만 날 경멸하진 않겠지요?」

뜻밖에도 료이치는 시원스럽게 말했다.

「그렇지 않아요.」

「그럼 안녕!」

나오미는 어처구니가 없었다. 료이치는 돌아보지도 않고 성큼성큼 걸어갔다.

료이치와 헤어져서 집에 돌아오는 길에 교회의 문 옆에서 나오미는 다케야마와 딱 마주쳤다. 가로등 아래 서 있는, 깊게 패인 다케야마의 얼굴이 사나이답게 준엄해 보였다.

「어머, 선생님은 교코와 영화 보러 안 가셨어요?」

나오미는 다정하게 말했다.

「교코하고?」

다케야마는 의아스러운 얼굴을 했다.

「료이치 씨가 그러는데 교코가 오늘밤에 선생님과 영화 보러 갔을 거라고 하던데요.」

「오늘밤에? 스기하라와 같이 있었나?」

다케야마는 나오미의 싱그런 얼굴을 외등 불빛 아래서 바라보았다.

「네, 즐거웠어요.」

「그래? 다행이군.」

다케야마는 한 손을 처들어 보이고는 사라졌다. 여유 있는 걸음걸이였다.

「너 오다가 다케야마 선생을 만나지 않았니? 선생님은 이번 주일부터 교회에 나오신다더라. 아주 성실한 분이야.」

집에 돌아오니 어머니가 이렇게 말했다.

「교코의 오빠와 커피를 마시고 왔어요. 그분은 교회가 무섭대요.」

나오미는 '좋아한다'고 말한 료이치를 지금 당장이라도 다시 만나고 싶은 충동이 솟구쳐 올랐다. 웬일인지 다케야마가 교회에 나온다는 말이 그다지 기쁘지 않았다.

* * *

그 후에 료이치에게서는 전화 한 통화도 걸려 오지 않았다. 나오미도 학교 공부로 바쁜 나날을 보냈다. 다케야마와는 주일마다 교회에서 만날 수 있게 되었다. 그러나 천천히 이야기를 나눌 기회는 없었다. 100명 가까운 교인 중에서 나오미는 누구하고나 인사를 나눠야만 했다. 도서 대출계도 맡고 있었으므로, 다케야마와는 멀리서 목례만 하는 날도 있었다.

어느 일요일, 나오미는 도서 정리를 끝내고 도서실에서 나왔다. 교회에서 성가대가 연습하는 찬송가 소리가 들려 올 뿐 사람이라고는 그림자도 보이지 않았다.

나오미는 문단속을 확인하기 위해 무심코 기도실 문을 열었다. 그리고 순간 깜짝 놀라 재빨리 문을 도로 닫았다. 기도실에는 고개를 폭 수그리고 기도하는 다케야마의 뒷모습이 보였던 것이다. 문을 열어도 다케야마는 꼼짝도 하지 않았다. 모두들 집으로 돌아간 지가 적어도 20분은 지났다. 그 동안 다케야마는 아마도 저 자세로 계속해서 기도하고 있었을 것이다. 그때의 다케야마의 모습을 나오미는 결코 잊을 수 없었다.

* * *

교코의 전화를 받고 나오미가 찻집 '니시무라(西村)'로 나간 것은 8월 하순의 좀 쌀쌀한 저녁 무렵이었다. 니시무라는 전쟁 전부터 양식으로 유명하였는데 차와 음식도 함께 물고 있었다. 나오미의 아버지는 이 집 주인인 니시무라 규조(西村久藏)와 가까운 사이였다. 니시무라 규조는 가가와 도요히로(賀川豊彦)와 함께 귀향자들을 위해 에베쓰(江別)에 신앙촌을 개척하기도 하고, 신자나 목사들을 위해 그의 생애를 바친 거목(巨木)과 같은 크리스천이었다. 그래서 나오미도 이 집에 이따금 왔다.

오랜만에 만나는 교코는 회색 원피스를 입어 몰라볼 정도로 성숙해 보였다. 머리를 시원스럽게 위로 올려 흰 목이 눈부실 만큼 아름다웠다.

「헤어 스타일 근사하구나, 아주 멋져…….」

나오미가 칭찬하자 교코는 수줍은 듯이 머리에 손을 대고는,

「여름에 더웠잖니. 그래서 계속 올렸더니 서늘해졌는데도 올리게 돼.」

하고 말하며 미소를 지었다. 나오미는 여고 시절과 마찬가지로 단발에 화장기 없는 얼굴 그대로였다. 다만 세일러복에서 흰 블라우스에다 감색 스커트 차림으로 바뀌었을 뿐이었다.

「꼭 언니 같아, 정말 예뻐.」

「고맙다. 그렇지만 겉만 어른처럼 보이지, 속은 아직도 멀었어. 여름 방학엔 어떻게 지냈니?」

「여름 방학이라도 게으름을 피울 수가 없었어. 교회 여름 학교를 도와야지, 하계 보육원 일도 돌봐야지, 정신없이 바빴어. 그래도 아이들을 상대하는 것은 참 즐거운 일이야.」

교코는 머리를 숙인 채 뭘 생각하는 듯하다가 말했다.

「저…… 다케야마 선생 말이야, 교회에 계속 나오시니?」

「응, 열심이야. 거의 주일마다 빠지지 않고 꼬박꼬박 나오서.」

나오미의 말에 교코는 잠자코 홍차를 스푼으로 젓고 있다가 「좋겠다, 넌…….」 하고 불쑥 말했다.

「어머, 뭐가?」

「뭐긴, 선생님하고 자주 만날 수 있잖니.」

서늘한데도 교코의 오뚝한 코에서는 땀이 배어 나왔다.

「난 또 뭐라고. 하지만 교회란 데는 무척 바빠. 난 도서 대출일을 보아야지, 선생님은 청년회에 가입하셨지. 한가하게 얘기할 시간이 없어. 난 아직 선생님이 무슨 동기로 교회에 나오게 되었는지 여쭤 보지 못했어.」

이렇게 말하면서도 나오미는 다케야마가 진지하게 기도하던 모습을 상기하고 있었다. 다케야마는 진정 무엇을 기도하고 있었을까 하고 나오미는 생각해 보았다.

「그래?」

교코는 말없이 홍차를 내려다보고 있었다.

「선생님은 오빠한테 가끔 놀러 가시지?」

「응, 가끔.」

교코는 우울한 목소리로 대답했다.

「교코!」

「왜?」

「화를 내면 안 돼. 너…… 혹시 선생님을 좋아하는 거 아니니?」

나오미의 말에 교코는 금방 목덜미까지 붉혔다.

「싫어, 나오미.」

「그러니까 화를 내서는 안 된다고 미리 말했잖아.」

교코의 얼굴이 빨개지는 것을 보고 나오미는 아름답다고 생각했다. 교코라면 다케야마와 어울리는 커플이 되리라고 생각되었다.

「나오미.」

「왜?」

「너도 선생님을 좋아하지?」

「나? 왜?」

「……저…… 그럼, 내가 선생님을 좋아해도 괜찮아?」

「물론.」

「그래? 정말이지?」

「정말이라니까.」

나오미의 말에 교코는 빙그레 웃었다.

「그럼 우리 오빠를 어떻게 생각해?」

나오미는 불현듯 축제일 밤을 생각했다.

「좋아하는지도 몰라. 좋은 분이라고 생각해.」

「어느 정도?」

「글쎄, 깊은 의미는 없어. 다케야마 선생만큼 좋아해. 잘 모르겠어, 아직은.」

「그렇지만 오빠 널 진짜 좋아해.」

나오미는 대답하지 않고 시계를 쳐다보았다.

「영화라도 보러 갈까? 〈다시 만날 때까지〉를 보고 싶어.」

「어머.」

교코는 낮은 목소리로 속삭였다.

「카운터 쪽을 좀 봐.」

나오미가 돌아보니 새하얀 슈트 차림에 흰 모자를 쓴 가와이 데루코가 쌀쌀한 옆모습을 보이며 나가는 참이었다.

「방학이라 도쿄에서 돌아왔군 그래. 어쩜, 같은 찻집에 있으면서도 몰랐구나.」

「난 저 애 이름만 떠올려도 두드러기가 날 것 같아.」

교코는 찡그린 얼굴로 말했다.

「그렇지만 우리가 무슨 잘못이라도 했니? 난 아무렇지도 않아.」

「난 미움을 받는 게 괴로워. ㅇㅇ집이라는 소리는 정말 지긋지긋해.」

「어딘가에는 사랑하지 않으면 안 될 만큼 미워하라는 말도 있지만, 가와이는 그런 기미가 전혀 안 보여. 교코, 넌 저 애가 무엇 때문에 널 그토록 미워하는지 짐작이 안 가니?」

나오미는 가와이 데루코의 집요한 증오에 의문을 느끼지 않을 수 없었다. 데루코와 교코 사이에 무슨 사연이 있는 것 같았다.

「그게 전혀 짐작이 가질 않아, 다른 애들은 다케야마 선생님과 내가 가깝게 지내니까 가와이가 질투를 한다고 하지만…….」

「어머나, 데루코도 다케야마 선생님을 좋아했었니?」

「잘 모르겠어. 선생님은 인기가 좋지 않았니? 아마 누구나 조금씩은 열을 올렸을 거야.」

「그렇지만 그런 일로 너에게 ○○집이란 심한 말을 하겠니?」

「글쎄.」

둘은 서로 얼굴을 마주 보았다.

나오미는 가와이 데루코를 찾아갔을 때의 일을 생각했다. 그때 데루코는 교코를 가리켜 「그런 불결한 인종!」이라고 내뱉듯이 말했었다.

「하지만 이젠 다 지난 일이 아니니? 그 애를 만날 일도 없을 거구. 만나 봐야 데루코는 침도 뱉지 않을 거야.」

「……하지만 너무했어.」

「잊어버리는 거야. 그런데 데루코는 때를 완전히 벗었지? 도쿄 물을 먹어서 그런지 예뻐졌다, 애.」

나오미의 말에 교코는 얼굴을 찡그렸다.

「오빠 한심해.」

「료이치가? 왜?」

「글쎄. 졸업 앨범을 보여 주었더니 데루코를 가리키며 '미인인데, 요염한 데가 있어, 한번 소개해 줘' 하는 거야. 날 미워하는 줄 전혀 모르니까.」

교코는 벌써 데루코가 가버린 카운터 쪽을 향해 바라보면서 말했다.

여자의 마음

9월도 중순에 들어선 어느 토요일 오후였다. 교회 뜰의 코스모스가 바람에 하늘거리고 있었다. 그 옆에서 교회 청년 남녀 20명쯤이 모여서 옥수수 껍질을 벗기고 있었다. 완전히 벗기고 나면 알알이 박힌 황색의 깨끗한 열매가 가을 햇살에 반짝거렸다. 다케야마와 나오미도 청년들 가운데 끼어 있었다. 나오미의 민첩하게 움직이는 흰 손에 이따금 다케야마의 시선이 멈추곤 했다.

「자비로운 주님 내 주 예수 그리스도는…….」

누군가가 찬송가를 부르기 시작했다. 그때 교회 문 앞에 키가 큰 사나이가 서성거리고 있었다.

「아니, 스기하라 아냐?」

다케야마가 알아차리고 일어나려 했을 때 나오미가 뛰어나갔다.

'하긴 스기하라가 날 찾아 여기까지 오진 않았겠지만.'

다케야마는 쓰디쓰게 웃었다. 다 벗긴 옥수수 껍질을 모으면서 다케야마의 시선은 자주 10미터쯤 떨어진 철책 밖에 있는 그들에게로 쏠렸다.

나오미가 뭐라고 계속해서 크게 고개를 끄덕이는 것이 보였다. 그때 갑자기 료이치가 뜰 안을 보고 있는 듯한 시선을 느끼고 고개를 돌려 다케야마가 있는 쪽을 쳐다보았다.

「다케야마 선생님!」

나오미가 큰소리로 불렀다. 다케야마가 있다는 것을 료이치에게 말했나 보다. 다케야마는 옥수수 수염이 붙어 있는 손을 털고 일어났다.

「여, 자네도 와 있었나?」

료이치는 다케야마를 보고 정다운 미소를 지었다.

「응.」

다케야마는 마음이 차분해지는 것을 느끼면서 무표정하게 료이치를 바라보았다.

「다케야마, 교회라는 곳이 어때, 재미있나?」

「뭐, 재미라고 할 게 있나? 여기는 노는 곳이 아니니까.」

「흠, 재미도 없는 곳을 뭐하러 다니나?」

료이치는 악의 없는 미소를 지으면서 신기한 듯이 청년들이 일하는 모습을 바라보았다.

「좋으니까 오겠지.」

다케야마는 료이치가 무슨 일로 나오미를 찾아왔는지 알고 싶었다.

「그래? 그렇게도 좋은 곳이야?」

료이치는 빙그레 웃더니 말을 계속했다.

「그런데 큰일났어.」

「뭐가?」

「선생님, 료이치 씨가 하코다테로 전근을 가신대요.」

나오미가 료이치를 쳐다보았다.

「그래? 먼 곳으로 가게 됐잖아.」

「하지만 하코다테는 좋은 곳이에요. 하코다테 산에서 내려다보는 야경은 매우 아름다워서 모두들 홍콩 같다고 하잖아요.」

「아무리 좋은 곳이라도 난 싫어. 난 살림살이엔 워낙 서투르니까. 혼자서는 차 한잔도 제대로 못 끓이니 큰일났어.」

료이치는 응석이라도 부리는 듯이 나오미에게 말했다.

「어머, 차도 못 끓이세요?」

「왜 그 가스에 불을 붙이는 게 아주 질색이죠. 꼭지를 틀면 꽉 하구 파란 불꽃이 붙죠? 그게 이상하게 기분 나쁘단 말이야.」

「어머, 재미있어. 그런 게 기분 나쁘시다니……. 하여튼 혼자서는 못 사시겠네요. 그렇죠, 선생님?」

「뭐, 오히려 잘된 일이지. 스기하라에겐 좋은 훈련이 될 거야.」

다케야마는 대수롭지 않게 말했다. 나오미는 다케야마의 말에 약간 얼굴을 찡그렸다.

「냉정하시네요. 선생님도 어머니 곁을 떠나서 어디 먼 곳으로 전근을 가보세요. 아마 외로우실 거예요.」

료이치와 다케야마는 서로 얼굴을 마주보고 빙그레 웃었다.

「뭐야, 나오미 양은 아직 모르고 있었군 그래. 그러고 보니 나오미 양은 다케야마와 그다지 친한 사이는 아닌 모양이죠? 다케야마의 집은 아사히가와(旭川)예요.」

「어머!」

나오미는 놀란 얼굴로 다케야마를 쳐다보았다. 그러고 보니 나오미는 다케야마에 대해서 모르는 것이 많았다.

「스기하라, 어쨌든 오늘밤에라도 꼭 놀러 오게. 지금은 옥수수 껍질을 마저 벗겨야 하니까.」

다케야마는 이렇게 말하고 제자리로 돌아갔다.

「나오미 양도 바쁘세요?」

료이치는 용무가 있는 듯이 물었다.

「네, 미안하지만. 이제부터 전 옥수수를 쪄서 양로원에 갖다 드려야 하거든요.」

「나오미 양 한 사람쯤 빠지면 안 되나요?」

「그건 좀 곤란해요. 그렇지만 다섯시쯤에는 돌아올 수 있어요. 그때쯤 저희 집에 오실 수 없을까요?」

「싫은데요, 목사님 집은…….」

「또 그런 말씀하세요? 도깨비는 없으니 걱정 마세요.」

료이치는 하늘을 쳐다보며 생각했다. 비늘 구름이 머리 위에 떠 있었다.

「그러면 내일 오후 한 시에 식물원까지 와줄 수 있겠어요?」

나오미가 고개를 끄덕이자 료이치는 안심한 듯이 씽긋 웃고는 돌아갔다.

다케야마가 저녁을 다 먹고 났을 때 료이치가 찾아왔다. 다케야마의 하숙은 삿포로에서는 손꼽히는 자전거포의 사랑채였다. 피아노를 치던 자전거포의 장녀를 위해 지은 별채였다. 이 장녀가 출가한 후에 다케야마가 들어왔다.

「항상 깔끔하게 정돈되어 있군.」

료이치는 방안을 둘러보았다. 커다란 책장 두 개에는 책이 가득 차 있었고, 미처 다 꽂지 못한 책들이 그 앞에 차곡차곡 쌓여 있었다.

창가에는 양말 두 켤레가 널려 있었다.

「저것은 자네가 빤 거야?」

「양말쯤이야 빨지.」

다케야마는 준비해 둔 위스키를 료이치 앞에 내놓았다. 료이치는 유쾌한 기분으로 잔을 들었다.

「어쨌든 반갑네.」

「고마워. 그런데 나도 하코다테에 가면 양말을 빨게 생겼군.」

「그렇지, 그리고 자기 이부자리쯤은 손수 치우지 못하면 하숙에서 쫓겨날걸.」

「너무 겁주지 말게, 정말 야단났어.」

료이치는 지금까지 손수 이부자리를 갠 적이 없었다. 아버지가 없는 집안의 아들로 자란 료이치는 지나친 응석받이로 버릇없이 자랐다.

「그런데 자네는 용케 이런 생활을 견뎌 내는군. 불편하지 않아?」

「불편하지 않다고는 할 수 없지.」

「그럼 슬슬 장가를 가는 게 어때?」

료이치는 전근을 가게 되자 비로소 다케야마의 생활을 동정하는 모양이었다.

「응, 그렇잖아도 생각중이야. 하지만 당장은 곤란한 일이고…….」

다케야마는 결단을 내려 이 기회에 료이치에게 자기 의중을 털어놓는 편이 좋겠다고 생각했다. 그는 나오미의 담임을 맡았을 때 그녀의 수업 태도를 나무란 적이 있었다. 그때 나오미는 영어로 「선생님 같은 분과 결혼하는 여성은 얼마나 행복한 분일까.」라고 말한 적이 있다.

젊은 다케야마에게는 그 말이 아주 강하게 전달되었다. 게다가 그 의표를 찌른 나오미의 영어는 듣기에도 상쾌하고 매끄러웠다.

그 후로 다케야마는 나오미에게 마음을 빼앗겨 왔었다. 료이치도 나오미와 교제하는 것 같았기에 지금 분명하게 자기 의중을 밝혀두고 싶었다.

「허, 다케야마. 마음에 둔 사람이라도 있나?」

「응, 없는 것도 아니야.」

다케야마는 쑥스러운 듯이 눈을 껌벅거렸다.

「그래, 벌써 결정했나?」

「아냐, 혼자서 생각만 하고 있을 뿐이야.」

「그럼 하루라도 빨리 말하는 것이 오히려 더 좋을지도 몰라. 그 사람은 아마도 자네의 프로포즈를 손꼽아 기다리고 있을 테니까.」

료이치의 말에 다케야마는 얼굴을 붉혔다. 이미 료이치가 자기의 마음을 알아차린 것이 아닌가 해서 다케야마는 적이 놀랐다.

「실은 나도 슬슬 장가를 갈까 하는 생각인데 말이야.」

「허! 스기하라, 정말이야?」

다케야마는 더욱 놀라 료이치의 얼굴을 쳐다보았다. 왜냐하면 료이치는 좋은 그림을 그리기 전에는 절대 결혼하지 않겠다고 공공연하게 말해왔기 때문이다. 친구들 중에는 료이치를 어딘지 남들과 다르게 보는 친구도 있었다.

「역시 그 녀석은 우리와는 어딘지 다른 데가 있어. 그림을 보아도 어떤 매력이 감돌고 있거든. 빨간색과 검은색을 사용하는 기법이 정말 대단해.」

그러나 반면에 부정적으로 생각하는 친구들도 많이 있었다.

「흥, 그 녀석의 그림은 순 엉터리야. 천한 착상이야. 그러면서도 제 딴에는 인스피레이션이니 뭐니 하면서 천재로 자부해. 소화불량의 그림이야. 재능이 있는 놈이라면 좀더 진지하게 그려야 할 게 아냐.」

다케야마가 얼굴을 지긋이 바라보자 료이치는 위스키를 계속 석 잔이나 들이켰다.

「그야, 좋은 그림을 그리기 전엔 결혼 같은 건 하지 않겠다고 늘 말해왔지. 그런데 요즘에 와서는 생각이 바뀌었어. 결혼한다고 해도 좋은 그림을 그릴 수 있는 일 아냐?」

료이치에게는 자신의 이런 말을 조금도 부끄러워하는 기색이 없었다.

「하긴 그렇기도 해. 아무튼 스기하라, 자네 마음이 그렇다면 이번에 결혼해야겠군. 미도리(美登利) 양도 기뻐할 거구.」

「미도리? 이 사람아, 그게 무슨 소리야. 이미 헤어진 지가 오래된 여자 얘기를 꺼낼 필요 없잖아.」

미도리는 전에 료이치네 요릿집에 있던 여자였다. 미도리가 료이치의 아이를 낙태시켰을 때, 다케야마는 두 사람의 결혼을 진심으로 바랐다.

「그렇지만 불과 얼마 전에 자네와 미도리 양이 어떤 음식집에서 정답게 나오는 걸 분명히 보았다구. 그래서 다시 만나는 줄로 알았는데.」

다케야마는 언짢은 듯이 말했다.

「그야 이 사람아, 거리에서 우연히 마주치면 모른 체할 수 없잖아. 식사 정도는 같이하는 경우가 있어. 그렇지만 분명히 끝나긴 끝난 거야.」

다케야마는 어쩐지 석연치 않은 채, 료이치에게서 시선을 돌렸다.

「실은 자네하고 결혼 문제에 대해서 상의하고 싶은데…… 자넨 나오미 양의 담임이었지? 그래서…….」

「잠깐만…… 나오미 양이라니, 히로노 나오미 말인가?」

다케야마의 표정이 갑자기 굳어졌다. 지금까지 료이치의 상대 중에는 물장수의 여자들이 많았다. 설마 여고를 갓 졸업한 나오미에게 결혼을 신청하리라고는 꿈에도 생각지 못했다. 그러나 다케야마는 두 사람 사이를 은근히 걱정하고 있었던 것도 사실이었다. 지금 자기가 하려던 말을 료이치가 먼저 해버리자, 다케야마는 뭐라고 할말이 없었다.

「그야 물론 히로노 나오미지, 누구야? 이봐 다케야마, 자네가 다리 역할을 좀 해줄 수 없겠나?」

료이치는 약간 취해 있었다. 다케야마는 나오미가 초급 대학을 마칠 때까지는 자기의 심정을 밝히지 않을 생각이었다.

「스기하라, 나오미는 올해 여고를 갓 졸업한 아이야. 그 애에게는 결혼 이야기 같은 건 아직은 좀 이르지 않을까?」

다케야마의 얼굴은 약간 창백하였다.

「아니, 다케야마. 교코도 여고를 갓 나온 애야. 자네들도 너무 이르지 않아?」

「교코? 내가 언제 교코와 결혼한다고 했나?」

「뭐야, 그럼 자네가 마음에 두고 있는 여자는 교코가 아니야? 그럼 누구지?」

다케야마는 묵묵히 자기 찻잔에 차를 따랐다.

「여보게! 교코가 가엾지도 않나? 교코는 자네밖에 생각하지 않아. 그 애는 얌전하고 괜찮은 애야. 데려가게, 결혼해 줘.」

료이치는 얼큰하게 취한 김에 떼를 쓰듯이 말했다. 다케야마는 아무 대답도 하지 않았다.

「다케야마, 자넨 교코가 싫은가?」

「싫고말고가 어디 있나. 단지 제자일 뿐이지.」

「그럼, 자네가 좋아하는 여자란 누구야? 난 분명히 교코일 거라고 생각했어.」

료이치는 혼자서 위스키를 따라 마셨다. 술을 별로 좋아하지 않는 다케야마는 차만 마시고 있었다.

「다케야마, 왜 이렇게 어색하게 구는 거야. 설마 히로노 나오미를 좋아하는 건 아닐 테지? 만일 그녀라면 난 설령 자네라도 절대로 양보할 수가 없어. 난 말이야, 나오미와 결혼해서 새사람이 될 거야. 나오미 말고 나를 새로 태어나게 할 사람은 이 세상에 아무도 없어.」

료이치의 눈은 충혈되어 번쩍거렸다. 짐승처럼 빛났다.

「스기하라, 나오미에게 무슨 말을 했어?」

「좋아한다고 말했지.」

「……그래, 나오미도 자네를 좋아한대?」

「응, 내일도 식물원에서 만나기로 약속했어.」

료이치는 나오미에게 키스를 거절당했던 그 축제날 밤의 일은 말하지 않았다.

「그래? 나오미도 불쌍하군.」

「뭐가 불쌍하다는 거야?」

「그렇지 뭐야. 나오미에게는 이성을 보는 눈이 전혀 없거든. 자네 같은 놈을 어린애처럼 귀엽다고 말하고 있으니까.」

「허, 나오미가 날 귀엽다고 했다고? 이거 축배를 들어야겠군.」

료이치는 혼자서 한 잔을 쭉 들이켰다.

「그런데 스기하라, 자넨 여자 관계로 여러 번 문제를 일으키지 않았나? 히사에(久枝) 양, 미도리 양, 그리고…….」

「그만, 다케야마. 자네도 덜된 놈이야. 난 말이야, 이제 새롭게 시작하려는 거야. 자네가 친구라면 친구답게 축복해 줘야 할 게 아냐.」

「그럼 자네는 과거를 모두 숨기고 프로포즈하겠다는 거야?」

다케야마는 되도록 침착하게 말했다.

「다케야마, 어리석은 소리 그만해. 어떤 바보가 결혼을 신청하면서, 과거의 여자가 몇이고 몇 번 아이를 지웠다고 일일이 말하겠나?」

「그래? 그럼 한 가지 묻겠는데, 자넨 나오미를 행복하게 해줄 수 있으리라고 생각하나?」

다케야마의 물음에 료이치는 잠시 잠자코 있다가 입을 열었다.

「그거야 모르지, 결혼해 보지 않고서는. 하지만 다케야마, 나한테는 나오미가 절대로 필요해. 그녀를 처음 본 순간부터 난 나오미에게 마음을 빼앗겼어. 다케야마, 알겠나?」

료이치는 이렇게 말하고는 눈물을 흘렸다. 그 눈물을 보자 다케야마는 갈피를 잡을 수가 없었다. 어디까지 료이치의 말을 믿어야 할지, 여자에 관해서는 다케야마는 도무지 종잡을 수 없었다.

료이치가 비틀거리며 일어났다. 위스키 병은 이미 비어 있었다.

「다케야마, 난 가네. 자네는 사나이야. 설마 내 과거를 나오미에게 말하지는 않겠지? 만일 폭로한다면 난 절대로 가만히 있지 않을 거야.」

료이치는 협박하듯이 다케야마를 무섭게 노려보았다. 그러더니 그는 다시 풀썩 주저앉아 두 손을 모으고 말했다.

「부탁이야, 제발 나오미에게는 아무 말도 하지 말아 줘. 나오미와 결혼하게 해줘. 나도 정말 다시 태어날 거야. 술도 여자도 끊을 결심이야. 그리고 좋은 그림을 그릴 거야. 다케야마, 부탁이야.」

다케야마는 달빛이 어린 뜰을 내다보았다. 료이치와는 학생 시절부터 친구이다. 지금 와서 생각해 보니 무엇으로 맺어진 친구인지 모르겠다. 언제나 료이치가 울며 매달리면, 여자 문제의 뒤치다꺼리를 해온 것뿐이라는 생각도 든다. 그러나 무엇보다도 료이치라는 인간의 결점까지도 사랑해 온 것으로 생각되었다. 귀찮게 여기면서도 막상 부탁을 해오면 거절할 수 없었다. 그러나 이번 일만은 경우가 달랐다.

'스기하라가 진정 새 출발을 할 수 있다면 나오미와의 결혼을 도와주는

것이 우정이다.'

'그런데 나는 나오미를 단념할 수 있을까? 만약 단념하더라도 나오미에게 모든 것을 알려 줘야 옳지 않을까? 만일 나오미가 불행하게 된다면 어떻게 하지?'

'그러나 우정을 배반할 수는 없다. 스기하라의 신뢰를 배반할 수 없는 일이다.'

'그렇지만 나오미는 내 제자이다. 스승으로서의 책임도 있다.'

나오미가 영어 시간에 '선생님 같은 분과 결혼하는 여성은 행복할 것이다' 라고 말한 것을 지금도 다케야마는 되새겨 보고 있었다. 아무튼 스기하라와 나오미의 결혼은 다케야마로서는 결코 축복할 일이 못 되었다.

'한 여성을 똑같이 사랑하게 되면 남자의 우정도 이토록 약해지는 것일까?'

료이치는 어느새 코를 크게 골면서 방석 위에 깊이 잠들어 있었다. 다케야마는 솜옷으로 료이치를 살짝 덮어 주었다.

＊ ＊ ＊

이튿날 예배가 끝나자 다케야마는 오랜만에 나오미 곁으로 다가갔다.

「일이 끝나면 잠깐 할 얘기가 있는데…….」

도서실 열쇠를 가지러 가려던 나오미는 손목시계를 들여다보았다.

「오늘 한시에 약속이 있어요.」

「2, 3분이면 돼.」

다케야마는 이렇게 말하고 나오미 곁을 떠났다.

나오미가 일을 끝내고 도서실에서 나오자 다케야마가 복도에 서 있었다.

「죄송해요, 선생님. 기다리게 해서.」

나오미는 또 시계를 들여다보았다. 열두시가 조금 지나 있었다.

두 사람은 교회에서 나와 정원에 멈춰 섰다.

「하실 말씀이란 뭐예요?」

나오미는 조용히 코스모스를 바라보고 있는 다케야마에게 물었다.

다케야마의 우울한 표정이 마음에 걸렸다.

「뭐라고 해야 좋을까?」

다케야마는 한숨을 쉬고 나서 말했다.

「실은 스기하라 얘긴데.」

「료이치 씨에게 무슨 일이 생겼어요?」

나오미가 '료이치 씨'라고 부르는 말에 다케야마는 불현듯 어떤 질투 같은 것을 느꼈다.

「나오미는 스기하라를 어린아이 같다고 했지? 하지만 그는 절대로 나오미가 생각하고 있는 것처럼 어린아이가 아니라는 것을 다시 한번 분명히 말해 주고 싶어서……」

다케야마는 이렇게 말하고 나오미를 잠자코 바라보았다. 나오미의 검은 눈동자가 약간 흐려졌다.

다케야마는 무슨 말을 하려다가 휙 돌아서서는 서둘러 가버렸다.

나오미는 어이가 없었다. 다케야마가 새삼스럽게 왜 그런 말을 하는지 불쾌한 감정마저 들었다. 그 말은 적어도 료이치를 경계하라는 뜻이었다. 료이치의 과거를 다 알고 있는 다케야마가 우정을 배반하지 않고 나오미에게 충고하기가 너무 어려워 밤새 고민한 것을 물론 나오미로서는 알 까닭이 없었다. 서둘러 점심을 먹고 나오미는 어머니인 아이코에게 말했다.

「저, 식물원에 가도 괜찮아요?」

「그러려무나.」

「엄마는 제가 누구하고 가는지 걱정 안 돼요?」

「넌 이 엄마가 걱정할 만한 사람과 같이 갈 리가 없지 않니, 그렇지?」

아이코는 웃으면서 남편 고스케를 바라보았다.

「글쎄, 나오미는 성공도 크게 하고, 실패도 많은 그런 타입이 아닐까? 엄마가 적당히 의논 상대가 돼주는 게 좋겠어.」

고스케는 차를 마시면서 말했다.

「저, 교코의 오빠하고 식물원에 가는 거예요.」

「아, 그 신문사에 나가면서 그림을 그린다는 오빠 말이냐?」

아이코는 기억력이 좋았다.

「맞아요, 이번에 하코다테로 전근을 가게 됐나 봐요. 그런데 아빠, 교코의 오빠는 교회가 무섭대여.」

「허허, 무서워? 재미있는 말이군. 꼭 만나 보고 싶구나.」

「그럼 오늘 만나면 그렇게 전할게요.」

나오미는 흰 블라우스에 푸른색 카디건을 걸치고 밖으로 나갔다.

＊＊＊

나오미는 식물원 입구에서 입장권을 샀다. 한 걸음 안으로 들어서니, 시내 한가운데에 있다는 것이 거짓말처럼 생각되었다. 넓은 잔디밭도, 몇백 년이나 묵은 드로나무나 느릅나무도 흐린 하늘 아래 차분히 가라앉은 녹색을 띠고 있었다. 높다란 대나무 울타리가 둘러싸여 있었으므로 밖은 보이지 않았다. 보트를 탈 만한 연못은 없었지만, 언제 와도 조용한 식물원을 나오미는 공원보다 더 좋아했다.

「어, 많이 기다렸죠?」

뛰어온 료이치는 크게 숨을 헐떡거리면서 땀을 닦았다.

「줄곧 뛰어오셨군요.」

「나오미 양을 기다리게 하면 벌을 받을 것 같아서요.」

두 사람은 잔디 위에 나란히 앉았다. 조금 떨어진 곳에 어떤 노인이 책상다리를 하고 앉아 있었다.

「흐린 날의 식물원도 좋지요? 온실 쪽으로 가보았어요?」

나오미가 고개를 흔들자, 료이치는 가늘게 눈을 뜨고 한동안 녹음을 바라보더니 말했다.

「나오미 양, 난 하코다테에 가기가 정말 싫어요. 나오미 양이 없는 곳에서 산다는 건 생각만 해도 눈물이 나올 지경이에요.」

어린아이 같은 말투에 나오미는 저도 모르게 방긋 웃었다.

「나오미 양, 좀 걷지 않겠어요?」

료이치가 다정스럽게 말했다. 두 사람은 어깨를 나란히 하고 천천히 거닐었다. 때때로 전차가 지나가는 소리가 들릴 뿐 주위는 조용했다. 나뭇가지처럼 여러 갈래로 뻗은 길을 둘이서 어깨를 나란히 하고 걸어가니 나오미도 차츰 숨이 막히는 것 같았다.

오솔길로 접어들었다. 땅이 젖어 있었다. 어느새 두 사람은 남의 눈에 띄지 않는 컴컴한 나무숲으로 들어갔다.

나오미는 축제날 밤의 일을 상기했다. 그날 밤에 료이치는 갑자기 「좋아해!」 하고 말하며 나오미에게로 가까이 다가왔었다. 그때 나오미는 어른의 감정으로 좋아질 때까지 기다려 달라고 하며 료이치를 거절했었다.

그 후 3개월이나 지난 지금, 나오미는 자기 자신이 몰라보게 어른이 되어 있는 것을 느꼈다. 축제날 밤에는 전혀 경험하지 못한 숨가쁜 무엇을 나오미는 지금 느끼고 있었다.

「나오미 양!」

료이치가 섬뜩할 만큼 심각한 어조로 부르며 발길을 멈췄다. 나오미는 갑자기 가슴이 뛰었다. 3개월 전에 료이치에게 안길 뻔한 일이 어느새 나오미를 어른으로 만들었는지도 모른다.

「지금도 나오미 양은 나를 싫어해요?」

「싫다는 생각은 한 번도 한 적이 없어요.」

「그럼 좋아하는 걸로 생각해도 되겠지요?」

나오미는 대답을 못했다. 언제나 사실밖에 말하지 못하는, 그리고 맑고 순진한 어린아이의 눈동자를 연상케 하는 그런 료이치에게서 느끼는 것은 좋아한다는 것과 별개의 일처럼 느껴졌다.

「다케야마 쪽을 더 좋아하지요?」

료이치가 쓸쓸하게 미소를 지었다.

「아뇨, 다케야마 선생님은 어디까지나 선생님이에요. 료이치 씨 쪽이 더 좋아요.」

그건 거짓말이 아니었다. 다케야마에게는 어딘가 믿음직스러운 데가 있었으나, 이성(異性)으로는 별로 여겨지지 않았다. 교코가 다케야마를 사랑하고 있다는 것을 알게 된 후부터 나오미는 다케야마에게 더욱 일정한 거리를 두고 대했는지도 모른다.

「그럼 안심했어요. 나는 어제 저녁에 다케야마와도 의논을 했어요. 당신에게 결혼을 신청하겠다고 그에게도 말했어요.」

「결혼을? 그건 너무 일러요.」

나오미는 고개를 옆으로 흔들었다. 결혼은 나오미에게는 아직 먼 미래의 일로 생각되었다.

「아니오. 당신은 당신이 생각하고 있는 것보다 훨씬 어른이에요.」

료이치는 열심히 말했다. 그러고 보니 여고시절의 친구가 벌써 몇 사람이 결혼한 것이 생각났다.

「물론 지금 당장에 답을 해달라는 건 아니에요. 잘 생각해 보세요. 2년 후도 좋고 3년 후도 좋아요. 아니 평생이라도 기다리겠어요. 나는 당신 아닌 다른 여자하고는 결혼하지 않을 테니까요.」

구름 사이에서 햇살이 비쳐 왔다. 나오미의 얼굴에 나무 그림자가 어른거렸다. 료이치는 앞장서서 걷기 시작했다. 뭔가 뿌리치는 듯한 걸음걸이였다. 왠지 모르게 축제날 밤과 같은 료이치를 나오미는 기대하고 있었다. 넓은 길로 돌아오자 나오미는 약간 실망했다. 그러나 한편으로는 포옹을 서둘지 않은 료이치가 믿음직스럽기도 하였다.

료이치는 나오미를 돌아보며 크게 심호흡을 하고 미소를 지어 보였다. 료이치 특유의 정다운 미소였다. 나오미는 문득 다케야마의 말이 생각났다. 다케야마는 료이치를 어린아이가 아니라고 말했다. 그것은 혹시 료이치는 어린아이처럼 보이는 면이 있지만, 속마음은 어엿한 어른이니까 결혼을 신청하면 안심하고 받아들이라는 뜻이 아니었을까 하고 나오미는 생각했다. 그런 생각을 하자 다케야마에 대해 불쾌한 감정을 품었던 자신이 부끄러워졌다.

두 사람은 다시 어깨를 나란히 하고 걸었다. 나오미는 료이치를 쳐다보았다. 그러자 분명히 사려 깊은 듯한 어른의 옆모습이 보였다.

'그래도 신문 기잔데. 어린애 같은 데가 있지만 어른임에 틀림없어.'

료이치는 식물원을 나와 나오미를 교회 앞까지 바래다주었다.

「잠깐 들렀다 가시지 않을래요?」

「나오미 양의 마음을 알았으니까 다음에 정식으로 인사드리기로 하죠.」

료이치가 이렇게 말하고는 막 떠나려고 할 때, 교회 뜰에 고스케와 아이코가 나타났다. 어디로 외출하는 모양이었다.

「어머, 아버지하고 어머니예요.」

나오미가 말하자 료이치는 당황해하며 소리쳤다.

「나 도망칠 거요.」

「도망치지 마세요. 소개할게요.」

고스케와 아이코가 싱글벙글하면서 다가왔다.

「료이치 씨, 아버지하고 어머니예요. 이 분은 교코의 오빠세요.」

나오미가 부모님을 소개하자 료이치는 쑥스러운 듯 머리를 약간 긁적거리더니 명함을 꺼내었다.

「홋카이도 마이니치(北海每日)의 스기하라입니다. 앞으로 잘 부탁드리겠습니다.」

「예, 처음 뵙겠습니다. 나오미의 애비올시다.」

「전 이 애 엄마예요. 교코 양에겐 폐가 많은 것 같더군요.」

고스케와 아이코는 정중하게 인사를 했다. 아이코가 잠깐 들렀다 가라고 권했으나, 료이치는 도망치듯 재빨리 가버렸다.

저녁 식사 때 고스케가 말했다.

「오늘 만난, 그 뭐라던 청년 말이다.」

「여보, 스기하라 료이치라고 해요.」

아이코는 남의 이름을 결코 잊는 일이 없었다.

「음, 그 스기하라 말이야. 그 사람과는 단지 친구 사이겠지, 나오미?」

「글쎄요, 보통 친구보다는 더 친한 사이예요.」

결혼 신청을 받았다는 말은 아직 꺼내고 싶지가 않았다. 나오미 자신이 마음을 결정한 후에 말해도 늦지 않을 것 같았기 때문이다.

「그래, 친한 사이냐?」

고스케는 조용히 나오미의 얼굴을 바라보았다.

「그럼 안 돼요?」

「너무 가까이하지 않는 것이 좋을 것 같은 청년으로 보이더라.」

고스케는 좀처럼 남의 비평 같은 것을 입 밖에 내지 않는 성미였다. 그렇기 때문에 아버지의 말은 나오미의 가슴에 크게 와 부딪쳤다.

「어머, 왜요? 료이치라는 분은 아주 어린아이 같은 사람인데요.」

나오미는 감싸주며 나섰다.

「그래, 어린아이 같은 사람이야? 그렇지만 이 아버지 눈에는 그렇게 보이지 않던데……」

고스케는 눈을 내리깔고 있던 료이치의 모습을 머릿속에 그려 보았다. 젊은 사람답지 않게 피부가 거칠어 보였고 어딘가 어두운 그늘이 있었다. 그것은 오랫동안 많은 사람들과 접촉해 온 목사로서의 육감 같은 것인지도 몰랐다.

「그래요. 어딘지 의지가 나약한 사람 같은 생각이 들더군요.」

아이코도 그런 말을 했다.

「어머, 실례예요. 자세히 보지도 않고 그렇게 말씀하시는 건.」

「하긴 그래, 남을 좋다 나쁘다 하는 건 좋지 않은 일이야. 그렇지만 아버지가 본 사람의 첫인상은 지금까지 빗나간 적이 별로 없어.」

고스케의 말에 나오미는 화를 냈다.

나오미는 갑자기 료이치가 불쌍해졌다. 부모님이 료이치 씨를 형편없이 평가하고 있다고 생각하니 마치 자기 일처럼 속상했다.

「오늘 료이치 씨가 결혼을 신청해 왔어요.」

나오미는 말하지 않을 수 없었다.

「결혼?」

고스케와 아이코가 동시에 물었다.

「그건 아직 너무 일러.」

「이르지 않아요, 친구들 중엔 벌써 결혼한 사람이 여럿 있어요.」

료이치가 결혼 이야기를 꺼냈을 때에는 나오미도 너무 이르다고 생각했었다.

「그렇지만 얘야. 좀더 너한테 잘 어울리는 사람이 교회 안에도 있을지 모르지 않니?」

「그 사람이 신자가 아니라서 안 된다는 거예요?」

 '료이치 씨야말로 예수께서 사랑하신 어린이와 같이 천진한 마음을 가진 사람인데.'

 좀처럼 자기 생각이 부모에게 거부당한 적이 없었던 나오미는 자존심이 상했다.

「아버지는 교회 사람이라면 믿고, 교회 밖의 사람이라면 믿지 않는 거예요? 하나님은 모든 사람에게 똑같이 햇살을 비춰 주세요. 설사 료이치 씨가 나쁘더라도 나쁜 사람일수록 사랑해야 하지 않나요?」

 나오미는 부모님이 료이치 씨에게 호감을 느끼지 않는 것이 이상하기도 하고 한편으로는 섭섭하기도 했다.

사랑의 고뇌

아침부터 내리던 눈은 하염없이 그칠 줄 모르고 있었다.

료이치가 하코다테로 전근한 때는 삿포로의 거리에서 옥수수 장수들이 옥수수를 굽고 있을 무렵이었다. 긴 듯하면서도 짧은 3개월이었다. 나오미는 창 밖으로 눈이 내려 쌓이는 정원을 바라보면서 떠날 때의 료이치를 생각하고 있었다. 료이치는 전송을 나온 신문사 동료나 그림 친구들은 민망할 정도로 거들떠보지도 않고 거의 나오미만 뚫어지게 바라보고 있었다. 그때의 불타던 눈빛을 생각하면 나오미는 가슴이 막힐 정도로 달콤한 감정에 사로잡히는 것이었다.

료이치는 가끔 하코다테에서 전보처럼 짤막한 편지를 보내 왔다.

'지금 밖에는 사나운 폭풍. 오직 당신만을 만나고 싶을 뿐.' 이라든지, '쓸쓸해, 외롭다, 외로워. 오전 2시.' 이런 식의 간단한 편지를 료이치는 편지지에 꽉 차도록 커다란 글씨로 휘갈겨 써서 보내 왔다. 그것을 보면 나오미는 어떤 긴 편지보다도 진실이 담겨 있는 듯이 생각되는 것이었다. 그리고 정말 료이치는 그림 이외에는 마음을 표현할 수 없는 글이 서툰 사람으로 생각되기도 했으나, 료이치 자신의 말대로 정말 천재일지도 모른다는 생각도 들었다.

휘날리던 눈이 어느새 멎었다. 조용한 토요일 오후이다. 료이치에게 편지를 쓰려고 편지지를 폈을 때, 나오미의 창문을 똑똑 두드리는 소리가 들려 왔다. 눈을 들어 바라보니 다케야마였다.

「어머!」

나오미는 저도 모르게 얼굴을 붉혔다. 편지에 쓰려던 료이치에 대한 감정을 다케야마에게 들키기라도 한 것처럼 쑥스러웠다. 서둘러 현관으로 나가니, 아이코도 거실에서 나왔다.

「이거 미안합니다. 바쁘실 텐데 오시라고 해서.」

아마도 다케야마는 고스케가 불러서 온 모양이었다. 다케야마가 거실에 들어서자, 고스케는 평소와는 달리 서둘러 말을 꺼냈다.

「바로 용건부터 말씀드리겠는데, 다케야마 선생, 스기하라 료이치라는 청년은 선생의 친구시라면서요?」

「예, 학창 시절부터 친구 사이인데요…….」

좀 물어 볼 게 있다는 고스케의 전화를 받았을 때, 다케야마도 료이치에 관한 일이 아닌가 하고 언뜻 예상하고 있었다. 다케야마는 무심코 고개를 돌려 나오미의 얼굴을 바라보았다. 나오미는 남의 이야기를 듣는 듯한 표정으로 사과를 깎고 있었다.

「어떤 사람인지 좀 알고 싶은데요.」

「글쎄요, 어떻다고…….」

다케야마는 갑자기 뭐라고 말해야 좋을지 몰라서 우물쭈물 말했다.

「실은 한번 잠깐 만난 적은 있는데요, 나오미에게 프로포즈를 했다는군요.」

고스케의 말을 아이코가 받았다.

「그런데 말이죠, 다케야마 선생님. 이 문제로 나오미하고도 몇 번 얘기를 했지만 좀처럼 의견이 맞지 않아요. 그저께였던가? 나오미가 '그 사람의 친구를 보면 그 사람을 알 수 있잖아요. 아버지가 늘 칭찬하시는 다케야마 선생님이 스기하라 씨의 친구예요' 하고 말하지 않겠어요. 그래서 그 사람이 선생님의 친구라는 말을 듣고 일부러 와 주십사 하고 말씀드렸던 거예요.」

어째서 지금까지 나오미가 그런 얘기를 부모님에게 말하지 않았는지 이상한 일이었다. 그러나 그보다도 지금 이렇게 고스케의 집에서 료이치에 대해 물으니 다케야마의 마음은 착잡했다. 답변을 주저하는 다케야마를 재촉이라도 하려는 듯이 고스케가 말했다.

「어떨까요? 스기하라 군과 나오미가 결혼하면 잘 살 것 같습니까?」

「글쎄요. 말은 타봐야 알고 사람은 지내 봐야 안다고 하지 않습니까? 대답하기 어렵군요.」

다케야마의 말에 나오미는 미소를 지었다.

「선생님은 약으시군요, 슬쩍 피하시구. 아버지나 어머니는 료이치 씨의 인품에 대해서 알고 싶다고 하시는데…….」

「저의 친구니까 뭐 별다를 게 있겠습니까? 그러나 스기하라의 그림은 평판이 좋은 것 같습니다.」

여자 관계가 복잡하고, 경제 관념은 제로인데, 게다가 술꾼이니까 그만 두는 것이 좋겠지요, 하고 사실대로 말할 수 있다면 얼마나 속이 후련할 까. 설사 스기하라를 배반하는 것이 되더라도 그 편이 나오미를 위해서는 물론이고 스기하라 자신에게도 좋은 일일지도 모른다.

그러나 다케야마는 그런 말을 한마디도 꺼내지 못했다.

「그것뿐이에요?」

아이코가 물었다.

「그리고…….」

다케야마는 생각하는 듯한 표정을 지었다. 그는 료이치가 나오미와 결 혼하고 싶다고 말했을 때, 자기도 나오미를 사랑하고 있다고 말하지 못했 을까 하고 후회하고 있었다. 사랑이란 한 걸음 늦었다고 해서 물러서야 할 까닭은 없을 것 같았다. 비록 출발은 늦었지만 료이치와 경쟁한다고 해서 나쁠 것은 없다고 생각되었다. 설령 료이치에게 나오미의 마음이 기울어 져 있더라도, 아직 결정된 것이 아니라면 다케야마도 나오미 앞에 나서고 싶었다. 그러기 위해서는 경쟁자인 스기하라를 나쁘게 말하는 것은 삼가 야 한다. 어차피 경쟁을 해야 한다면 페어 플레이를 하고 싶었다.

말없는 다케야마에게 아이코가 물었다.

「스기하라 씨는 여자 친구가 많은 분인가요?」

「글쎄요…….」

그 녀석처럼 여자 친구가 많은 남자도 아마 드물 것이다. 스기하라를 두 둔하게 되면, 눈뜨고 나오미를 위험한 수렁에 빠뜨리는 결과가 된다. 차라리 이 기회에 스기하라의 소행을 다 밝혀 버릴까 하고 생각했을 때 고스케가 말을 꺼냈다.

「아니 뭐, 다케야마 선생, 미안합니다. 대강은 짐작하겠습니다. 친구인 선생이 대답할 수 없는 것은 어쩔 수 없는 일이 아니겠어요.」

「이거 별 도움이 되는 말들을 못 드려서……..」

다케야마는 이렇게 말할 수밖에 없었다. 화제가 크리스마스 준비로 바뀌었고 저녁 식사를 하고 가라는 권유를 뿌리치고 다케야마는 목사관을 나섰다. 나오미는 문 밖까지 따라 나왔다.

「선생님은 비겁하세요. 왜 아무 말씀도 하시지 않으셨어요?」

저녁 어스름 속에서 보는 나오미의 얼굴은 더욱 아름다웠다.

「그럼 뭐라고 말해야 좋았을까?」

「약간은 칭찬해도 되잖아요? 어린아이처럼 순박하다고 한마디쯤 해주셨어도 좋았을 텐데……..」

「나오미는 정말 스기하라가 그렇게밖에 보이지 않아?」

「그렇잖아요, 료이치 씨는.」

「나오미는 교코에게서 스기하라에 대해 아무것도 듣지 못했어?」

「아무것도라니요? 어떤 일 말이에요?」

「역시 넌 어려. 결혼 같은 건 너무 일러.」

「어머, 무슨 그런 실례의 말씀을 하세요.」

「그래, 그럼 나오미는 자기가 어른인 줄 알고 있어? 스기하라는 어쨌든 간에 내 친구야. 그 녀석에 대해서는 아무 말도 하지 않을 거야. 그러나 나오미가 철이 든 어른이라면 좀더 스기하라라는 인간을 자세히 봐야 해.」

「선생님이 아무 말씀도 하시지 않는 건 료이치 씨를 나쁘게 얘기하는 것과 마찬가지예요. 그보다는 어떤 점이 나쁘다고 확실하게 말씀하시는 편이 나아요.」

다케야마는 나오미를 지그시 바라보았다. 분노인지 슬픔인지 분간하기 어려운 격한 눈빛이었다.

「나오미는 내 심정을 몰라.」

다케야마는 휙 등을 돌려 뒤도 돌아보지도 않고 가버렸다. 나오미는 어두운 길로 사라져 가는 다케야마의 뒷모습을 멍하니 바라보았다.

'나오미는 내 심정을 몰라.'

격하면서도 슬픈 여운을 남긴 다케야마의 말이 나오미의 가슴을 때렸다. 다케야마의 모습이 전찻길로 구부러지면서 사라졌다. 그때 나오미는 뜨끔했다.

'혹시 다케야마 선생이 나를 사랑하고 있는 게 아닐까?'

조금 전 다케야마의 격한 말투에는 그런 뜻이 내포되어 있는 것 같았다. 그러나 나오미는 곧 그것을 인정하지 않았다. 그럴 리가 없다. 교코가 다케야마를 사랑하고 있지 않은가. 교코처럼 상냥하고 아름다운 여자의 사랑을 다케야마가 거절할 리가 없다고 나오미는 생각했다.

'어쨌든 선생님이 료이치 씨를 좀더 칭찬했어도 좋았을 텐데…….'

나오미는 친구인 다케야마에게서 칭찬을 받지 못한 료이치 씨를 동정했다. 나오미는 료이치의 천진스러운 눈을 생각했다.

'그처럼 자기 마음속을 숨기지 못하고 어린아이처럼 드러내는 사람은 남자들의 세계에서는 존경을 받지 못할지도 몰라.'

그렇더라도 다케야마는 료이치의 친구가 아닌가 하고 생각하니 다케야마의 태도를 도저히 용납할 수가 없었다. 만일 자기라면 친구에 대해 물었을 때, 설령 그 친구를 칭찬할 것이 없더라도 적당히 추켜세울 텐데…….나오미는 역시 다케야마를 탓하지 않을 수 없었다. 나오미는 료이치의 인격을 조금도 의심하지 않았다.

＊ ＊ ＊

그날 12월 9일, 후쿠시마(福島) 지방법원에서 마쓰가와(松川) 사건에 대한 판결이 있어, 료이치의 신문사에서도 들뜬 분위기 속에서 흥분하고 있었다. 료이치 자신도 전시에는 사상적인 운동에 관여하였으므로 사형 5명, 무기 5명의 판결에 마음이 편안할 수가 없었다. 전향한 후로 료이치는 그 관련자들에 관한 일에 더욱 예민해졌다.

료이치는 일이 손에 잡히지 않았다 이때 료이치에게 무로란(室蘭) 지방으로 취재 출장을 떠나라는 지시가 떨어졌다. 무로란의 공장 스트라이크(파업) 취재였다. 료이치의 마음은 이중으로 걷잡을 수 없었다. 할 수만 있다면 거절하고 싶었다. 이 사건을 취재하다 보면 자기가 전향할 당시의 동지들을 만나지 않는다고 할 수 없었기 때문이었다.

코트 깃을 세우고 밖으로 나가니, 미조라 히바리(美空)의 '에치고시시(越後獅子)의 노래'가 눈이 뒤섞인 바닷바람을 타고 하코다테의 거리에 널리 퍼지고 있었다. 흥분한 료이치에게는 그 노래의 구성진 가락이 이상하게도 가슴속으로 파고들었다. 쓸쓸한 심정이 밀려들었다.

하코다테 역의 길다란 홈에는 마침 연락선에서 내린 사람들이 기차를 먼저 타려고 앞을 다투어 뛰어가고 있었다. 기차의 좌석을 잡기 위해서였

다. 그 중에 혼자서 천천히 걸어오는 벽돌색 코트를 걸친 여성에게 료이치
시선이 갑자기 멈추었다. 키가 크고 얼굴이 갸름한 아름다운 여자였다. 문
득 어디선가 본 듯한 얼굴이라는 생각이 들었다.

　료이치는 그 여자가 2등차에 올라타는 것을 보고, 거리낌없이 여자의
뒤를 따라 탔다. 2등차는 별로 붐비지 않았다. 다른 곳에도 빈 자리가 있
었지만 료이치는 재빨리 그 여자 옆에 자리를 잡았다. 여자는 흘낏 료이치
를 곁눈질했다. 매혹적으로 빛나는 아름다운 눈이었다. 분명히 어디선가
본 적이 있는 얼굴이었다. 료이치는 재빨리 과거의 여자 하숙집이나 아파
트, 술집 등을 생각해 보았다. 그러나 그런 곳에서 본 여자는 아닌 것 같았
다. 양가(良家)의 딸로서는 지나치게 현대적이라는 생각도 들었다. 어디
서 본 얼굴일까 하고 생각하니 점점 더 그 여자에게 마음이 쏠렸다.

　지금까지 마쓰가와 사건과 스트라이크 취재로 어수선했던 감정의 불꽃
이 불시에 꺼져 버린 것 같았다. 료이치는 전시중에 선배가 옥사하자 재빨
리 전향하고 말았다. 고문에 대한 공포에 질렸기 때문이었다. 료이치는 자
기가 전향한 이유가 목숨이 아깝다는 것 한 가지 이유였다는 것을 언제나
부끄러워했다. 여자와 술만이 그가 비겁자라는 걸 잊게 해 주었다. 특히
료이치는 여자만 있으면 금세 모든 것을 잊을 수 있었다.

　차가우면서도 매력이 있는 여자에게로 료이치의 모든 관심이 쏠렸다.
기차는 어느새 하코다테를 떠나고 있었다. 료이치는 창 밖을 내다보는 체
하고 창가에 앉아 있는 그 여자를 바라보고 있었다. 두툼한 코트 위에서도
료이치는 여성의 육체에 대한 특징을 정확하게 간파할 자신이 있었다.

　'이 여자는 가냘퍼 보이지만, 살집은 좋을 것이다. 그러나 허리는 55센

티쯤 될 거야.'

이렇게 생각하면서 료이치는 그 여자를 바라보고 있었다.

스팀이 들어와서 차내가 좀 따뜻해졌다. 료이치가 코트를 벗으니까 그 여자도 따라서 코트를 벗었다. 과연 료이치가 추측한 대로의 몸매였다. 료이치는 미소를 지었다. 이 몸매와 깊숙이 반짝이는 눈동자를 보기만 해도 관능적인 여자라는 것을 느낄 수 있었다. 료이치는 이 여자의 손을 잡는 것쯤은 식은 죽 먹기라고 생각하니 신이 났다.

료이치의 경험에 의하면, 영화관에서 여자의 손목을 잡았을 때 거절하거나 떠들어대는 여자는 한 명도 없었다. 여자는 어둠 속에서 의외로 대담하다. 이 2등 열차처럼 좌석이 모두 한쪽을 향해 있을 경우에는 남의 눈에 띄지 않는다. 여자는 남의 눈만 아니면, 어두운 영화관 속과 마찬가지로 대담해질 것이라고 생각하며 료이치는 옆자리의 여자를 바라보았다.

료이치는 이 여자가 겨울 방학이라 도쿄에서 삿포로로 돌아가는 가와이 데루코라는 것을 알지 못했다. 여동생 교코의 졸업 앨범에서 료이치는 가와이 데루코를 본 적이 있다. 「꽤 관능적인 미인인데. 소개해 주지 않을래?」 하고 말하자 「오빠 얘가 날 얼마나 미워하는지 알기나 해? 난 싫어.」 하고 교코가 말했었다. 그러나 료이치는 사진에서 본 여학생이 옆의 여자인 줄은 꿈에도 몰랐다.

이윽고 료이치는 가방에서 《라이프》 잡지를 꺼내 읽기 시작했다. 데루코는 전혀 관심이 없는 듯이 보였다. 절반쯤 구름에 가린 고마가다케(駒力岳)의 기슭을 지나갈 무렵에 료이치는 자리에서 일어나 코트를 선반에서 내려 자기 무릎 위에 걸쳤다. 료이치의 코트가 데루코의 한쪽 발을 덮었다. 료이치는 그것을 모른 척했다. 데루코도 모른 척하고 휘날리는 눈발을 내다보고 있었다.

료이치는 졸고 있는 것처럼 보이기 위해 눈을 감았다. 이윽고 료이치의 몸은 차츰 데루코에게로 기울어졌다. 데루코는 모른 척하고 눈이 내리는 바닷가에 시선을 향하고 있었다. 어느새 료이치의 손은 데루코의 무릎 위에 놓여져 있었다. 데루코와 료이치의 손이 코트 밑에서 가볍게 스치고 있었다. 마치 료이치가 잠들어 자연히 그렇게 된 것 같았다.

데루코의 손은 차가웠다. 료이치는 차가운 여자의 손을 좋아했다. 료이치는 하마터면 데루코의 손을 잡을 뻔했다. 어디서 본 적이 있는 얼굴이라는 것이 마음에 걸렸다.

「아, 이거 실례했습니다.」

료이치는 깜짝 놀라서 깬 것처럼 일어났다.

「아니에요.」

데루코는 미소를 지었다. 료이치도 정다운 미소를 지어 보이면서 넌지시 물었다.

「어디까지 가십니까?」

「삿포로까지 가요.」

'삿포로! 위험하군, 위험해.'

「삿포로에는 놀러 가십니까?」

「아뇨, 집으로 가는 길이에요.」

「허, 그럼 어디 대학에 다니시는군요.」

대학이라고 말하면서 료이치는 갑자기 생각나는 것이 있었다.

'그래 맞아. 앨범에서 본 여자야. 교코를 미워한다는 바로 그 여자야.'

이 애 혼자만 도쿄의 대학에 진학한다는 교코의 말을 기억하고 있었다.

'어딘지 좀 관능적이고 의외로 쓸 만한 계집앤데.'

료이치는 데루코에게서 심술궂은 악의 같은 것은 느끼지 못했다. 동 (東) 무로란에서 료이치는 내렸다. 차창을 돌아보니 데루코가 료이치를 은근히 바라보고 있었다.

＊ ＊ ＊

설에는 당신 얼굴을 보러 삿포로에 갑니다. 빨리 오라, 설날이여. 이제 몇 밤이 지 나면 설날인가.

료이치의 편지는 간단했다. 이런 사람과 이루는 가정은 반드시 즐거운 분위기가 넘칠 것이라고 생각하니 나오미는 저절로 웃음이 나왔다.

이 무렵에 나오미의 마음은 급격히 료이치에게로 쏠리고 있었다. 처음 에는 꼭 료이치와 결혼해야겠다고는 생각지 않았다. 그러나 아버지나 어 머니뿐만 아니라 다케야마까지도 료이치를 인정하지 않자, 나오미의 가 슴에는 의분과 비슷한 애정이 급속도로 싹텄다. 료이치는 좀더 사람들에 게서 사랑을 받아도 좋은 점을 갖고 있다고 나오미는 생각하고 있었다.

정월 초사흗날이었다. 료이치는 나오미의 권유로 마지못해 히로노 가 (家)를 방문했다. 료이치는 사람을 찾아가는 것을 결코 부담스럽게 생각 하지 않는 편이었다. 그런데 웬일인지 나오미의 집만은 마음이 내키지 않 았다. 고스케가 목사인 때문인지도 몰랐다.

그러나 전에 나오미네가 살던 하코다테에 전근되어 가 있다는 것만으로도 공통된 화제는 있을 것 같았다. 그런데도 어쩐지 료이치는 침착할 수가 없었다.

「이야기는 나오미에게서 들었는데…….」

고스케는 부드럽게 말을 꺼냈다.

「진작 인사드리지 못하고 너무 뻔뻔스러운 청을 드려서 죄송합니다.」

료이치는 머리를 숙인 채 말했다. 료이치는 처음 고스케를 만났을 때부터 왠지 마주 대하기가 어려웠다. 나오미의 아버지이기 때문만은 아니었다. 고스케는 모든 것을 꿰뚫어보는 것처럼 느껴졌기 때문이었다.

「아니, 이런 딸애를 그렇게 생각해 줘서 우리야말로 과분하게 생각하고 있소. 그러나 나오미는 아직 어린애입니다.」

「네.」

고스케 앞에서는 자기도 어린애와 같다고 료이치는 생각했다.

「목사의 가정이라 멋이 없지요? 설날에 술대접도 못하니…….」

아이코가 난로 위에다 떡을 구우면서 말했다. 료이치는 금주, 금연의 목사 가정에서 술대접을 받을 생각은 하지 않았다. 그러나 아무튼 설날다운 분위기가 전혀 아닌 것에 료이치는 자못 놀랐다. 료이치네 집은 가미다나(집안에 신을 모셔 놓은 작은 감실―옮긴이)에 시메나와(부정을 막기 위해 친 새끼줄―옮긴이)나 제사떡이 올려져 있었다. 도코노마(방바닥을 한 층 높게 한 장식대―옮긴이)에도 커다란 떡이 받침이 달린 쟁반 위에 담겨져 놓여 있었다. 물론 손님이 오면 아침나절부터라도 술을 내놓는다. 한창때의 젊은 장정에게 겨우 차나 찹쌀떡 구이를 대접하는 나오미네 집은 어쩐지 료이치에게 다른 나라에 온 것 같은 착각이 들게 했다.

「신문사에 다닌다고 했지요?」

「네.」

료이치는 앉아 있기가 거북했다. 나오미는 난로의 재를 털면서 료이치를 쳐다보았다. 료이치의 모습은 교무실에 불려간 학생 같았다.

「료이치 씨는 머지않아 화가가 될 거예요.」

나오미가 이렇게 말하자 아이코가 동정하듯이 말했다.

「아, 그래요? 근무하면서 공부하려면 무척 힘들겠군요.」

「네, 뭐…….」

아이코의 말에 나오미는 마음이 좀 놓였다.

료이치는 어떻게 말을 해야 할지 종잡을 수가 없었다. 료이치는 신문 기자답지 않은 자기 자신이 어이가 없었다.

「나오미가 신앙만은 가지고 살아갔으면 하는 것이 우리의 소망이죠.」

료이치는 신앙에 대해서 생각해 본 적이 없었다. 료이치에게 필요한 것은 그림과 여자와 술이었다.

「네.」

료이치는 말을 잃어버린 사람처럼 맞장구를 칠 뿐이었다.

「우리는 될 수 있으면 나오미의 신앙심을 키워 줄 사람을 원했었기 때문에…….」

나오미는 얼굴빛이 변했다. 그녀는 아버지가 료이치를 새롭게 봐 주리라고 믿고 있었다. 그런데 고스케는 나오미와 상의도 하지 않고 료이치의 청혼을 거절하려는 것이다. 그럴려고 료이치를 초대한 것은 아니었다.

「물론 이건 나오미의 생각은 아니지만, 우선 부모인 우리의 심정을 이해해 주었으면 해서요.」

　료이치는 묵묵히 고개를 끄덕였다. 고스케에게 반박할 수 없는 그 무엇을 느꼈다. 나오미는 침울하게 고개를 숙이고 있는 료이치가 불쌍해서 참을 수가 없었다

　「아버지, 전 료이치 씨와 결혼하겠어요.」

　나오미는 거침없이 말했다. 말하지 않고는 견딜 수 없었다. 순간 고스케와 아이코는 나오미를 쳐다보았다. 료이치는 눈을 치뜨고 흘낏 고스케를 훔쳐보았다.

　「나오미, 성급하게 결정해야 할 일이 아니잖아.」

　「아뇨, 지금 결정하고 싶어요.」

　나오미는 료이치가 측은해서 견딜 수 없을 지경이었다.

　「나오미 양.」

　료이치는 나오미를 향해 고개를 약간 옆으로 흔들었다. 부모님의 뜻을 너무 거스르게 행동하지 말라는 뜻이었다. 자기를 싫어하는 고스케에게 료이치는 혐오감을 느낄 만도 했지만 료이치는 이상하게도 고스케에게는 적의를 느낄 수가 없었다. 어렵기는 해도 혐오감이 느껴지지는 않았다. 고스케의 딸과 결혼하려는 자기가 분에 넘치는 짓을 하고 있다고 생각했다. 나오미가 결혼하겠다고 말해 준 것만으로도 료이치는 너무나 만족스러웠다.

＊ ＊ ＊

　료이치가 돌아가자 나오미는 우울한 얼굴로 난롯가에 앉아 있었다.

　말없이 고개를 숙이고 있기만 하는 료이치를 아버지가 너무 심하게 대

했다는 생각이 들었다. 나오미를 위해 료이치는 오늘 하고 싶은 말을 꾹 참았던 것이다. 언제나 쾌활한 료이치를 잘 알고 있는 만큼, 나오미는 료이치가 손아래 사람처럼 애처롭게 느껴졌다.

「어떻게 된 거야, 나오미?」

아버지의 부드러운 목소리조차 나오미에게는 교활하게 들렸다.

「저는 아무래도 료이치 씨와 결혼해야겠어요.」

나오미의 목소리는 토라져 있었다. 고스케와 아이코가 서로 얼굴을 마주 쳐다보았다.

「결혼은 일생을 좌우하는 중대한 문제야. 열아홉이나 스무 살 정도의 나이에 서둘러 결정할 필요는 없다고 생각한다.」

난로에 얹어 놓은 주전자에서 물이 끓는 소리가 조용히 들려 왔다.

'교활한 어른이 되어 결정하면 순수성을 잃어버리는 게 아네요?'

나오미는 이렇게 말하고 싶었지만 아무 말도 하지 않았다.

「나오미, 아버지는 말이야. 믿음이 있는 사람과 결혼하길 바란다.」

「그러는 편이 안전하다는 거군요?」

나오미는 토라진 듯한 어조로 대답했다.

「그렇지만 전 신앙을 가진 사람은 싫어요. 신앙보다도 자기 자신에게 충실한 사람이 좋아요. 료이치 씨는 그런 사람이에요.」

「자신에게 충실하다니…… 어떻게 말이냐?」

「기쁠 때에는 기쁜 듯이, 슬플 때에는 슬픈 듯이 사는 거예요. 자기 감정을 숨기지 않고 말이지요. 료이치 씨는 그래요. 료이치 씨의 순수함이 좋아요.」

「얘야! 네가 말하는 자기 충실이란 감정에 충실한 걸 말하는 거냐?」

설거지를 하던 아이코가 말했다.

「그래요.」

「자기 안에는 감정만이 전부인 듯한 말투구나. 자기의 의지나 이성(理性)이나 신앙에 충실한 것도 자기에게 충실하다고 할 수 있지 않을까?」

나오미는 머뭇거렸다.

「그렇지만 그 중에서도 자기 감정을 숨기지 않는 것이 제일 순수하다고 생각해요.」

나오미의 말에 아이코는 미소를 지었다.

「울고 싶으니까 울고, 웃고 싶으니까 웃는다면 마치 어린애와 같잖아. 감정이란 그렇게 충실해야 할 만큼 중요한 것일까? 조그마한 일에 화를 내거나 이상한 것을 좋아하기도 하고…….」

「그렇지만 료이치 씨에 대한 내 마음도 소중하다고 생각해요.」

이야기를 다시 꺼내자 아이코는 고스케를 바라보았다.

「그렇지만 나오미, 그 마음은 언제 변하게 될지 모르는 거야. 인간의 마음이란 시도 때도 없이 변하기 쉬운 거니까. 특히 젊었을 때는 사람을 과대 평가하여 곧 열중하게 되는 법이야.」

'나는 과대 평가하고 있지 않은데.'

「나오미, 인간을 사랑한다는 것이 뭔지 알고 있니?」

새삼스럽게 물으니 나오미는 분명하게 대답할 수가 없었다.

「너도 사랑한다는 것과 좋아하는 것이 다르다는 것쯤은 알고 있겠지?」

「…….」

「사랑한다는 건 상대방을 살리는 거야.」

아이코가 거들었다.

「그래, 너는 과연 스기하라 군을 살릴 수 있겠니? 아버지가 보기에는 그 사람을 살린다는 것은 무척 어려울 것 같더라. 나오미, 네 힘으로는 도저히 감당할 수 없을 거야. 잘못하면 죽여 버리게 돼.」

「어머! 심하세요, 아버지. 저도 한 사람 정도는 사랑할 수 있어요.」

「그래? 사랑한다는 건 용서하는 것도 돼. 한두 번 용서하는 게 아니라 끝없이 용서하는 거야. 너는 스기하라 군을 용서해 가면서 살 수 있겠니?」

고스케는 유심히 나오미를 지켜보았다.

「그 사람이, 그렇게 용서하지 않으면 안 될 일만 골라서 하리라고는 생각지 않아요.」

나오미는 화가 났다.

「글쎄, 인간이란 용서하기도 하고 용서받기도 하는 일을 되풀이하게 되는 거야. 스기하라는 혹시…….」

아이코가 말끝을 흐렸다.

「혹시 뭐예요, 어머니?」

「결혼을 해도 여자 문제로 골치 아프게 할 사람이 아닌가 해서 말이야.」

「참, 어머니도. 왜 그런 나쁜 상상을 하세요. 좋아요, 만약 스기하라 씨가 여자 문제로 속을 썩여도 전 좋아요.」

나오미는 흥분하고 있었다.

「나오미, 어떻게 된 거야? 좀더 냉정해져야 해.」

「냉정해요, 전……. 그렇지만 아버지나 어머니나 스기하라 씨의 장점을 인정해 주지 않는 게 섭섭해요.」

더 이상 부모와 이야기를 해봐야 소용이 없을 것 같았다. 자기 방으로 돌아가려고 했을 때, 고스케가 정색을 하며 말했다.

「나오미는 다케야마 선생을 어떻게 생각하니?」

「어떻게라니요? 어떻게도 생각하고 있지 않아요. 선생님은 교코와 친한 사이예요.」

「정말이냐, 나오미?」

아이코가 놀라서 물었다.

「그럼요. 교코는 제가 삿포로에 오기 전부터 선생님을 좋아했대요.」

「그건 얘기가 좀 이상한데.」

고스케는 생각에 잠기는 듯한 얼굴을 했다.

「뭐가 이상해요?」

「사실은, 며칠 전에 다케야마 선생이 너에게 청혼을 해 왔다.」

「어머, 선생님이요?」

물론 나오미는 다케야마를 싫어하지는 않았다. 그러나 이제는 갑자기 다케야마가 싫어졌다. 불결한 남자로 생각되었다.

'교코와 만나면서 나한테 청혼을 해서 어쩌자는 걸까?'

료이치가 나오미를 사랑하고 있다는 것을 다케야마는 이미 알고 있다. 그런데 다케야마가 스기하라를 마음에 들어하지 않는 아버지나 어머니를 통해 청혼해 왔다니……. 나오미는 갑자기 다케야마가 경계해야 할 남자로 생각되었다.

「싫어요, 다케야마 선생님 같은 사람은.」

'아버지는 전혀 사람을 볼 줄 모르는구나.'

신앙은 없지만 료이치 쪽이 훨씬 솔직하고 좋은 사람이라고 나오미는 생각하지 않을 수 없었다.

「어째서 싫다는 거야? 다케야마 선생님은 좋은 사람이야. 스기하라 군과 잘 비교해 봐. 그러면 생각이 달라질 거야.」

「그래요. 다케야마 선생님은 훌륭해요. 그분은 저 같은 건 없어도 살아갈 수 있지만 료이치 씨는 제가 없이는 살아갈 수 없는 분이에요.」

말을 마치기 전에 고스케가 몸을 부르르 떨면서 외쳤다.

「바보 같으니! 이런 답답할 데가 있나, 그만큼 말해도 모른단 말이야!」

나오미는 태어나서 처음으로 아버지의 욕설을 들었다. 화가 치밀었다. 무엇 때문에 아버지가 큰소리로 호통을 치는지 나오미는 도무지 이해가 가지 않았다. 한 번만이라도 아버지가 화내는 모습을 보고 싶다고 생각한 적은 이따금 있었지만, 막상 큰소리로 호통을 치는 아버지를 보니, 나오미는 환멸이 느껴졌다.

'뭐야, 아버지도 역시 봉건적이고 무지한 남자에 지나지 않는구나.'

무척 위대한 분이라고 생각해 온 아버지에게서 배신을 당한 기분이었다. 나오미는 아버지를 뚫어지게 쳐다보면서 방에서 나왔다.

「나오미! 이리 와.」

아버지의 목소리는 날카로웠다.

「몰라요!」

나오미는 옆방에 걸어 둔 오버코트를 걸치고 급히 밖으로 나왔다.

「나오미, 어디 가는 거야?」

고스케가 거실 문을 열려고 하는 것을 아이코가 붙잡았다.

「곧 들어오겠지요. 나오미는 생각 없는 아이가 아니니까요.」

「으음…….」

고스케는 쓸쓸한 표정을 지으며 힘없이 웃었다.

흔들리는 갈대

출항을 알리는 뱃고동 소리가 저 멀리서 들려 왔다. 겨울날, 한밤중에 듣는 뱃고동 소리는 왠지 더욱더 쓸쓸하다. 간밤에도 나오미는 료이치가 돌아오기를 기다리면서 같은 시각에 연락선의 뱃고동 소리를 들었다.

책상 위의 자명종 시계는 이미 새벽 1시를 지나 있다. 나오미는 한숨을 내쉬며 창가에 기대섰다. 초록빛 커튼을 살며시 들어올리니 하코다테 거리의 불빛이 언덕 아래에서 드문드문 깜박이고 있다. 가만히 바라보고 있는 나오미의 눈에 눈물이 고였다.

나오미는 불가사의한 인간의 운명에 대해 생각해 보았다. 1년이 지났어도 나오미는 자기가 스기하라 료이치의 아내라는 사실을 실감하지 못했다. 오랜 여행의 계속인 것처럼 불안했다. 그리고 그 여행이 이제는 돌이킬 수 없게 되었다는 것을 지난 1년 동안에 나오미는 뼈저리게 느꼈다.

'료이치가 그날 밤에 교통사고만 당하지 않았던들……'

나오미는 료이치의 일로 아버지와 다투고 무작정 밖으로 뛰쳐나왔던 1
년 전 일을 지금도 회상하고 있다.

그날 밤 나오미는 아버지의 꾸지람을 뿌리치듯 밖으로 뛰쳐나왔다. 태
어나서 처음으로 아버지의 화난 목소리를 들은 흥분이 나오미를 료이치
의 집으로 달려가게 했던 것이다. 료이치의 집 근처까지 왔을 때 구급차가
나오미를 앞질러 20여 미터쯤 앞에서 멈춰 섰다.

거기에서 나오미는 의식을 잃고 쓰러진 료이치를 발견했다. 어떻게 해
서 자기가 구급차를 타게 되었는지, 지금 생각해 보아도 악몽과 같은 순
간이었기에 나오미 자신도 잘 알 수가 없다. 료이치의 얼굴이 창백했던 기
억만 날 뿐이다.

그날 밤에 나오미는 료이치를 돌봐 주었다. 교코와 료이치의 어머니가
병원으로 달려온 것도 나오미가 연락했기 때문인지 잘 기억이 나지 않는
다. 다만 나오미는 료이치가 자기 집에서 돌아가는 길에 사고가 난 것에
책임을 느끼고 있었던 것이다.

아버지 고스케가 료이치와 나오미의 결혼에 반대한 것이 사고의 원인
이라는 생각을 떨쳐 버릴 수 없었다. 나오미는 혼수 상태에 빠져 있는 료
이치의 얼굴을 들여다보면서 아버지에 대한 격한 분노와 료이치에 대한
애틋한 사랑으로 마음이 어지러웠다.

나오미는 그날 밤, 집에는 아무 연락도 하지 않고 병원에서 하룻밤을 꼬
박 새웠다. 료이치는 다행히 뇌진탕이었을 뿐 다른 상처는 없었다. 그러나
이 사건으로 나오미는 료이치가 죽는다면 자기도 따라서 죽으려고 생각
했을 만큼 료이치에게서 떨어질 수 없게 되었다.

의식이 회복되자 료이치는 의외로 건강한 얼굴로 하코다테로 돌아가겠다고 했다. 의식 불명의 얼굴을 지켜보았던 나오미는 료이치를 혼자 하코다테로 보내는 것이 마음에 걸렸다.

　장사를 하고 있는 료이치의 어머니와 관청에 근무하고 있는 교코는 나오미가 하코다테까지 함께 가겠다는 말을 듣고 무척 기뻐했다.

　「미안해요. 하지만 그렇게 해준다면 정말 고마워요.」

　료이치와 닮은 눈매를 가진 료이치의 어머니는 아들의 여자 친구인 나오미에게 전혀 경계의 시선을 보이지 않았다. 교코와 비교해 보아도, 교코보다도 믿음직하지 못하고 금세 남에게 의지하려고 할 것 같은 인상이었다. 이런 사람이 가게를 운영하며 여러 여자를 거느린다는 것이 이상하다는 느낌마저 들었다.

　나오미가 다시 집에 돌아와 료이치를 하코다테까지 바래다주겠다고 말했을 때, 고스케와 아이코는 기가 막힌 듯한 얼굴로 딸을 보았다.

　「굳이 네가 바래다주지 않더라도 어머니나 누이동생이 있잖니?」

　타이르듯이 아이코가 말했다. 간밤에 집을 나간 후 아무 연락도 없어서 부모님이 얼마나 걱정했을까 하는 것은 생각할 여유도 없었다. 그보다는 료이치의 교통사고가 아버지 때문이라는, 아버지에 대한 원망만이 나오미의 머릿속을 차지하고 있었다.

　「료이치 씨는 뇌진탕으로 의식을 잃고 있었어요. 그런데 연락할 겨를이 어디 있어요?」

　이해심이 많은 부모님이었건만 소식도 없이 집을 비운 하룻밤에 대해 용서를 빌 생각도 하지 않는 나오미의 행동에 어이가 없었다. 게다가 하코

다테까지 바래다주겠다고 떼를 쓰는 나오미를 붙들어 둘 말조차 찾지 못
하고 있었다.

료이치의 사양도 있고 해서 어떻든 일단은 하코다테까지 바래다주는
것은 그만두기로 한 나오미는 역까지 료이치를 전송하러 나갔다.

료이치의 어머니와 교코는 역에도 나오지 않았다. 불과 2, 3일 전에 혼
수상태에 빠졌던 료이치의 창백한 얼굴을 생각하면, 아무래도 료이치를
혼자 하코다테까지 보내는 것이 무척 매정한 일로 생각되었다. 통째로 삼
킬 것 같은 시선으로 자기를 바라보는 료이치가 쓸쓸한 미소를 짓는 것을
보자 나오미는 불쑥 하코다테까지 바래다주어야겠다고 생각했다.

기적 소리가 울렸다. 기차가 천천히 움직이기 시작하자 나오미는 휙 몸
을 돌려 기차에 뛰어올랐다.

'그때 나는 정신이 없었어.'

「나오미 양!」

나오미는 놀란 표정을 짓는 료이치 곁에 앉아서 고집을 부렸다.

「하코다테까지 바래다 드리겠어요.」

하코다테까지 갔다가 그 길로 되돌아올 작정이었다. 하코다테의 거리
에서 자란 나오미에게는 삿포로에서 하코다테까지 여덟 시간 동안이나
기차에 흔들리며 가야 하는 일에 별로 용기나 결심 같은 것이 필요하지는
않았다.

「미안해요.」

이렇게 말했지만 료이치는 기뻤다.

하코다테 역에서 곧 되돌아올 생각이었지만, 그립던 거리의 모습에 이

끌려 나오미는 그만 역 밖으로 나오고 말았다. 눈이 별로 내리지 않은 하코다테 거리를 보고 나오미는 오기를 잘했구나 하고 기뻐했다.

료이치의 하숙은 하코다테 산기슭의 호라이초(蓬萊町)에 있었다. 호라이초는 이시카와 다쿠보쿠(石川啄木)가 살던 아오야나기초(青柳町) 바로 옆이며, 요릿집이 많은 거리였다. 호상(豪商) 다카다야 요시베이(高田屋嘉兵衛)의 동상이 서 있는 완만한 언덕길을 올라간 왼쪽에 료이치의 하숙이 있었다.

바람에 시달려 낡아 버린 문을 열자 아무렇게나 벗어서 팽개친 게다(일본 나막신—옮긴이)가 두세 켤레 현관에 뒹굴고 있었다. 방문을 열고 나온 쉰 살 남짓한, 살결이 흰 여인이 호기심 가득 찬 눈으로 나오미를 쳐다보았다.

현관에서 바로 어두컴컴하고 경사가 급한 계단을 올라가면 료이치의 방이 있었다. 하숙이라고는 하지만, 2층에 료이치 혼자서 방을 빌려 사용하고 있었다. 방안에 한 걸음 발을 들여놓으니 유화 물감 냄새가 코를 찌르고 아무렇게나 놓인 몇 장의 캔버스에는 모조리 강렬한 검정과 빨강이 흰빛을 돋보이게 하고 있었다.

'그때 료이치가 열이 심하지만 않았어도 이런 일이 일어나지는 않았을 텐데.'

코트를 걸친 채 힘없이 주저앉은 료이치의 열띤 빨간 얼굴이 어제 일처럼 선명하게 보였다.

료이치는 여덟 시간 동안이나 기차에 시달린 탓인지 열이 심했다. 나오미는 벽장에서 이불을 꺼내어 료이치를 눕혔다. 난로에 불을 넣으려고 온

여주인은 보기보다 친절해서 의사를 불러 주기도 하고 얼음 베개를 빌려 주기도 했다.

열은 사흘쯤 계속되다가 내렸으나, 그 동안에 고스케로부터 집으로 돌아오라고 재촉하는 전보가 몇 차례 왔다. 세 번째에는 '어머니 위독. 즉시 돌아올 것.' 이라고 쓰여진 전보도 날아들었다. 이 전보가 거짓말이라는 것이 뻔히 들여다보여 나오미는 일부러 오기를 부렸다.

'간호하느라고 못 간다고 전보를 보냈는데, 아버지는 어째서 내 말을 믿지 못하시는 걸까?

나오미는 료이치의 베갯머리에서 아버지의 전보를 찢어 버렸다.

사흘째 되는 날에 거짓말처럼 열이 내린 료이치를 보고 나오미는 집으로 돌아가려고 하자 료이치가 손을 잡고 간청했다.

「하룻밤만, 하룻밤만 더.」

'그때 완강하게 뿌리치고 돌아가 버렸더라면……'

자기는 지금쯤 삿포로에서 초급 대학을 다니고 있을 것이다. 그날 밤 사흘 간 계속된 간호로 지친 나오미는 아래층에서 빌려 온 무명 이불을 덮고 일찍 잠이 들었다. 인기척에 문득 눈을 뜨니, 전기 스탠드의 불빛에 비친 료이치의 얼굴이 나오미의 바로 눈앞에 와있었다. 깜짝 놀라 일어나자 「괜찮겠지요?」 하고 말하며 료이치가 나오미의 얼굴을 양손으로 감쌌다.

「잠깐만요.」

그러나 얼른 료이치가 입술로 막아 버렸다. 온몸에 전율이 일고, 생전 처음으로 당하는 키스에 나오미는 황홀하여 눈을 감았다. 그러자 료이치의 한쪽 손이 나오미의 가슴에 닿고, 한 손은 허리로 미끄러져 내려가려고 했다. 나오미는 몸을 비틀며 피했다.

「안 돼요, 료이치 씨.」

「왜요?」

「글쎄 안 돼요.」

「왜요?」

료이치는 반복해서 물었다.

「아직 결혼식도 올리지 않았는데…….」

나오미는 머리를 숙였다.

「그게 뭐가 문제죠? 나오미 양은 생각보다 형식주의자군요.」

료이치는 천연덕스럽게 웃었다.

「그렇지만…….」

「나오미 양은 내가 싫어요?」

「싫으면 여기까지 왔겠어요?」

「그럼 괜찮지 않아요. 애정만 있으면 결혼식 같은 건 아무래도 상관없다고 생각하는데.」

「그렇지만 진정으로 애정이 있다면 모든 사람들에게 축복을 받는 결혼 날짜를 기다려 주어도 좋다고 생각해요, 료이치 씨.」

나오미는 부드럽게 료이치의 손을 잡았다.

「사람들의 축복 같은 건 아무래도 상관없어요.」

료이치는 내뱉듯이 말하고 나서 나오미의 손을 꼭 잡고는 계속 말을 이었다.

「내가 당신과 결혼식을 올린다고 해서 대관절 누가 축복해 주리라고 생

각해요? 당신의 아버지나 어머니도…… 그리고 다케야마까지도 축복보다
는 저주를 하지 않을까, 나오미 양.」

나오미는 그럴지도 모른다고 생각하니 료이치가 가여워 보였다.

「그렇지만…….」

「저주받기 전에 나오미 양을 내 사람으로 만들고 싶어요.」

료이치의 손이 나오미의 어깨에 닿았다.

「잠깐만 료이치 씨, 나는 그래도 하나님 앞에서 맹세하고 싶어요.」

「하나님?」

료이치는 히죽 웃었다.

「하나님을 아직 뵌 적이 없으니 어떤 분인지 모르지만, 사랑하는 사람
끼리 사랑하는 일에 반대할 만큼 어리석은 분이라고는 생각되지 않는데
요.」

「그러니까 하나님 앞에서 맹세하고 난 뒤에 해요.」

「맹세해요? 여기서 맹세해도 되겠지요. 하나님은 교회 안에만 있는 게
아닐 테니까요.」

「그렇지만…….」

나오미는 새삼스럽게 자기가 결혼에 대해 전혀 구체적인 생각이나 신
념을 갖고 있지 않다는 것을 알게 되었다. 나오미는 결혼이란 새하얀 웨
딩 드레스로 몸을 단장하고 교회에서 식을 올리는 것이라고 막연하게 생
각하고 있었다. 남자와 여자가 아무도 없는 곳에서 남몰래 맺어진다는 것
은 상상조차 해보지 못했다. 애정만 있으면 그래도 괜찮다고 생각한 적도
없었다. 애정이 있으면 축복받는 결혼식을 올리기 위해 여러모로 노력해

야 한다고 생각하고 있었다. 따라서 료이치의 말에는 어딘가 전적으로 긍정할 수 없는 것이 있었다. 몰래 맺어진다는 것은 어딘가 무책임한 일인 것 같고 죄를 저지르는 일 같았다.

「그럼 당신은 진심으로 축복해 주지도 않는 사람들 앞에서 예쁜 신부 차림으로 결혼식을 올리고 싶다는 거요? 나는 아무도 없어도 상관없어요. 두 사람만 서로 사랑한다면, 그것으로 훌륭한 결혼식이 된다고 봐요.」

난로의 불이 남아 있어서 방안은 따뜻했다.

「어때요, 괜찮겠지요?」

나오미의 대답을 기다리지 않고 료이치는 나오미의 가슴을 더듬었다.

「……그렇지만, 적어도…….」

「적어도 어떻다는 거요? 꽤나 말 많은 아가씨로군.」

료이치는 초조한 듯이 말하고 나오미의 입술에 자기 입술을 포개었다. 적어도 새 이불을 원하는 나오미를 료이치는 눌러 뭉개듯이 쓰러뜨렸다. 열이 있던 몸이라고는 전혀 생각되지 않았다.

「아앗!」

아픔을 참다못해 소리를 지른 나오미는 이때 문득 다케야마의 얼굴을 눈앞에 떠올렸다. 나오미의 뺨을 후려갈겼을 때의 다케야마의 엄한 표정이었다.

료이치가 나오미의 몸에서 떨어지자 나오미는 얼굴을 가린 채 한없이 울었다. 남녀 관계를 상식적으로 알고는 있었으나 이렇게 빨리, 그것도 이런 식으로 체험하리라고는 상상도 못했다. 무엇 때문에 우는지 나오미 자신도 알 수 없었다. 슬픔과는 달랐다. 기쁜 것도 아니었다. 쓸쓸하거나 억울한 것도 아니었다. 놀라서 우는 갓난아기의 눈물과 비슷했다.

흐느껴 우는 나오미를 료이치는 만족스러운 듯이 곁눈질하며 보고 있었다. 이럴 때 우는 것은 첫 경험의 증거라고 료이치는 흐뭇하게 생각하고 있었다. 나오미의 눈물이 그칠 무렵에 료이치는 조용히 나오미를 껴안았다.

「이것이 사랑한다는 건가요?」

「그래, 나오미.」

료이치는 처음으로 나오미에게 반말을 했다.

'그래, 이런 것이 사랑한다는 거야.'

나오미는 가벼운 실망 비슷한 것을 느끼고 얼굴을 옆으로 돌렸다.

다음날 고스케에게서 속달이 왔다.

나오미, 어머니가 갑자기 패혈증으로 대학 병원에 입원했다. 원인은 확실히 알 수 없으나, 충치 때문이 아닌가 한다. 스기하라 군이 아프다고 하지만 어머니도 심각한 병이니 빨리 돌아오기 바란다. 스기하라 군과의 일에 대해서는 후일 다시 의논하려고 하니, 순결만은 꼭 지켜 주기 바란다. 나오미, 부탁이다. 1분 1초라도 빨리 돌아와 다오.

기차표를 동봉한 아버지의 편지를 무릎 위에 올려놓고 나오미는 '순결, 순결' 하고 마음속으로 몇 번이고 중얼거렸다.

이런 식으로 맺어진 자기들이 불순하다고 생각되지는 않았지만, 그렇다고 해서 떳떳한 일이라고도 생각되지 않았다. 잠든 나오미의 이불 속으로 료이치가 들어왔으니 아무래도 강제로 순결을 빼앗긴 것 같은 느낌이 마음 한구석에 남아 있었다. 나오미의 육체는 일찍이 정욕이라는 것을 느껴 본 적이 없었다. 료이치와 둘이 한방에서 자는 일이 료이치에게 모든 것을 허락한다는 뜻은 아니었다. 그러니까 나오미는 남자와 여자가 한방에 잔다는 의미를 정확히 알지 못했다. 즉 그것이 남자 편에서 볼 때는 어떤 의미인지 나오미는 모르고 있었다. 남자와 같은 방에서 자도 아무 일 없이 여러 밤을 지낼 수 있다고 생각하는 많은 미혼 여자와 마찬가지로 나오미도 그렇게 생각하고 있었다.

'바보였어. 남자를 전혀 알지 못했으니까.'

나오미는 순결만은 지키라는 아버지의 편지가 마음에 걸려 삿포로로 돌아갈 생각이 없었다. 어머니의 병이 걱정되지 않는 것은 아니었지만, 한편으로는 어머니가 정말 병으로 앓고 있을까 하는 의심도 들었다. 결국 나오미는 가출한 이후로 료이치의 아내가 되어 버린 것이다.

집을 뛰쳐나온 나오미에게 집에서 보낸 짐이 도착한 것은 그 후 두 달이나 지난 따뜻한 봄날의 히니마쓰리(3월 3일, 인형을 제단에 장식하고 지내는 축제―옮긴이)날 오후였다.

나오미, 오늘이나 돌아올까 내일이나 돌아올까 하고 밤에도 문을 잠그지 않고 기다렸으나 너는 끝내 돌아오지 않았다. 짐을 보내는 것이 늦어서 추운 겨울에 고생이 많았으리라 생각한다. 하지만 하루 이틀 기다리다 보니 늦어졌구나.

나오미, 네가 집을 나가야만 했던 원인이 결국 우리에게 있다는 것을 이제서야 새삼스럽게 후회하고 있다. 이런 식으로 집을 나가지 않을 수 없었던 너도 괴로웠겠지만, 너를 나가게 한 우리는 더욱 괴롭단다.

목사라는 자리에 있으면서 하나밖에 없는 자식의 마음도 잡지 못했으니 내가 평소에 얼마나 그릇된 생활을 해 왔는지를 통감하게 된다.

우리는 부모답게 너를 꾸짖은 일이 없었다. 큰소리로 꾸짖지 않더라도 우리 딸 나오미는 우리 마음을 알아줄 것으로 생각하고 있었다. 너는 나와 아이코의 딸이다. 만에 하나라도 비뚤어질 리는 없을 거라고 자부하고 있었던 것이다. 아니, 너로서는 비뚤어졌다고는 생각하지 않을지 모른다. 비뚤어지는 것을 싫어하던 너였으니까 말이다. 너는 너 나름대로 자기 길이 옳다고 믿고 갔을 것이다.

나오미, 네가 걸은 길이 불행이었을 때에는 이 아버지와 어머니를 용서해 다오. 하나밖에 없는 딸자식을 행복한 길로 인도하지 못한 부모를 용서해 다오.

어머니는 겨우 퇴원했다. 패혈증은 무서운 병이다. 피가 썩는 병이니까. 그러나 사실 이 무서운 병보다 너 때문에 나는 더 심한 충격을 받았다. 병은 육체의 문제지만, 네 일은 마음의 문제이기 때문이다.

그러나 지난일에 대해선 아무 말도 하지 않겠다. 사랑한다는 건 상대방을 살리는 것이고, 또 용서하는 것임을 거듭 당부해 둔다. 어떤 일이 있더라도 우리는 너를 버리지 않는다. 자기 발로 나간 집에 되돌아오기가 거북하겠지만, 아주 인연을 끊은 게 아니니 언제든지 놀러 오렴.

너희 두 사람에게 하나님께서 행복한 길을 열어 주시기를 기도하고 있다. 부디 마음과 몸을 소중히 해라.

어머니는 너에게 편지하지 않겠다고 한다. 그렇지만 어머니는 훌륭하다. 네가 나가 있어도 항상 명랑하다. 이상한 엄마라고 해야 할지도 모르겠다.

아버지의 편지를 읽고 나오미는 흐느껴 울었다. 너무나 관대한 아버지에게 나오미는 용서를 바라는 편지를 쓸 수도 없었다.

＊ ＊ ＊

료이치는 자상했다. 나오미가 시장에 나갔다가 조금만 늦어도 밖에까지 나와 기다려 주었다.

「아, 다행이야. 이제 아주 돌아오지 않는 줄 알았어.」

료이치는 이렇게 말하고 나오미의 손을 꼭 잡거나, 벽장에 숨어 있다가 「왁!」 하고 나오미를 놀라게 하기도 했다.

그러나 그것도 처음 2, 3개월뿐이었고 점점 귀가 시간이 늦어졌으며 술에 취해 돌아오는 날이 많았다.

4월에 접어든 어느 날 밤의 일을 나오미는 도저히 잊을 수 없다. 나오미가 마음속으로 그리고 있던 료이치와의 생활에는 즐거운 저녁 식사가 있었다. 그날 밤, 나오미는 료이치가 좋아하는 연어에 감자와 홍당무, 무 등을 넣은 찌개를 만들어 놓고 기다리고 있었다. 9시가 지나고 10시가 지나도 료이치는 돌아오지 않았다. 먼저 식사를 할까 하고 생각했으나, 찌개를 보고 기뻐할 료이치를 생각하면서 기다리다 보니 12시가 넘도록 식사를 하지 않고 기다리게 되었다. 뒤늦게 돌아온 료이치는 아직 손도 대지 않은 식탁을 보고 흘낏 나오미의 얼굴을 바라보았다.

「나오미, 이건 뭐야? 시위하는 거야? 12시가 지나도록 나는 배고픔을 참고 기다렸는데 당신은 도대체 어디서 술을 퍼마시고 있었냐 이건가?」

나오미는 자기 얼굴에서 핏기가 싹 가시는 것을 느꼈다. 그 말 속에서는 나오미가 믿고 있던 료이치의 모습은 어디에도 없었다. 나오미는 잘못 들은 게 아닌가 하고 귀를 의심했다. 료이치의 말이나 표정에서 다정함이라고는 전혀 찾아볼 수가 없었다.

그날 밤, 나오미는 뜬눈으로 밤을 새웠다. 곰곰 생각해 보니, 료이치의 심정도 이해할 수 없는 것은 아니었다. 식사도 하지 않고 기다린다는 것은 료이치에게 마음의 부담이 될지도 모른다. 그러나 「늦어서 미안해. 먼저 먹지 않고서.」라고 말할 줄 알았다. 예상치 않은 료이치의 냉혹한 일면에 나오미는 큰 충격을 받았다. 밖에서 무슨 언짢은 일이 있었을 거라고 나오미는 생각하고 싶었다. 자기의 선택이 잘못된 것이라고는 인정하고 싶지 않았다. 자기가 본 그대로의 료이치이기를 바라고 있었다.

그 후 다시 료이치는 식사 준비를 하고 있는 나오미를 뒤에서 갑자기 껴안거나 나오미가 읽고 있는 신문을 빼앗고는 「쓸쓸하단 말이야, 신문 읽지 마.」 하고 말하면서 나오미에게 어리광을 부리기도 했다.

그러나 때때로 나오미는 「나오미, 이건 뭐야. 시위하는 거야?」 하고 말하던 료이치의 냉혹한 얼굴이 어리광을 부리는 료이치 뒤에서 노려보고 있는 것 같아서, 전과 같이 단순하게 천진한 료이치라고는 생각할 수 없었다.

가을의 어느 날 아침이었다. 나오미는 아침 식사를 하기 전에 여느 때와 마찬가지로 묵도를 올렸다. 처녀 시절에는 아버지의 긴 식전 기도를 눈을 커다랗게 뜨고 비웃는 표정으로 바라보곤 했었다. 그러나 료이치와 결혼 생활을 하는 동안에 나오미는 누가 시켜서가 아니라 스스로 기도하고 싶어졌다.

「하나님, 오늘도 새로운 아침을 주셔서 감사합니다. 아침 식사를 감사

드립니다. 이 식사로 료이치와 저에게도 오늘 하루의 힘을 주옵소서.」

눈을 뜨니 료이치가 입술을 삐죽거리며 비웃고 있었다.

「난 그런 종교적인 일은 질색이야.」

가시 돋친 말투였다.

「화내실 건 없잖아요?」

나오미는 료이치가 농담을 하는 것이라고 생각하고 싶었다.

「아무튼 난 기도 같은 건 싫어.」

료이치는 심술궂게 젓가락으로 밥공기를 두들겼다.

「료이치 씨, 좀 부드럽게 얘기해 주세요.」

나오미가 타이르듯이 하는 말이 미처 끝나기도 전에 「듣기 싫어!」라는 말과 함께 료이치의 손에서 밥공기가 날아갔다.

기가 막힌 나오미는 멍하니 료이치를 바라볼 뿐이었다.

「미안해, 내가 잘못했어.」

나오미의 어깨를 끌어안고 나서 료이치는 집을 나섰다. 나오미는 힘없이 현관을 나가는 료이치를 바래다주고 방에 돌아와 입술을 깨물었다. 울래야 울 수도 없는 심정이었다.

「웃고 싶을 때 웃고, 울고 싶을 때 우는 것이 정직하고 순수해요. 료이치 씨는 그래요.」

아버지에게 한 말이 생각났다. 밥이 흩어진 다다미를 훔치면서 나오미는 눈물을 흘렸다.

점심때가 지나 신문을 읽다 나오미는 료이치가 화낸 이유를 알 것 같았다. 신문에는 료이치의 친구가 국전에 특선으로 뽑혀 사진이 커다랗게 실려 있었던 것이다. 그러나 그림도 그리지 않고 날마다 밤늦게 들어오는 료이치가 열심히 그림을 그려 상을 받게 된 친구를 질투할 이유는 없다고 생각했다.

「난 천재일지도 몰라.」

이렇게 말하면서도 료이치는 거의 그림을 그리지 않았다.

「천재는 어떤 인스피레이션에 의해 그리는 거야. 날마다 그릴 필요가 없어.」

료이치는 언제나 이렇게 변명하였다. 나오미는 료이치의 질투를 추하게 생각했다. 게다가 아무런 잘못도 없는 아내에게 화풀이를 한 료이치를 약한 남자라고 생각했다. 감정을 그대로 드러내는 것이 얼마나 추한가를 나오미는 뼈저리게 느꼈다. 료이치의 쓸쓸함과 아내에게 응석을 부리는 남자의 심리를 헤아리기에는 나오미가 너무나 젊었다.

「사랑이란 몇 번이고 몇 번이고 용서하는 거야. 넌 스기하라 군을 용서해 나갈 수 있겠니?」

모든 것을 내다보고 있었던 것처럼 말한 아버지 고스케가 새삼스럽게 훌륭한 사람으로 생각되었다.

'1년 전의 오늘, 나는 하코다테에 왔던 거야.'

이런 생각을 하고 있을 때, 아래층에서 현관문을 여는 소리가 들려왔다. 책상 위의 괘종 시계는 어느덧 새벽 2시를 가리키고 있었다.

나오미는 시계를 얼른 뒤로 돌려놓았다. 새벽 2시에 돌아온 료이치가 미안해할 것이라고 생각했기 때문이었다.

「어서 오세요.」

반기는 나오미를 보자 술에 만취가 된 료이치는 「여, 내 귀염둥이!」 하고 말하며 한쪽 손을 쳐들고 좋아했다.

＊ ＊ ＊

무더운 8월의 어느 날 오후였다.

「나오미 아직 소식 없니?」

료이치의 어머니는 거울 앞에서 눈썹을 그리고 있었다. 50세라는 나이를 아무도 곧이들으려고 하지 않았다. 료이치는 맥주를 마시면서 서른 일곱이나 여덟 정도로밖에 보이지 않는 젊은 어머니를 바라보고 있었다.

「소식이라뇨, 무슨 소식요?」

어머니와 아들이라기보다는 누나와 동생 사이 같은 말투였다. 료이치는 출장으로 어젯밤에 삿포로에 왔지만, 밤늦게 일이 끝나는 어머니 노부코(伸子)와는 이제 처음으로 얼굴을 대한 참이었다.

「뻔하잖아, 아기 말이야.」

노부코는 거울에 비친 료이치에게 한쪽 눈을 감아 보였다. 료이치는 무관심하다는 듯이 고개를 저으며 말했다.

「소식 없어요. 그보다도 가게 일은 어때요?」

「덕분에 가게는 좋은 일만 계속되지만…….」

노부코는 화장을 마친 살결에 부채질을 해서 바람을 쐬었다.

「저…… 마님께 손님이에요.」

가정부 다키가 들어왔다.

「어머, 누군데?」

노부코의 목소리에 생기가 감돌았다.

「저, 가와이 씨라는 분인데요.」

18세의 다키는 감정이 금세 얼굴에 나타났다. 화가 난 것처럼 입이 뾰로통해 가지고 노부코를 바라보았다.

「어머, 가와이 씨가? 어떡하면 좋지? 남자 분이지?」

「아녜요, 여자 분이에요. 아주 거만해 보이는 여자예요.」

「어머, 여자라고?」

노부코는 낮은 목소리로 말하고 불안한 듯이 현관 쪽을 내다보았다.

「없다고 그래.」

「그렇지만 계신다고 말한걸요.」

「어머, 어떡하지? 이봐, 료이치, 엄마가 만나고 싶지 않은 사람이야. 네가 나가서 없다고 말해 주겠니?」

료이치는 맥주를 컵에 따르면서 이죽거리며 말했다.

「뭐야, 재미있군 그래. 다키, 객실로 안내해. 내가 만나 보지.」

「괜찮아, 객실까지 안내하지 않아도. 현관에서 돌려보내도록 해.」

노부코는 이렇게 말하고 서둘러 핸드백을 들고 일어났다.

「아니, 벌써 나가세요?」

료이치가 웃자, 노부코는 파랗게 질린 얼굴로 「도망가야 돼, 뒷문으로.」하고 발소리도 내지 않고 방에서 나갔다. 다키도 뒤쫓아 나갔다. 료이치는 손님을 기다리게 한 채 천천히 맥주를 들이켰다.

푸른 발을 들어올리고, 료이치가 객실에 들어서니 뜻밖에도 젊은 여자가 흰 기모노 차림으로 등을 돌리고 앉아 있었다.

「이거, 너무 기다리게 해서…….」

료이치는 정답게 말을 걸었다. 여자는 조금 뒤로 물러앉으며 료이치에게 가만히 얼굴을 돌렸다.

「아, 당신이었군요.」

「어머.」

손님은 가와이 데루코였다. 데루코도 기차 안에서 옆에 앉았던 료이치를 잊지 않고 있었던 것 같았다. 그러나 가벼운 미소를 짓던 데루코의 표정이 다시 굳어졌다.

「당신은 이 집과 무슨 연관이 있지요?」

데루코는 다그치듯이 말했다.

「이 집의 방탕한 아들이죠.」

료이치는 다정한 미소를 지으면서 선풍기의 스위치를 틀었다.

「어머, 아드님이시라구요?」

데루코는 료이치에 대해 적의를 나타낼 수 없었다.

「저는 댁의 어머님을 뵙고 싶은데요.」

「어머니는 도망쳐 버렸어요. 가와이라는 여자가 찾아왔다고 다키가 말하자, 파랗게 질려서 뒷문으로 빠져나가셨어요.」

료이치는 솔직하게 말했다.

「어머, 그럼 곤란한데요.」

데루코는 입술을 지그시 깨물었다.

「무슨 일인데요? 어머니께서 댁에 큰 빚이라도 지셨나요?」

료이치의 눈은 아직도 웃고 있었다.

「아뇨.」

데루코는 고개를 옆으로 흔들고 나서 료이치를 쳐다보았다.

「저…… 댁은 아무것도 모르시나요?」

「뭐 말입니까? 나라도 상관없다면 말해 주십시오. 혹시 어머니가 크게 폐를 끼치고 있는 건 아닌지요?」

료이치는 진지한 어조로 말했다. 마치 데루코의 편이기라도 한 듯한 말씨가 데루코를 솔직하게 만들었다.

「어머니가 몇 해 전부터 앓고 계세요.」

「어머니가요?」

「네, 아버지가 첩과 계속 가까이하기 때문이에요.」

「첩이라구요?」

료이치는 깜짝 놀랐다. 남의 첩이 될 만한 기질도 없는 어머니라고 료이치는 생각하고 있었다. 그런데 어머니가 데루코 아버지의 첩이라는 사실을 알게 되자 료이치는 더 충격을 받았다.

「네, 그 일로 집안이 얼마나 침울해졌는지…… 전 언제나 당신네 집을 저주하고 있었어요. 당신 어머니를 죽이려고 마음먹은 적도 한두 번이 아녜요.」

데루코의 가느다란 눈이 매섭게 반짝거렸다.

노을

'어머니가 첩이라니…….'

데루코가 어머니를 죽이려고까지 생각했다는 말을 듣고 료이치는 측은
하게 생각하기보다 너털웃음을 웃고 싶은 심정이었다. 어머니 노부코는
겁이 많다. 지금도 혼자서는 화장실에 가지 못해, 가끔 가정부 다키를 밤
중에 깨워서 따라 나서게 하는 일이 있다. 만일 어머니가 죽이려고 했다는
데루코의 말을 들었다면 얼마나 기겁을 할까 하는 생각을 하자 료이치는
웃음이 나왔다.

「왜 웃으세요?」

데루코가 나무라듯이 말했다. 불성실하다고 생각했던 것이다.

「아니, 아무것도…… 그러나 정말 몰랐어요. 어머니가 남의 신세를 지
고 있다는 건 말예요.」

료이치는 어머니가 첩이라는 사실을 알게 된 놀라움이 가시자, 얼마간

한시름 놓이는 듯했다. 오랫동안 혼자서 사는 어머니에게 그런 상대가 있어 준 것이 오히려 료이치의 마음을 가볍게 했다. 료이치의 입술에 아직도 남아 있는 웃음이 데루코의 화를 부추겼다.

「모르고 계셨다는 건 거짓말이군요.」

교코와 료이치가 알고 있으면서 모른 척한 것이 아닌가 하는 생각에 데루코는 화가 치밀었다.

「거짓말요? 거짓말이 아닙니다.」

료이치는 진지한 얼굴로 말했다. 그러나 그것이 오히려 뻔뻔스럽게 생각되었다.

「거짓말이 아니라면 당신 눈은 멀었군요. 어린애가 아니라면 자기 어머니가 무엇을 하고 있다는 것쯤은 알아차릴 법도 한데요.」

데루코는 비웃는 듯한 표정으로 료이치를 바라보았다. 눈이 멀었다는 말을 듣고도 료이치는 잠자코 있었다. 그럴지도 모른다는 생각이 들었던 것이다. 다섯 살짜리 어린애가 놀러 와도 맥주를 내놓고, 그것이 제일 좋은 대접이라고 생각하는 어머니였다. 그런 어머니가 자기들 몰래 남의 첩이 될 만한 재간이 있는 줄은 료이치로서는 생각도 못했다.

「눈이 멀었다고 말해도 할 수 없군요. 그러나 정말이지 난 몰랐어요.」

료이치는 미소를 지었다. 그다지 떠들 일이 못 되지 않느냐고 료이치는 말하고 싶었다.

'또 웃는군. 이 남자는 대체 뭐가 우스울까?'

데루코는 어머니가 몇 해 전부터 이 문제로 몇 번이나 집을 나가고 앓아누웠다고 생각하자, 료이치가 헤헤거리며 웃는 모습에 분노를 느끼지 않을 수 없었다. 몰랐다고 하면 그것으로 끝나는 줄 아느냐. 성질 급한 데루코는 울화가 치미는 것을 억제하지 못했다.

「그러세요? 하긴 이런 술집 같은 걸 하고 있으면 한두 사람의 남자와 어울리는 건 당연한 일인지도 모르겠군요.」

데루코의 경멸하는 표정을 보고 료이치는 이죽거리며 대꾸했다.

「그럴지도 모르지요.」

「그러세요? 역시 ○○집이었군요.」

○○집이라는 말엔 료이치도 화가 치밀었다.

「○○집? 천만에, 말이 지나치군요.」

「그럴까요? 하지만 ○○과 첩은 비슷하지 않아요?」

「하긴 그렇군요. 그럼 첩을 둔 남자도 마찬가지겠군요.」

료이치는 이 오만한 아가씨의 빛나는 검은 눈동자가 이상하게 요염한 아름다움을 갖고 있어 마음이 이끌렸다. 갑자기 강제로라도 손에 넣고 싶은 잔인한 유혹마저 느꼈다.

「그래요, 첩을 둔 남자도 첩과 마찬가지로 하등 동물이에요.」

데루코는 눈썹 하나 까딱하지 않고 싸늘하게 말했다.

「그런데 그 하등동물인 수컷은 우리 어머니에게 날마다 얼마만큼의 돈을 내놓죠?」

료이치는 거리낌없이 말했다. 순간 데루코는 당황한 표정을 지었다.

「한푼도 받지 않았다고 그 사람은 우리 어머니에게 말한 모양이지만…… 그렇지만 그런 여자의 말을 어디까지 믿을 수 있는지 모르겠군요.」

「헤헤, 그렇습니까?」

료이치는 히죽 웃었다. 그는 맥이 빠진 자세로 담배에 불을 붙이면서 안심한 듯이 말했다.

「돈을 받지 않았다면 첩이 아니지요. 나는 남의 남자의 돈으로 내가 대학을 나왔나 해서 실망하고 있었는데요.」

「그런 돈 같은 건……..」

「어쨌든 경제적인 빚은 없는 거지요?」

료이치는 다짐을 하듯이 말했다. 경제적으로 해를 끼치고 있지 않으면 아무런 문제가 없다는 듯한 료이치의 태도가 데루코를 화나게 만들었다.

「돈이 문제가 아녜요. 우리는 10만 엔이나 20만 엔쯤 들어오든 나가든 상관하지 않아요. 문제는 아버지의 마음이 다른 여자에게로 기울어졌다는 거예요.」

「그렇지만 돈 때문에 맺어진 사이가 아니라면 옆에서 이러쿵저러쿵 떠들어도 별수없어요. 가정의 경제를 파탄으로 몰고 갈 만큼 돈을 쓴다거나 집에 전혀 들어오지 않는다면 이야기가 다르지만, 그렇지 않다면 그다지 소란을 피울 일이 못 되지 않습니까?」

「뭐라고요? 당신은 아버지 때문에 우리 집안 분위기가 얼마나 엉망이 되었는지 모르니 그런 말씀을 하시는 거예요. 나도 학교에 가나 집에 돌아오나 하루도 즐거운 날이 없었어요. 어머니는 아버지를 몰아세우고, 아버지는 교활하게 도망쳐서 우리는 결국 아버지를 존경할 수 없게 되었어요. 역시 당신도 그 여자의 아들이군요. 비열한 인종이에요.」

데루코의 목소리가 분노에 떨리고 있었다. 료이치는 데루코의 화난 얼굴이 더욱 아름답다고 생각했다. 이렇게 아름다운 아가씨에게 계속 화를 돋우는 것은 좀 미안한 생각이 들었다. 또한 어머니의 일로 이 아가씨와 다툴 필요는 없다고 생각했다.

「나도 비열합니까?」

료이치는 기가 죽은 듯이 목을 떨구었다. 료이치는 자기의 그런 태도가 여자에게 호감을 준다는 것을 과거의 경험을 통해 알고 있었다.

「비열해요.」

데루코는 기가 죽어 축 늘어진 료이치를 보고 망설이면서도 되풀이해서 말했다.

「이거 큰일났군요. 내가 당신을 몹시 화나게 한 모양입니다.」

료이치는 고개를 더 깊숙이 숙였다. 선생님에게 꾸지람을 받았을 때의 초등학생 같은 료이치의 태도에 데루코는 자기가 지나쳤다고 생각했다.

「당신이 모르는 이야기라면 당신에게 책임이 있는 건 아니지만……」

데루코의 말씨가 조금은 부드러워졌다. 료이치는 한시름 놓기라도 하는 듯이 얼굴을 들고 정답게 웃었다.

「진짜 미인은 화를 내도 아름답군요. 난 정말 놀랐어요.」

그 맑은 눈이 진심으로 자기에게 감탄하고 있다는 것을 데루코는 알 수 있었다.

「어머, 별말씀을 다 하시네요.」

「하여튼 당신은 대단한 아가씨로군요. 난 여자가 그토록 화내는 건 처음 봤어요.」

적의가 없는 솔직한 말투였다. 데루코는 어떻게 대답해야 할지 판단이

서지 않았다.

「그렇지만 난 콧대가 센 여자가 좋아.」

들릴까말까 하는 혼잣말을 데루코는 들을 수 있었다.

「화내지 마세요, 아가씨. 그런데 여자들은 어째서 남자를 그렇게 모를까요. 세상 여자들은 남자에게 달콤한 기대를 너무 많이 하지요. 한평생 바람을 피우지 않는 남자란 세상에 없어요. 장차 당신의 신랑이 될 사람도 지금쯤 예쁜 여자를 무릎 위에 앉혀 놓고 즐기고 있을지도 모르지요.」

「어머.」

「어차피 난 비열한 인종이니까요. 말하거나 생각하는 게 모두 비열하지만 말예요. 비열한 인간이 고상한 체하는 인간보다 정직할지도 몰라요.」

데루코는 료이치를 기차 안에서 만났을 때 호감을 갖고 있었다. 그러나 그가 어머니가 미워하는 노부코의 아들이라는 사실을 알게 되자, 료이치까지도 미워 보였다. 그러나 료이치에게는 어딘가 미워할 수만은 없는 점이 있었다. 자기가 미인이라는 말을 듣고 데루코의 콧대는 갑자기 꺾여 버렸다. 이대로 이곳에 앉아 있으면 자기가 더욱 약해질 것 같아 데루코는 서둘러 자리에서 일어났다.

「전 이만 가봐야겠어요. 아무튼 어머니에게 다시는 절대로 우리 아버지를 만나지 말아 달라고 전해 주세요.」

데루코는 단호하게 말했다. 료이치는 나무 그림자가 선명하게 땅에 드리워진 다섯 평 정도밖에 되지 않는 좁은 뜰을 바라보다가 부드러운 말씨로 데루코에게 물었다.

「어째서 당신 아버지에게 우리 어머니와 헤어지라고 말하지 않아요?」

「수없이 말했어요. 하지만 그럴 듯하게 약속을 해놓고는 헤어지지 않는 거예요. 난 아버지에게 실망했어요.」

「그래요?」

료이치는 동정하는 듯이 고개를 끄덕이며 말했다.

「그런데 어머니도 내가 어렸을 때부터 줄곧 혼자 살아오신 분이라서 내 입으로 어머니에게 헤어지라고는 도저히 말할 수가 없군요.」

「그럼 우리 어머니나 나는 언제까지나 지금과 같은 불행한 처지에 있어도 무방하다는 거예요?」

데루코의 말투가 다시 거칠어졌다.

「우리 어머니와 헤어지면 당신 아버진 행복할 수 있나요? 아버지가 행복하지 못하면 어머니 역시 불행하게 마련이에요.」

「그렇지만 우리 어머니는 아버지의 소유예요. 부부 사이에 다른 여자가 끼어든다는 것은 절대로 용납할 수 없어요.」

「그래요? 남자와 여자 사이가 당신의 주장대로 되는 걸까요? 흔히 사랑은 생각과는 다르다고 하지 않습니까?」

「어쨌든 내 말을 전해 주세요.」

데루코는 눈썹을 위로 치켜올렸다.

「당신은 이상한 사람이로군요.」

「뭐가 이상해요?」

「화를 내면 더욱 아름다워 보여요.」

「놀리지 마세요.」

데루코는 들고 있던 부채를 접었다 폈다 하며 손으로 만지작거리고 있었다.

「놀리다니요?」

료이치는 놀란 듯이 데루코를 바라보았다.

「나에겐 교코라는 예쁘장한 동생이 있어요. 아마 당신과 같은 나이일 거예요.」

료이치는 데루코와 교코가 같은 반이었다는 것을 모른 체했다. 데루코 가 교코를 미워했다는 것도 모른 체하려고 했다. 교코의 이름을 듣자, 데 루코는 반사적으로 혐오감을 느끼고 미간을 찌푸렸다.

「나는 동생 교코보다도 더 아름다운 여자를 아내로 얻었지만, 지금 당 신의 그 화난 얼굴을 보니 나오미보다도 당신이 더 아름답군요. 당신에게 이렇게 꾸중만 들으니 조금도 즐거울 리가 없는데 이러고 있는 게 즐거우 니 아무래도 이상한 일이죠?」

료이치의 말은 겉치레로 들리지 않았다. 이처럼 과격한 말을 주고받으 면서도 료이치는 별로 화를 내는 기색이 보이지 않았다. 악의 없는 말씨에 데루코의 마음도 조금은 부드러워졌다. 데루코는 자기의 미모에 자신이 있었다. 아름답다는 말을 듣는 것이 총명하다는 말을 듣는 것보다 훨씬 기 뻤다. 료이치는 데루코의 반응을 냉정히 관찰하고 있었다.

「나는 내 아내 이상의 미인은 없는 줄 알았어요. 그런데 당신은 나오미 와는 색다른 매력을 가진 미인이에요.」

나오미라는 말을 두 번이나 들었지만, 데루코는 그것이 히로노 나오미 라는 것을 알아차리지 못했다. 나오미는 아직 초급 대학에 다니고 있을 테 니까 말이다. 미혼인 줄 알았던 료이치가 기혼자라는 것을 알고 웬일인지

136

데루코는 실망 비슷한 것을 느꼈다.

「나의 아내는 목사의 딸이라서 그런지 좀 섹시한 매력이 없어요.」

목사의 딸이라는 말을 듣고 데루코는 움찔했다. 그제서야 료이치의 아내가 그 히로노 나오미라는 것을 알아차렸던 것이다. 데루코는 새삼스럽게 료이치를 바라보았다.

'그래, 이 남자가 나오미의 남편이었던가?'

데루코는 어딘가 무너진 것 같은 매력이 있는 료이치를 바라보았다.

'그 애는 다케야마 선생 같은 사람과 결혼할 줄 알았는데.'

데루코는 도중에 나오미가 전학 온 이후로, 그 깊숙한 검은 눈의 아름다움이 탐이 나서 초조한 나날을 보낸 여고시절을 상기했다.

「정말 당신은 묘한 아름다움을 갖고 있어요. 난 그림을 좀 그리고 있어서 미에 대해서는 점수가 꽤 인색한 편인데 말이죠. 당신을 보고 있으면 아내쯤은 금방 잊어버릴 것 같군요.」

료이치의 말에 데루코는 말없이 고개를 숙이고 방에서 나왔다. 자기가 나오미보다 아름답다고는 생각되지 않았지만, 나오미에게 없는 매력이 자기에게 있다고 데루코는 생각했다. 아내가 있는 남자가 다른 여자에게 마음이 이끌리는 것을 데루코는 아까까지만 해도 무조건 혐오하지 않았던가? 그런데 지금 료이치의 말은 데루코의 자존심을 보기 좋게 찔렀다.

현관에 내려선 데루코는 문득 료이치를 쳐다보지 않을 수 없었다. 료이치는 뜨끔해질 만큼 격렬한 눈빛으로 삼킬 듯이 데루코를 쏘아보고 있었다. 데루코는 돌아서다 말고 눈을 내리깔았다.

「당신의 어머니에게는 죄송하지만…… 그러나 사랑해서는 안 될 사람일수록 열렬히 사랑하는 경우도 있는 것은 어쩔 수 없다고 생각해요.」

데루코는 말없이 고개를 가볍게 숙이고 햇볕이 내리쬐는 밖으로 나갔다.

'……사랑해서는 안 되는 사람일수록 열렬히 사랑한다…….'

데루코는 이 말을 자기에게 한 말이라고 생각했다. 이성에게서 이렇듯 아름답다는 말을 들어 본 적이 없었기 때문인지도 모른다. 아무튼 데루코는 료이치의 찬사를 나오미에게 들려주고 싶다는 생각이 들었다.

'만일 그 나오미한테서 료이치를 빼앗는다면…….'

순간 그런 생각도 머리를 스쳐갔다. 데루코는 '미라'를 뺏으려다 미라가 된다는 말을 떠올렸다. 노부코에게 항의하려고 찾아왔는데, 느닷없이 료이치가 나타나 그에게 말려든 것 같아서 속상했다. 그러나 한편 데루코는 겨울 방학 때 하코다테에서 오는 기차 속에서 자기에게 기댔던 료이치를 상기하고 있었다.

＊ ＊ ＊

한여름의 붉은 해가 서산으로 지려고 할 무렵이었다. 다케야마 데쓰야는 학교 옥상에 서서 한참 동안 석양을 바라보고 있었다. 태양은 산 끝에 닿을 듯하면서도 좀처럼 닿지 않았다. 순간 석양이 좌우로 흔들려 보이더니 이윽고 산 능선에 가볍게 닿자 신기할 만큼 쑥쑥 내려앉기 시작했다.

석양 위의 구름이 붉게 타오르고 마침내 해가 완전히 지려고 할 때, 다케야마는 누군가 부르는 소리에 뒤를 돌아보았다. 거기에는 핑크빛 슈트를 몸에 꼭 맞게 입은 교코가 미소를 짓고 서 있었다.

「아니, 웬일이야. 학교에 놀러 왔나?」

「학교 근처에 직장 친구가 살고 있어요. 거기 갔다 오는 길이에요. 멋진 저녁 노을이죠, 선생님.」

학생 시절의 말씨였다. 교코는 다케야마 곁에 바싹 다가와 있었다. 이미 해가 져서 산 위에 떠도는 구름이 금빛으로 빛나고 있었다.

「그래, 요즈음은 어떻게 지내나?」

다케야마는 교코를 보면 나오미와 료이치를 생각하지 않을 수 없었다.

「매일 직장에 나가 타이프를 치고 있을 뿐이에요. 따분해요.」

다케야마는 「어떻게 지내나?」 하고 나오미의 안부를 물었던 것이다. 교코의 말에 다케야마는 자기가 먼저 물어 보았어야 하는 것이 교코에 대한 안부였다는 것을 알고 쓰디쓰게 웃었다.

「따분하다니, 일이 따분한 건가?」

「일은 재미있지만…….」

저녁 바람에 가볍게 나부끼는 교코의 흩어진 머리카락이 가련해 보였다.

「일이 재미있다니 다행이군.」

「그럴까요?」

교코는 다케야마의 옆모습을 바라보았다. 다케야마의 어디를 보아도 다정한 구석이라고는 없는 엄숙한 태도에 어째서 이렇게까지 마음이 끌릴까 하고 교코는 생각했다. 다케야마의 생활 태도에는 저 높은 곳을 바라보는 무언가가 있다. 그것에 마음이 끌리는 것이라고 교코는 생각했다.

「그럼, 요즈음 세상에는 일이 재미있는 경우가 별로 없지. 모두들 재미있든 없든 먹고 살아야 하니까 그것으로 충분하다고 생각하니 말이야.」

「그렇지만······.」

교코가 말꼬리를 흐렸다.

「그렇지만 뭐야?」

「일이 재미있는 것만으로는 따분해요.」

「사치스러운 생각이야.」

교코가 무슨 말을 하고 싶어하는지 다케야마도 알고 있었다. 그러나 다케야마는 시치미를 떼고 그렇게 말했다.

「일하지 않는 자는 먹지 말라는 말을 교코도 알고 있겠지?」

「알고 있어요. 공산당들이 자주 말하더군요.」

「그런데 그건 원래 기독교에서 나온 말이야. 일하지 않는 자는 먹지도 말아야 한다고 성경에 씌어 있거든.」

다케야마는 멀리서 명멸하기 시작한 빨간 네온을 바라보면서 이렇게 말하고는 말없이 웃었다.

「선생님.」

「왜?」

「요전에 스기하라 오빠가 왔었어요.」

교코는 다케야마의 태도를 보고 화제를 바꾸었다.

「그래? 잘 있겠지?」

다케야마는 나오미도 함께 돌아온 것이 아닌가 해서 가슴이 두근거렸다.

「네, 별일 없는 것 같았어요. 출장이라고 했지만 왠지 여름 휴가 같았어요. 닷새쯤 머물다 갔어요.」

「둘이서?」

역시 묻지 않을 수 없었다.

「아뇨, 오빠만.」

다케야마가 나오미에게 신경을 쓰고 있다는 것을 교코는 알아차렸다.

「왜 둘이 같이 오지 않았을까?」

「글쎄요.」

교코는 애매하게 대답하고는 미소를 지었다. 설마 임신한 것은 아니겠지 하고 다케야마는 생각하고 싶었다.

「글쎄라니, 잘 지내고 있겠지?」

「오빠가 그러니까…… 나오미도 고생이겠지요, 뭐.」

교코는 다케야마에게 다정한 미소를 던졌다. 다케야마는 괜히 화가 났다.

「오빠가 그렇다니, 교코도 스기하라의 여자 문제를 알고 있었나?」

「네.」

「그런데 왜 나오미에게 스기하라의 일을 자세하게 알려 주지 않았지?」

부드러운 얼굴을 하고 있는 교코가 다케야마에게는 무척 지독한 인간으로 생각되었다.

「그렇지만 오빠가 나오미하고 결혼하길 원했잖아요.」

「그러나 나오미는 교코의 친구 아냐? 교코의 말 한마디로 그 애는 좀더 좋은 사람과 결혼할 수 있었을 게 아냐.」

자기도 모르게 질책하는 말투가 되었다.

「……그렇지만, 저도 오빠의 행복을 바라고 있었거든요. 오빠는 나오미에 의해 진실로 새 출발을 하리라고 믿고 있었지 뭐예요.」

교코가 친구인 나오미보다 오빠인 료이치 편에서 생각하는 것이 어쩌면 당연한 일인지도 모른다고 다케야마는 생각했다.

「선생님, 그렇게 말씀하시면서 선생님이야말로 어째서 나오미에게 오빠에 대한 걸 말해 주지 않으셨어요?」

「나와 스기하라는 친구야. 친구에 관한 이야기를 말할 수는 없지.」

다케야마는 약간 어색하게 말했다.

「그렇지만 나오미는 선생님의 제자가 아녜요?」

다케야마는 말없이 어두워지기 시작한 거리를 내려다보고 있었다.

「선생님은 마치 나오미와 오빠가 결혼했으니까 불행해지는 것은 당연한 것처럼 생각하시는 것 같군요. 그야 물론 오빠의 여자 문제가 복잡했지만, 그것이 오빠의 전부였다고는 생각하지 않아요. 그리고 나오미도 오빠를 사랑하고 있었잖아요.」

이미 어둠이 내리기 시작한 것은 다케야마에게 다행한 일이었다.

'나오미도 오빠를 사랑하고 있었잖아요.'

교코의 이 말이 다케야마의 가슴을 찔렀다.

「교코 양.」

다케야마는 교코를 바라보았다. 교코의 얼굴이 황혼 속에서 한 떨기 흰 꽃송이처럼 보였다. 다케야마는 갑자기 교코를 껴안고 싶은 충동을 느꼈다.

「왜요? 선생님.」

「삿포로도 많이 커졌지, 지금 인구가 몇 십만쯤 될까?」

다케야마는 얼른 화제를 다른 데로 돌렸다. 그러고 보니 몇 십만의 인간이 사는 이 거리에 나오미를 대신할 만한 사람이 하나도 없을 것같이 생각되었다.

「그만 내려갈까? 8월인데도 저녁 바람이 차갑군.」

다케야마는 성큼성큼 걸어서 교코에게서 멀어져 갔다.

* * *

도마코마이(苫小牧)를 지나자 태평양이 보였다. 다케야마는 9월의 짙은 남빛 바다 너머를 유심히 바라보았다. 맑게 개인 하늘 아래 오시마 반도(渡島半島)가 흐릿하게 보였다. 아! 그 반도의 끝에 나오미가 살고 있는 하코다테가 있다고 생각하니 다케야마는 두근거렸다.

지금 다케야마는 사립 고등학교 영어연구회에 참석하기 위해 하코다테로 향하는 기차를 타고 있었다. 생각해 보니 다케야마는 기차에 오른 후로 내내 나오미 생각만 하고 있었다.

나오미가 료이치와 같이 집을 나갔다는 말을 들었을 때, 다케야마는 갑자기 광활한 대지에 홀로 내팽개쳐진 듯한 충격을 받았다.

자기가 나오미에게 결혼을 신청하자마자 료이치에게로 도망쳐 버린 것 같은 인상을 받았기 때문이었다. 그때 받았던 상처는 9개월이 지난 지금도 좀처럼 아물지 않고 있다. 그러나 마음 깊이 다케야마는 완전히 패배했다고는 여기고 있지 않았다.

나오미는 결혼에 실패하여 언젠가는 다케야마에게로 돌아올 것만 같았다. 그것은 나오미와 료이치의 결혼 생활이 불행하기를 바라는 것은 결코 아니었다. 료이치라는 인간은 도저히 아내를 행복하게 해줄 수 있으리라고는 생각되지 않았다. 료이치에게는 여자를 행복하게 할 만한 힘이 부족한 것처럼 여겨졌다.

어느새 기차는 우치우라만(內浦灣) 부근을 달리고 있었다. 만 저쪽에 코마가다케가 선명하게 보였다. 저 산너머에 나오미가 살고 있다고 생각하니, 다케야마는 가슴이 꽉 메일 정도로 나오미가 그리워졌다.

'나오미는 친구의 아내야. 비록 마음속으로라도 친구의 아내를 연모하는 것은 하나님이 용서하지 않을 거야.'

다케야마는 오른쪽에서 연기를 토해 내고 있는 쇼와신산(昭和新山)에 눈길을 돌렸다. 차 안에 있는 다른 승객들도 창에 이마를 대고 쇼와신산을 신기한 듯이 바라보았다. 지구 내부에서 뿜어내는 뜨거운 연기라고 생각하니, 다케야마는 무심히 바라볼 수가 없었다. 어디에도 뿜어낼 수 없는 이 생각을 대체 언제 어떤 형태로 가라앉힐 수 있을까 하고 다케야마는 생각지 않을 수 없었다.

9월의 하코다테는 삿포로보다 훨씬 따뜻했다. 다케야마는 역에서 나와 료이치에게 전화를 걸기 위해 역전의 공중전화 박스로 들어갔다. 료이치의 신문사는 계속 통화중이었다. 다케야마는 전화를 거는 것은 연구회가 끝나는 이틀 후라도 괜찮을 것으로 생각되어 공중전화 박스에서 나왔다.

하늘이 파랗게 개어 있었다. 이 하늘 밑 어딘가에 나오미가 있다고 생각하니, 다케야마는 불안과 비슷한 가슴 설렘을 느꼈다. 막상 닥치고 보니 나오미를 만난다는 것이 두려웠다. 그러나 자기 눈으로 료이치의 아내가 된 나오미를 확인한다면, 나오미에 대한 생각도 바뀌지 않을까 하고 생각했다.

다케야마는 역앞에 서서 나오미가 살고 있는 호라이초는 어디쯤 될까 생각해 보았다. 택시를 잡아타고 운전사에게 물어 보았더니, 운전사는 턱으로 오른쪽을 가리키면서 물었다.

「저 하코다테 산 아래쪽인데요. 호라이초로 가십니까?」

「아니, 나는 유노가와(湯川)로 가요. 호라이초에 아는 사람이 있어서……」

다케야마가 탄 차는 나오미가 살고 있다는 곳과는 정반대 방향으로 달리기 시작했다.

연구회가 끝날 때까지 이틀 밤을 다케야마는 혼란스러운 마음에 잠을 이루지 못했다. 자기는 손가락 하나도 건드릴 수 없는 나오미를 료이치는 마음대로 다루고 있을 거라고 생각하니, 다케야마는 분노에 찬 질투를 하지 않을 수 없었다.

연구회가 끝난 오후 다케야마는 료이치도 나오미도 만나지 않고 돌아가려고 역으로 향했다. 역에 도착하여 문득 푸른색의 전화박스를 보니 아무도 들어가 있지 않았다. 다케야마는 갑자기 생각이 달라졌다. 료이치의 신문사로 다이얼을 돌리면서 만일 그가 자리에 없다면 이대로 돌아가리라고 마음먹었다.

전화는 벨이 한 번 울리기가 무섭게 얼른 연결되었다. 여자 목소리가 곧 료이치를 연결시켜 주었다.

「여보세요, 스기하라입니다.」

좋은 목소리라고 다케야마는 생각했다.

「스기하라인가? 날세, 다케야마야.」

「오, 언제 왔어? 지금 어디야?」

반가운 듯한 료이치의 목소리에 다케야마는 마음이 약간 누그러졌다.

「응, 역앞 전화 박스야. 지금 돌아가는 길이야.」

「뭐, 벌써 돌아가? 내일은 일요일이 아닌가? 자고 가. 나오미도 반가워할 거야.」

가식 없는 말투에 다케야마는 어느새 돌아가려던 마음이 사라졌다.

「괜찮겠나, 방해가 되지 않겠어?」

「방해라니, 무슨 소린가? 난 이제 한 시간 정도만 일하면 끝나. 미안하지만 먼저 가 있겠나? 곧 들어갈게.」

나오미 혼자 있는 집에 가도 좋으냐고 물어 볼 필요도 없을 듯한 료이치의 말에 다케야마는 곧 택시를 잡아탔다.

＊ ＊ ＊

요즈음 료이치는 나오미에게 갖다 주는 돈이 무척 적었다. 술을 마시기 때문만은 아니었다. 낡은 상자나 작은 불상 등을 사서 모으기 시작했기 때문이었다. 그런 고물을 사 가지고 오는 날에는 술도 마시지 않았고 말수도 적었다. 일찍 돌아와서는 언제까지나 우두커니 자기가 사온 물건을 바라보고 있었다. 그런데 그런 날이면 료이치의 신경은 으레 자석처럼 민감하고 미묘하게 반응했다.

바로 2, 3일 전에도 어떤 청어잡이의 우두머리가 사용했다는 커다란 열쇠를 사 가지고 와서는 여느 때처럼 가만히 바라보더니 갑자기 나오미를 돌아보고는 「나오미, 미안하지만 옷을 모두 벗어 주지 않겠어?」 하고 말했다.

「네, 저녁 준비를 끝내고 나서요.」

나오미가 오징어 껍질을 벗기면서 대답하자 이내 료이치의 눈이 사납게 변했다.

「밥이 문제가 아냐, 지금 당장 벗어!」

잡아챌 듯한 말투였다. 아무리 남편이라 하더라도 그런 난폭한 남자의 눈앞에서 벌거벗기는 싫었다. 가만히 서 있는 나오미에게 료이치는 소리를 질렀다.

「안 돼, 빨리 하지 않으면 내 이미지가 깨져 버려.」

말이 끝나기가 무섭게 료이치의 손은 나오미의 스커트를 잡아당기고 있었다. 지금 나오미는 그때의 일을 생각하고 있었다. 하반신부터 벗겨져 나갔을 때의 자기 자신의 비참하던 모습을 생각했다. 료이치가 신경이 날카로운 이유를 나오미가 전혀 이해 못하는 것은 아니었다. 재능이 있다는 것은 하나의 큰 불행을 짊어진 것처럼 생각되기도 하여 나오미는 동정하기도 했다. 하지만 「예술가는 독선적이야. 예술은 생명을 건 격렬한 자기주장이기도 하니까.」 하고 말하는 료이치의 말투나 생활 태도는 아무래도 이해할 수가 없었다.

'오늘도 늦게 오려나?'

이렇게 생각했을 때, 아래층 현관문을 여는 소리가 났다. 료이치가 왔나 보다 하고 얼른 일어서려고 하는데 「실례합니다.」 하고 다른 남자의 목소리가 들려 왔다. 어디선가 귀에 익은 목소리에 나오미는 가슴이 두근거렸다. 아래층에는 아무도 없는 모양이었다. 대답하는 소리가 들리지 않았다.

「실례합니다.」

다시 부르는 목소리를 듣는 순간, 나오미는 얼른 일어섰다.

「실례합니다. 아무도 안 계십니까?」

만나고 싶으면서도 만나고 싶지 않은 것 같은 기분이 되어 나오미는 대답을 망설였으나 문을 열고 도로 나가려는 기척을 듣고는 「잠깐만 기다리세요.」하고 밝은 목소리를 층계 아래로 던졌다.

다케야마 앞에서 조금이라도 어두운 면을 보여서는 안 된다고 생각했다. 자기가 어리석은 길을 택한 것을 다케야마에게 보여 주고 싶지 않았다. 나오미가 계단을 뛰어 내려가자 다케야마가 여행 가방을 든 채 지그시 나오미를 쳐다보고 있었다.

「나오미 양!」

「어머, 선생님. 어서 들어오세요.」

의외로 밝은 나오미의 표정에 다케야마는 기뻐해야 할지 슬퍼해야 할지 도무지 알 수가 없었다.

「어서 올라오세요, 그이는 아직 돌아오지 않았지만…….」

「그이는…….」하는 나오미의 말에서 다케야마는 료이치의 아내인 나오미를 분명히 느끼지 않을 수 없었다. 다케야마는 구두를 벗고 계단에 발을 올려 놓았다.

「어둡고 가파른 계단이에요. 조심하세요.」

여전히 나오미의 목소리는 밝았다. 그 목소리에서는 집을 뛰쳐나온 후 회스러움이나 료이치와의 생활에서 오는 어두운 구석을 전혀 느낄 수 없었다. 다케야마는 묵묵히 한 계단 한 계단 밟으며 계단을 올라갔다.

두 개의 얼굴

다케야마는 문 입구에 선 채 방안을 둘러보았다.

'이렇게 아무것도 없는 방도 있었나?'

어설프게 만든 부엌이 방 한구석에 달려 있었고 그 옆에 조그마한 찬장이 놓여 있을 뿐이었다. 장롱도 없었고 화장대도 없었다. 어디서 화장을 할까? 다케야마는 다다미에 앉아서 자기를 쳐다보고 있는 나오미가 처량하게 느껴졌다. 그러나 아무것도 없다고 생각한 것은 잘못이었고, 부엌의 반대쪽 한구석에는 캔버스와 골동품 같은 쇠주전자, 옻칠한 그릇 등이 아무렇게나 놓여져 있었다.

「아이, 거기 그렇게 서 계시지 말고…… 어서 들어오세요, 선생님.」

나오미의 목소리는 이런 분위기에 어울리지 않게 명랑했다.

'행복해 보이는 목소리야.'

다케야마는 여행 가방을 들고 방안으로 들어갔다.

「그동안 잘 지냈군요, 이제 제법 부인티가 나는데요.」

다케야마는 억지로 명랑하게 말하고, 나오미를 정면으로 바라보았다. 어딘가 변해 있었다. 살빛인지 눈동자인지 잘 알 수는 없었지만 어쨌든 옛날의 나오미와는 전혀 다른 아름다움이 있었다. 부인티가 난다는 다케야마의 말에 나오미는 얼굴을 붉히고「어머, 선생님도……」하면서 고개를 숙였다. 그 나오미의 눈동자에 담겨 있는 요염함에 다케야마는 깜짝 놀랐다. 옛날의 나오미에게서는 볼 수 없던 것이었다. 나오미는 한결 강하고 밝은 아름다움을 지니고 있었다.

「좀 여윈 것 같군요.」

「그런가요?」

나오미는 손을 살짝 뺨에다 대고 고개를 갸우뚱거렸다. 여위기는 했으나 수척하지는 않았다. 다케야마는 나오미의 매끄러운 살결을 바라보았다. 그는 다음에 할말을 생각하면서 결혼 반지도 끼지 않은 나오미를 보고, 료이치의 어머니는 아들의 신혼 살림에 조금도 도움을 주지 않았다는 것을 알게 되었다. 그는 다시 방안을 살펴보았다.

「아무것도 없지요?」

나오미가 재미있다는 듯이 웃었다. 다케야마도 할 수 없이 따라 웃고 나서는 물었다.

「스기하라의 어머니는 여기에 가끔 오시나요?」

「아뇨, 한 번밖에 오신 적이 없어요.」

「스기하라의 어머니가 옷장쯤은 장만해 주실 법도 한데……」

다케야마의 말에 나오미가 이상한 듯이 말했다.

「스기하라의 어머니께서요?」

「그래요.」

「왜요? 스기하라나 저는 부모님의 호주머니에 의지하고 싶지 않아요.」

나오미는 정말 그렇게 생각하고 있는 것 같았다.

「거, 훌륭한 일이군요.」

다케야마는 이렇게 말하면서도 료이치의 어머니는 나오미를 자기 며느리로 생각하고 있지 않은 것이 아닐까 하고 생각했다. 지금까지 료이치가 정사(情事)를 거듭한 상대와 마찬가지로 나오미를 생각하고 있는 것 같았다. 다케야마는 마음이 무거웠다.

「어머니의 성격이 스기하라를 닮아서 태평스러운가 보죠.」

「좋은 분이에요, 무척.」

나오미는 차를 끓이면서 자기 어머니인 아이코를 생각해 보았다.

다케야마는 생각에 잠겨 있는 나오미의 얼굴을 바라보면서 임시 거처처럼 세간 하나 제대로 갖추어져 있지 않은 것에 의분 비슷한 감정이 솟아오르는 것을 느꼈다.

'스기하라에게 나오미를 행복하게 해주려는 마음이 있다면, 나오미의 부모에게 우선 인사부터 해야 하는 것이 도리 아닌가?

다케야마는 어쩌면 료이치가 나오미를 일시적인 노리개 상대로밖에 생각하고 있지 않은 게 아닐까 하고 생각했다. 료이치의 월급으로도 충분히 옷장이나 화장대 정도는 살 수 있을 것이다.

'그렇다면 이런 구닥다리 물건들을 사들일 게 아니라 먼저 세간부터 장만해야 할 것이다.'

방안을 둘러보니 료이치에게는 나오미를 행복하게 해주려는 마음이 없는 듯해서 다케야마는 시무룩해져서 팔짱을 낀 채 잠자코 있었다.

'이대로 간다면 나오미와 스기하라의 생활은 일찍 깨지는 게 아닐까?'

다케야마는 이런 생각을 하고 깜짝 놀랐다. 자기는 마음속으로 두 사람의 파탄을 누구보다도 원하고 있는 것처럼 생각되었기 때문이다.

「왜 그러세요, 선생님?」

말이 없는 다케야마를 보고 나오미가 웃었다.

「아냐……」

다케야마는 더듬거리며 말했다.

한 시간쯤 있다가 들어오겠다던 료이치는 좀처럼 나타나지 않았다.

다케야마는 저녁 식사를 준비하는 나오미의 뒷모습을 바라보면서 료이치의 귀가가 늦는 것에 신경이 쓰였다. 빨리 돌아와 주었으면 싶기도 하고 조금이라도 더 나오미와 단둘이 있고 싶기도 했다.

「교회에 나가나요?」

다케야마의 말에 나오미는 파를 다지던 손을 멈추었다.

「교회……」

다케야마에게 등을 돌린 채 나오미는 중얼거리듯이 말했다.

'교회, 얼마나 그리운 말인가?'

목사의 딸이기는 했지만, 나오미는 신앙을 갖고 있지 않는 것이 분명했다. 목사의 딸로 태어난 나오미에게는 이제 교회가 그리운 장소이다. 그곳은 아버지나 어머니를 상기시키고 나오미 자신의 과거를 상기시키는 곳이다. 나오미의 눈에서는 어느새 눈물이 주르륵 흘러내렸다.

료이치는 나오미가 옛 친지들과 어울리는 것을 싫어했으므로, 나오미는 교회는 물론이고 거리에도 나가는 일이 거의 없었다.

대답하지 않는 나오미의 뒷모습을 바라보면서 다케야마는 화제를 바꿀까 하고 생각했다. 나오미의 아버지나 어머니에 관한 이야기를 꺼내서는 안 될 것 같은 서글픔을 나오미의 등에서 느낄 수 있었다.

그러나 모른 체하고 나오미를 당황하게 만들 생각도 없지는 않았다. 료이치 곁에서 고생하고 있는 나오미에게 다케야마는 역시 무언가 책망하고 싶은 충동이 강하게 일었다.

「한번 집에 편지를 보내든지 가보는 게 좋을 텐데…….」

다케야마는 아무래도 그냥 넘어갈 수가 없었다. 듣지 못한 것처럼 나오미는 멈추지 않고 계속해서 파를 다지며 아무런 대답도 하지 않았다. 나오미는 부모님의 소식을 제일 먼저 알고 싶었다. 그러나 부모님의 소식을 다케야마에게 물어 볼 자격마저 없는 것 같았다.

'사랑한다는 것은 용서하는 거야.'

이런 말을 했던 아버지 고스케 앞에 나오미는 얼굴을 들 수 없는 형편이었다. 그러므로 다케야마의 말이 가슴에 사무쳤다.

다케야마는 아무 대답도 없는 나오미의 뒷모습에서 외로움이 엿보이는 것 같아 입을 다물었다. 두 사람 사이에 무거운 침묵이 흘렀다. 둘은 오랫동안 그렇게 아무 말도 하지 않았다. 전골 요리가 다 되었는데도 료이치는 돌아오지 않았다. 빨갛게 피어 오른 숯불을 바라보면서 나오미는 료이치가 오늘 밤 늦게 들어올 것 같은 예감이 들었다. 적어도 다케야마가 와 있는 동안만이라도 나오미는 남 보기에 행복한 부부처럼 보이고 싶었다.

「이상하군, 한 시간 정도 늦어질 거라고 하더니…….」

다케야마는 완전히 어두워진 밖을 내다보았다. 다케야마가 온 뒤 나오
미가 전골 재료와 술을 사러 가기도 했으니 시간이 많이 흘렀을 것이다.

「죄송해요, 모처럼 선생님께서 오셨는데 어떻게 된 걸까요?」

나오미는 고개를 숙였다.

「전화를 걸어 보고 와야겠어요.」

다케야마는 이렇게 말하고 밖으로 나갔다. 료이치가 없는 방에 나오미
와 단둘이 마주앉아 있으려니 이상하게 숨이 막히는 것만 같았다.

밖으로 나오니 거무스름한 하코다테 산이 성큼 덮쳐 올 듯이 가까이 보
였다. 다케야마는 잠시 멈춰 서서 하코다테 산을 바라보았다. 그때 산 중
턱의 차에서 헤드라이트가 비쳤다.

'앗, 굴러 떨어진다!'

순간 다케야마가 그렇게 착각할 정도로 경사가 가파른 길을 내려오고
있었다. 한 대, 또 한 대가 줄이어 같은 각도로 달려오는 것을 보고 다케야
마는 그제서야 안심하고 저도 모르게 쓴웃음을 지었다.

조금 전 나오미와 단둘이 방안에 있을 때의 다케야마 자신의 심정이 바
로 이 굴러 떨어질 것 같은 차와 비슷하다고 생각했기 때문이다.

한 정거장쯤 걸어가 약방에서 다케야마는 전화를 걸었다. 그러나 료이
치는 벌써 신문사에서 나갔다고 했다. 다케야마는 어쩐지 불안해졌다.

'내가 와 있는 걸 알면서 이렇게 늦도록 돌아오지 않는 이유는 뭘까?'

다케야마는 무언가 섬뜩한 료이치의 의중을 느꼈다. 료이치와 통화했
을 때 아무런 격의도 없었기에 더욱 그런 느낌이 강했다.

'만나지 말고 그냥 돌아갈까?'

그러나 다케야마는 료이치를 만나지 않고 이대로 돌아간다는 것도 마음이 내키지 않았다. 그냥 돌아간다면 두 사람의 우정에 돌이킬 수 없는 금이 갈 것 같았다.

'그래도 무방하지 않을까?'

생각해 보면 다케야마에게 있어서 료이치는 꼭 필요한 친구도 아닌 것 같았다. 오히려 지금까지 료이치의 여자 문제로 귀찮은 뒤치다꺼리만 해 오느라고 다케야마는 일방적으로 피해만 입은 셈이었다.

그러나 그렇다고 해서 이대로 훌쩍 떠나기도 싫었다. 오랜 우정이란 이론이나 이유만으로는 따질 수 없는 이상한 것이라고 다케야마는 생각했다. 다케야마 자신이 료이치를 위해 힘써 오긴 했지만, 그것이 반드시 료이치의 행복을 진심으로 바라서만은 아니었다. 겉으로는 따뜻하고 관대한 우정처럼 남들에게 보이고 자기 자신도 그렇게 생각해 왔으나, 그 본질은 헛된 것이었다고 다케야마는 생각했다.

'오히려 나는 지금도 마음속으로 은근히 나오미를 가지고 싶어한다.'

집으로 돌아오지 않는 료이치를 나무랄 수 없는 자기 자신을 다케야마는 반성했다.

* * *

다케야마는 쌀쌀한 9월의 깊은 밤바람을 쐬면서 가느다란 문살이 달린 집이 나란히 있는 거리를 어슬렁어슬렁 걸어갔다. 그때 드르륵하고 가벼운 소리를 내며 문이 열렸다. 게이샤(기생)였다. 희미한 외등 밑에서 게이샤는 다케야마를 흘끗 쳐다보고 배시시 웃어 보였다.

그 얼굴이 교코를 닮았다. 옷소매를 잡고 게이샤는 나막신 소리를 내면서 사라졌다. 다케야마는 허리를 펴고 서서 언덕 아래로 내려가는 그 뒷모습을 바라보았다. 게이샤가 내려가는 저 아래로 하코다테 거리의 등불이 아름답게 보였다.

나오미의 집 앞에 와서 살짝 현관을 들여다보았으나, 료이치의 구두 같은 것은 보이지 않았다.

「어머!」

발소리를 듣고 미닫이를 연 나오미는 다케야마를 보고 가벼운 실망을 하는 것 같았다. 다케야마는 나오미의 표정에서 갑자기 강한 질투를 느꼈다. 지금 나오미가 기다리고 있는 사람이 료이치인 것은 당연한 일이었다. 그 당연한 일에 다케야마는 질투를 느낀 것이다.

「미안해요, 밖은 춥지요?」

나오미의 위로의 말도 다케야마에게는 쓸쓸하게 들렸다.

「신문사에서는 벌써 퇴근했다는군요. 누구한테 붙잡혀 있는 것일까? 스키하라는 매일 이렇게 늦나요?」

자기도 모르게 힐책하는 어투가 된 것을 다케야마는 곧 후회했다.

나오미는 쓸쓸하게 웃고 나서 말했다.

「그만 기다리고 선생님과 둘이서 먼저 식사를 해야겠어요.」

「그렇지만, 그럴 수야 있나요? 좀더 기다려 보지요.」

「그럴 필요 없어요.」

나오미는 딱 잘라서 말하고는 「선생님, 맥주 한 잔 하시겠어요?」 하고 명랑하게 말했다.

「아니, 술은 안 하겠어요. 밥이나 먹지요.」

다케야마도 망설임 없이 대답했다. 나오미에게 더 이상 신경을 쓰게 하는 것이 가엾게 생각되었기 때문이다.

「조금 전에 오다가 교코와 닮은 여자를 보았소.」

「어머, 교코하고?」

나오미는 냄비를 숯불 위에 얹으려던 손을 멈췄다.

「게이샤였지만 말이오, 아름다운 여자였소.」

「교코를 가끔 만나세요?」

「무척 어른스러워졌어요, 교코도.」

「교코는…….」

말하다 말고 나오미는 다케야마를 바라보았다.

「교코가 어떻다고요?」

교코는 다케야마를 좋아한다고 말하려다가 나오미는 그만두었다.

다케야마가 자기에게 청혼한 생각이 떠올랐기 때문이었다.

「말하려다 그만 잊어버렸어요.」

냄비에 재료를 모두 집어넣은 것을 보고 다케야마는 「기도할까요?」 하고 꿇어앉았다.

「네.」

나오미의 눈이 갑자기 빛났다. 부모와 함께 있을 때에는 식전 기도를 매우 못마땅하게 생각하던 나오미였다. 그런데 료이치와 결혼하여 기도가 없는 생활을 하게 되자 차츰 그것이 견디기 어려울 만큼 쓸쓸해졌다. 그래서 나오미가 다시 기도하게 되었을 때 료이치는 나오미에게 화를 내고는 밥상을 뒤집어엎기까지 했다.

그런 만큼 다케야마가 기도하자는 말에 나오미는 무척 기뻤다.

기도를 마치자 나오미는 다케야마와 마주보고 웃었다. 료이치와의 사이에서는 찾아볼 수 없는 분위기였다.

「맛있군! 아주 맛이 훌륭한데요.」

다케야마는 고기를 씹으면서 말했다.

「입에 맞으신다니 저도 기뻐요.」

「나오미는 요리 같은 건 하지 않고, 어려운 책이나 읽는 그런 부인이 될 줄 알았는데 말이오.」

「기대에 어긋나서 죄송해요.」

나오미는 하마터면 눈물이 나을 뻔했다.

'이분이 료이치라면……'

나오미는 료이치에게서 요리 솜씨를 칭찬받은 적이 거의 없었다. 밤늦게 돌아오는 료이치는 요즈음은 집에서 아침 식사밖에 하지 않았다. 그 아침 식사도 술 취한 다음날에는 별로 입맛이 없는 모양이었다.

'둘이서 천천히 저녁 식사를 하는 것만 해도 얼마나 평화롭고 즐거운 일일까?

거기다가 다케야마는 기도까지 해주었다.

「이 가정에 하나님의 큰 축복이 있게 해주소서.」

다케야마의 기도를 나오미는 마음속으로 몇 번이고 되새겼다. 과연 료이치와의 결혼 생활에 하나님의 축복을 받을 만한 것이 있을까 하고 나오미는 생각해 보았다.

료이치는 다케야마가 와 있는 줄을 알면서도 오늘도 늦는다. 언제까지 기다려 봐야 료이치와의 결혼 생활에 단란한 저녁 식사 같은 건 바랄 수 없을 것 같다.

'만일 다케야마 선생님과 결혼했더라면, 반드시 매일 기도를 하고 식사를 했을 것이다. 얼마나 즐거운 생활이 되었을까? 난 선생님과 같은 사람과 결혼했어야 하는 거야.'

이렇게 생각하자 나오미는 마음의 동요에 얼굴이 뜨겁게 달아올랐다.

「왜 갑자기 말이 없지요?」

다케야마가 이런 말을 하자 나오미는 얼굴이 더욱 빨개졌다. 다케야마는 얼굴이 빨개진 나오미를 미처 보지 못하고 서투른 솜씨로 접시의 재료를 냄비에 옮겨 담았다.

「어머, 미안해요. 제가 멍청하게 앉아만 있었군요.」

료이치는 결코 이런 일을 해준 적이 없다고 나오미는 다시 반사적으로 두 사람을 비교해 보았다.

「나오미, 낮에는 주로 어떻게 지내나? 빨래나 청소 같은 건 단 두 식구라 별로 힘들지 않을 텐데.」

다케야마는 방안을 둘러보았다.

「아무것도 안 해요. 어디 직장에라도 나가고 싶지만 그이는 제가 가게에 물건을 사러 가는 것조차도 싫어하고…… 집안에서 뭐라도 했으면 좋겠지만 게을러서…….」

시간도 아깝지만 무엇을 해보려는 의욕마저 없는 자기 자신이 나오미는 안타깝기만 했다.

「행복으로 공중에 떠 있는 시간도 좀 있어야지요.」

「행복이요?」

나오미는 이렇게 반문하고 나서 '그래, 나는 선생님 앞에서는 어디까지나 행복한 여자여야 한다.' 하고 얼른 고쳐 생각했다.

「그럴지도 모르겠군요.」

나오미는 이렇게 말하고는 냄비의 양파를 밥그릇에 넣었다. 하마터면 자기의 결혼 생활이 기대했던 것 같지 않다는 말을 할 뻔했다.

다케야마는 순간 나오미를 바라보았으나 묵묵히 젓가락만 움직였다.

식사가 끝나자 벌써 9시가 지나 있었다.

「그럼 오늘은 이만 돌아가야겠군.」

다케야마는 이렇게 말하고는 자리에서 일어났다.

「죄송해요. 스기하라는 어디선가 술친구들에게 붙잡혔나 봐요.」

나오미는 창가에 서서 커튼을 살짝 들어올렸다. 오늘 밤에도 새벽 2시경이 아니면 돌아오지 않을 것이라고 생각하니 나오미는 괴로웠다. 다른 때라면 어떻든, 다케야마가 온 날쯤은 빨리 돌아와 주었으면 했다. 아무리 나오미가 행복한 것처럼 보이려 해도 료이치가 돌아오지 않은 것으로 자기들의 생활 전모가 모두 들켜 버린 것 같았다.

「그럼, 스기하라에게 안부나 전해 줘요. 그리고 건강하고 꿋꿋하게 살아요.」

방을 나서려던 다케야마는 이렇게 말하고 갑자기 돌아서서 나오미를 바라보았다. 다케야마를 따라 방에서 나오려던 나오미는 다케야마와 정면으로 마주쳤다. 다케야마는 나오미를 응시했다. 다케야마의 시선이 슬

푼 듯이 자기에게 쏠리는 것을 나오미는 이내 알아차렸다. 나오미는 눈을 내리깔았다. 다케야마의 듬직한 몸집이 눈앞에 서 있었다. 료이치와는 다른 청결한 다케야마의 모습이었다. 이제야 비로소 나오미는 다케야마를 이성(異性)으로 강하게 의식했다. 몸이 확 달아올랐다. 나오미가 눈을 들자 다케야마는 얼른 시선을 돌려 「안녕!」 하고 미닫이를 열었다.

무언가 감쪽같이 함정에 빠져 버린 것 같다고 나오미가 생각했을 때, 아래쪽 현관문이 드르륵 열렸다. 다케야마와 나오미가 계단을 내려가자 료이치가 술에 취해 비틀거리며 서 있었다.

「뭐, 내가 돌아왔다고 해서 황급히 돌아갈 건 없잖아.」

료이치는 여행 가방을 든 다케야마를 보고 갑자기 시비를 걸어 왔다.

「그건…… 료이치 씨, 실례예요.」

나오미가 료이치의 구두를 벗겼다.

「실례? 뭐가 실례야.」

료이치는 소리치면서 위태로운 걸음으로 계단을 오르기 시작했다.

뒤에서 료이치를 부축하는 나오미의 모습을 보고 다케야마는 뒤를 따라 방안으로 되돌아왔다.

「미안해요, 이렇게 취해서…….」

「아니, 술 취한 스기하라에겐 이미 익숙해져 있어요.」

「뭐? 술 취한 스기하라에겐 익숙해져 있다고? 그래서 어쨌다는 거야.」 하고 다시 시비조로 나왔다.

「료이치 씨, 다케야마 선생을 지금까지 기다리게 하고 그런 실례의 말이 어디 있어요…….」

나오미는 료이치가 다른 때보다 더 큰소리 치는 것이 불안했다.

「기다리게 했어? 무슨 소리를 하는 거야, 나오미. 다케야마는 나를 만나러 온 게 아냐.」

술냄새를 풍기면서 료이치는 다케야마를 훑어보았다. 료이치의 말에 다케야마는 잠시 표정이 굳어졌으나 핵심을 찌른 말이라고 생각하니 화를 낼 수가 없었다.

「늦게 돌아와 줘서 고맙다는 인사를 받고 싶을 정도야.」

나오미는 다케야마를 향해 살며시 고개를 숙였다. 료이치는 말없이 있는 다케야마를 다그치듯이 말했다.

「이봐, 다케야마. 안 그래? 내가 돌아왔다고 당황하여 돌아가다니 이상한데, 응? 확실히 이상하지 않아?」

다케야마는 아무 대꾸도 하지 않았다.

「이봐, 뭐라고 말 좀 해봐. 하긴 아무 말도 할 수 없겠지, 너희들?」

이렇게 말하고 료이치는 갑자기 옆에 있는 나오미의 어깨를 확 밀었다.

「이게 무슨 못된 짓인가?」

다케야마가 조용히 말했다.

「스기하라, 한 마디만 묻겠는데, 자넨 나오미를 사랑하고 있나?」

료이치는 잠자코 다케야마를 바라보았다.

오늘 오후에 다케야마에게서 전화를 받았을 때, 료이치는 솔직히 반가웠다. 그러나 먼저 가 있으라고 한 자기 말을 료이치는 즉시 후회했다.

'살림살이가 하나도 없는 방을 보고 다케야마가 어떻게 생각할까?'

이런 생각이 들자, 료이치는 다케야마가 기다리고 있는 자기 방으로 돌아갈 수가 없었다. 료이치도 나오미에게 옷장 하나쯤은 사주려고 마음먹지 않은 건 아니었다. 그러나 료이치는 목돈을 거의 손에 쥐어보지 못했다. 월급날에는 먼저 술집 외상값부터 갚아야 했기 때문이었다.

「옷장이 있어도 넣을 옷이 없는 걸요.」 하고 나오미 자신도 웃으면서 옷장을 사고 싶다거나 옷을 사고 싶다는 말을 꺼내지 않았다.

술을 조금만 덜 마시면 좋다는 걸 료이치 자신도 잘 알고 있으면서 거리에 저녁 불빛이 반짝일 무렵이 되면 발길이 저절로 술집으로 향하곤 했다. 오늘도 다케야마가 와 있기 때문에 오히려 마음이 무거워 집으로 곧장 돌아갈 생각이 나지 않았다. 그리하여 여느 때와 마찬가지로 단골 술집에 들렀던 것이다.

'나는 결혼하면 좋은 그림을 그리겠다고 장담했었다. 그러나 1년 반이 넘도록 아직 그림다운 그림 하나 그리지 못하고 있다.'

재능을 인정해 주는 만큼 다케야마는 료이치에게 아주 엄하고 신랄하다. 잔 수가 늘어감에 따라 료이치는 더욱 다케야마를 만나기가 괴로워졌다. 료이치는 술을 마시며 자기를 기다리고 있을 다케야마를 생각해 보았다. 다케야마가 나오미에게 어떤 말을 하고 있을지 짐작되는 일이었다.

「나오미는 행복한가?」

그렇게 물어볼 거라고 생각되었다. 그 말에 나오미는 뭐라고 대답할까? 행복하다고 대답할 것이라는 확신이 료이치에게는 전혀 없었다. 요즘 들어 나오미가 수시로 멍하니 골똘히 생각하는 경우가 있다. 곤두선 신경을 그대로 발산할 수 있는 상대는 오직 나오미뿐이라고 생각하면서도 나오미의 겁먹은 눈을 보면 료이치는 마음이 편하지 않았다.

「나는 너에게 투정을 부리고 있는 거야. 나오미, 그렇게 하게 해줘.」

료이치는 이런 울부짖음이 나오미에게 전달될 수 없다는 것을 알고 있었다. 가장 사랑하는 자가 자기를 두려워한다는 것은 서글픈 일이었다.

'분명 나오미는 다케야마에게 행복하지 못하다고 대답했을 것이다.'

이렇게 생각하니 료이치는 갑자기 불안해졌다.

다케야마가 자기를 찾아온 것은 나오미를 만나고 싶기 때문일 것이다. 다케야마가 나오미에게 청혼했다는 사실을 료이치는 나중에 알게 되었다. 승리자의 우월감으로, 료이치는 다케야마에게 나오미가 혼자 있는 집에서 기다리라고 말했던 것이다.

오래간만에 만난 다케야마와 나오미가 반가운 마음에 정답게 손을 마주잡고 있는 모습이 눈에 선하게 떠올랐다.

「스기하라는 여전히 술을 좋아하나? 큰일이군.」

지각 있는 것처럼 말하는 다케야마가 눈앞에 보이는 듯하다. 이야기가 나온 김에 결혼 전의 내 여자 관계를 말할지도 모른다. 나오미가 깜짝 놀라 울음을 터뜨리고 다케야마가 위로하고 있는 게 아닐까? 이런 생각을 하면서 마시는 술은 쓰디쓴 맛이었다. 그래도 여전히 료이치는 곧장 집으로 돌아갈 기분이 나지 않았다. 그는 초조한 마음으로 시간이 가기를 기다렸다. 날이 저물어 어두워지자 술집은 손님으로 가득 차 있었다.

'혹시 나오미는 다케야마와 같이 삿포로로 돌아간 것은 아닐까?'

문득 이렇게 생각하자, 그것이 별안간 현실처럼 생각되었다. 저 이층 방은 캄캄하고 나오미는 벌써 나가 버린 것 같았다. 료이치는 소리치고 싶은 외로움을 느끼자마자 택시를 잡아타고 집으로 달렸다.

'나오미가 가버렸다면 모든 것은 끝장이다.'

료이치는 지금 자기가 나오미를 얼마나 사랑하고 있는지 알 수 있을 것 같았다. 차가 언덕길로 접어들었을 때 료이치는 얼른 차창으로 얼굴을 내밀고 자기가 사는 방을 쳐다보았다.

'아, 불이 켜져 있구나.'

다리가 떨리는 기쁨을 느끼며 차에서 내렸을 때, 창문에 비친 커다란 두 그림자를 보았다. 꼼짝도 하지 않는 나오미와 다케야마의 그림자였다.

「자네는 나오미를 사랑하고 있나?」

이렇게 말하는 다케야마의 얼굴을 료이치는 잠자코 바라보면서 지금 자기가 어떤 심정으로 차를 몰아 나오미에게 왔는를 생각해 보았다.

'그런데 나는 나오미의 어깨를 사정없이 떠밀어 버렸다.'

그렇지만 료이치는 나오미를 사랑하고 있다는 것을 절실히 느꼈다.

「나오미에게 좀더 잘해 줘.」

다케야마가 차분한 말투로 말했다.

「어떻게 하든지 그건 내 마음대로야.」

료이치는 큰소리로 말하고는 벌렁 드러누워 버렸다.

나오미는 얼굴을 들 수가 없었다. 다케야마에게 미안한 생각이 들었으나, 그 이상으로 자기 자신이 더욱 비참했다. 적어도 다케야마 앞에서는 행복한 모습을 보이고 싶었던 나오미의 바람은 무참히 무너져 버렸다.

「그럼 이만…….」

방을 나서는 다케야마를 료이치는 거들떠보지도 않았다.

나오미는 다케야마를 바래다주려고 밖으로 나왔다.

「추운데 뭘…….」

다케야마의 위로에 찬 눈빛에 매달릴 것처럼 바라보면서 나오미가 말했다.

「네, 그렇지만…….」

이대로 마냥 거리를 거닐고 싶었다.

「나는 걱정 말아요. 스기하라는 오랜 친구니까. 그 녀석의 심정을 이해할 수 있을 것 같아요.」

료이치는 료이치 나름대로 나오미를 사랑하고 있다는 것을 다케야마는 확실히 알게 되었다. 자기에 대한 료이치의 태도에 분개할 수만은 없었다. 남의 아내가 된 나오미를 단념하지 못하는 자기는 어떤 비난을 받아도 할 말이 없을 것 같았다.

「어디 가서 여관에라도 들어갈 테니까…… 걱정 말고 어서 가봐요.」

어디까지라도 따라오고 싶어하는 듯한 나오미에게 다케야마는 다소 엄한 말투로 이렇게 말하고는 성큼성큼 걸어갔다. 나오미는 돌아보겠지 하고 지켜보았으나 다케야마는 뒤돌아보지 않고 언덕길을 내려갔다. 저 모퉁이를 돌아갈 때에는 뒤돌아보겠지 하고 생각했으나, 다케야마는 끝내 한 번도 돌아보지 않고 전차길 모퉁이를 돌아서 사라져 버렸다.

「왜 이렇게 밖에서 꾸물거리는 거야.」

료이치는 나오미가 방으로 돌아오지 않자 조바심이 났다.

오랫동안 사귄 친구인 다케야마를 여느 때 같으면 당연히 재워 보내야 도리라고 료이치는 생각했다. 그러나 오늘은 차라리 돌아가 주기를 바랐다. 다케야마와 싸우고 헤어지게 되어도 할 수 없었다. 자기가 다케야마와 가까이 지내면 나오미까지 가까워질까봐 공연히 불안했다.

료이치는 다케야마와 나오미가 먹다 남긴 냄비를 보았다. 그리고 두 개의 밥공기와 두 개의 접시가 눈에 띄었다. 료이치는 자신이 일부러 늦게 돌아왔음에도 불구하고 자기가 따돌림을 받은 것 같았다.

'도대체 뭘 하고 있는 거야? 지금까지.'

이렇게 생각하고 있을 때 계단을 올라오는 나오미의 발소리가 들렸다. 료이치는 벌떡 일어나 앉았다.

「앗!」

미닫이를 연 나오미는 갑자기 날아온 재떨이에 이마를 얻어맞고 비틀거렸다. 손가락 사이의 찐득찐득한 감촉으로 피가 흐르는 것을 알았을 때, 나오미는 료이치에 대한 깊은 절망을 느꼈다.

'이제 이 사람과는 더 이상 살 수 없다!'

피를 본 료이치가 당황하여 약 상자에서 약을 꺼내는 모습을 나오미는 싸늘한 눈으로 바라보았다. 그날 밤 나오미는 끝내 말 한마디 하지 않고 잠자리에 들었으나, 료이치에 대한 혐오감 때문에 잠을 이룰 수 없었다.

오늘처럼 확실하게 료이치와 다케야마가 대조적으로 보인 적은 없었다. 어째서 지금까지 그것을 알아차리지 못했을까 하고 생각하니 나오미는 분했다. 나오미는 내일 이 집에서 나가리라고 결심했다.

출항하는 뱃고동 소리가 아주 가까이에서 울려 왔다. 그것은 마치 나오미에게는 인생의 새 출발을 알리는 기적 소리같이 느껴졌다.

유혹의 물결

아침이 되니 비가 내리기 시작했다. 나오미는 양철 지붕을 두드리는 빗소리를 이불 속에서 듣고 있었다.

「비 아냐? 이거 기분 나쁜데.」

료이치는 자리에서 일어나 나오미를 내려다보았으나, 나오미는 누운 채 외면하고 있었다. 료이치와의 마지막 아침이라고 생각했지만, 아내답게 보내야겠다는 마음의 여유가 없었다.

료이치는 한동안 불안한 듯이 나오미를 내려다보다가 아무 말 없이 이를 닦기 시작했다. 면도할 더운물이 없는 것을 알고 료이치는 다시 나오미 쪽을 넌지시 바라보면서 신문지를 마구 구겨 풍로에 쑤셔 넣었다.

'내일부터 저 사람은 계속 저렇게 혼자서 불을 피우지 않으면 안 되는 거야.'

허리를 굽히고 부채질하는 료이치의 뒷모습을 나오미는 이불 속에서 바라보고 있었다.

불은 좀처럼 붙지 않는 모양이었다. 료이치는 단념한 듯이 부채를 내던지고 아래층으로 더운물을 얻으러 갔다.

「그거 안됐군요.」

아래층에서 주인의 목소리가 들려 왔다. 면도를 하고 옷을 갈아입을 때까지도 나오미는 일어나지 않았다.

「왜 그래? 간밤의 상처가 많이 아픈 거야?」

료이치는 머리맡에 와서 나오미의 얼굴을 들여다보았다. 처음 만났을 때와 같은 부드러운 목소리였다.

「화났어? 어젯밤엔 내가 정말 잘못했어. 제발 이젠 화 풀고 일어나지 않을래? 나 배고파 죽겠어.」

료이치는 응석을 부리듯이 나오미의 어깨에 손을 얹었다. 나오미는 잠자코 어깨를 비틀어 그 손을 피했다. 어린아이와 같은 료이치의 눈이 울상이 되어 나오미를 바라보고 있었다.

'이 눈이야. 바로 이 눈에 내가 그만 속았어.'

어린아이처럼 순진하고 선량한 인간일 것이라고 믿었던 것이 바로 이눈 때문이었다. 나오미는 자신도 모르게 울화가 치미는 것을 참고 료이치를 노려보았다.

「왜 그래? 이젠 그만해. 나보고 어쩌란 말이야.」

나오미의 날카로운 시선에 료이치는 불안한 표정을 지었다.

'이 응석을 부리는 듯한 말투까지도 좋게 생각했었지만.'

그러나 실은 비위가 뒤틀리면 어젯밤처럼 재떨이를 집어던지거나, 언젠가처럼 밥상을 뒤엎어 버리는 인간이었다. 나오미는 료이치에게서 등을 돌렸다.

「이거 큰일났군.」

료이치는 한참을 한가운데에 서 있다가 이윽고 시무룩해져서 나가버렸다. 기다렸다는 듯이 나오미는 이불 위에 일어나 앉았다. 잠자리에서 몸만 쏙 빠져 나왔는지 료이치의 이불은 터널처럼 뚫려 있었다.

그 베갯머리에는 파자마 바지가 아무렇게나 구겨져 있었다.

문득 벽을 바라보니 료이치의 레인코트가 걸려 있었다.

'어머, 비가 오는데……'

나오미는 전차를 타러 가는 동안에 료이치의 옷이 전부 젖어 버릴 거라고 걱정했다.

'헤어질 때 헤어지더라도 좀더 기분 좋게 헤어지는 방법이 있을 텐데……'

비바람 속을, 레인코트를 입는 것도 잊어버리고 우산만 들고 걸어갈 료이치의 모습을 생각하니 나오미는 갑자기 마음이 약해졌다.

창문에 흘러내리는 빗줄기는 폭포와도 같았다. 나오미는 무심코 비를 바라보면서 두 사람의 지난날을 회상했다.

신경질적이고 냉혹한 모습만을 료이치의 참모습이라고 생각한 것은 잘못인 듯싶었다. 어젯밤처럼 신경질적이고 화를 내는 것이 료이치의 참모습이라면, 오늘 아침처럼 어린애 같은 표정으로 부드럽게 어리광을 부리는 것도 료이치의 참모습이라고 생각되었다.

나오미는 용서해 달라고 말하는 료이치에게 말 한마디 하지 않고 아침

밥도 굶긴 채 집을 나서게 한 자신의 모습도, 재떨이를 집어던진 료이치와 마찬가지로 냉혹한 것이 아니었을까 반성해 보았다.

아침밥도 굶고 비를 맞으며 걸어간 료이치의 마음을 생각하니, 어젯밤부터의 자신의 분노가 지나쳤다고 생각되기도 했다.

'그렇게까지 화를 낼 필요는 없었던 거야. 료이치가 어젯밤에 재떨이를 집어던진 것도…… 당연한 건지도 몰라.'

나오미는 이마의 상처를 거울에 비쳐 보았다. 피가 시커멓게 엉겨붙고 통통 부어 올라서 보기 흉했다. 나오미는 자기의 상처를 바라보면서 다케야마에 대한 어젯밤의 동요를 상기했다. 료이치는 그 동요를 예민하게 알아차렸을지도 모른다고 생각했다.

'이 정도의 상처를 입은 건 당연한 결과인지도 몰라.'

뒤돌아보지도 않고 언덕길을 내려간 다케야마의 모습을 나오미는 잊을 수 없었다. 지금 자기가 료이치의 곁을 떠나려고 하는 것이 정말 료이치에 대한 절망 때문일까 하고 나오미는 자기 마음속을 돌이켜 보았다. 어젯밤에 있었던 료이치의 횡포를 헤어질 좋은 구실로 삼고 있는 자기를 부인할 수가 없었다.

「저도 한 사람 정도는 사랑할 수 있어요.」

아버지 고스케에게 장담했던 것을 상기하면서 한 인간을 끝까지 사랑하는 인내를 나오미는 절실히 느끼지 않을 수 없었다.

지금의 나오미에게는 다케야마의 존재가 갑자기 크게 인식되었다. 한번도 뒤돌아보지 않고 떠나간 데서 나오미는 자기에 대한 다케야마의 진실을 알 것 같았다. 나오미는 자기가 사실 처음부터 다케야마의 그 존엄한 태도에 마음이 이끌렸던 게 아닌가 하고 생각했다. 영어시간에 다케야마로부터 「무슨 생각을 하고 있냐고 묻고 있잖아!」 하고 책망을 받은 일이나, 어두컴컴한 홋카이도 대학 구내에서 호되게 뺨을 얻어맞았을 때의 일을 나오미는 그리운 마음으로 회상했다.

'하지만 료이치를 사랑한 것도 사실이야.'

어쨌든 자기가 선택한 사람은 다케야마가 아니라 료이치가 아니었던가 하는 생각을 하느라 나오미는 상처에 약을 바르는 것도 잊어버리고 있었다.

'인생이란 선택이다.'

이 말을 나오미는 좋아했다. 날마다 시시각각으로 선택이 강요되고 있는 것이 자기들의 인생이 아닌가 생각하면서 나오미는 하염없이 내리는 창 밖의 비를 물끄러미 내다보았다.

지금 료이치와 헤어지는 것은 그다지 어려운 일이 아닐지도 모른다. 그러나 그것은 자기가 한번 선택한 인생에 대하여 너무나 무책임한 일이 아닐까 하고 나오미는 자기 자신을 꾸짖었다. 자기가 택한 료이치의 인생에 대하여 과연 얼마나 정열을 불태우고 어느 정도의 정성을 다했는가 하고 자문해 보았다.

'이 사람이 싫으면 저 사람이라는 안이한 생각을 한다면, 설사 다케야마에게 돌아간다고 하더라도 결국은 마찬가지 아닐까?'

한 사람 정도는 사랑할 수 있다고 말한 자기의 말이 엄한 채찍이 되어 나오미 자신을 호되게 때리고 있었다.

「사랑한다는 것은 몇 번이고 용서하는 일이다.」

아버지 고스케의 말이 지금처럼 힘겹게 들려 온 적은 없었다.

'용서를 받아야 하는 것은 오히려 내 쪽일지도 모른다.'

쉽게 다케야마에게 마음이 기울어진 자신을 나오미는 엄격히 돌이켜보았다. 아침 식사도 차려 주지 않고, 말 한마디 하지 않은 채 빗속을 걸어 출근하게 한 자신의 냉혹함을 생각해 보았다.

재떨이를 집어던진 료이치도 물론 나쁘다. 그러나 다케야마를 어디까지라도 따라가고 싶어했던 그 감정을 료이치가 감지했다면, 그가 화를 낸 것은 당연한 일이다.

나오미는 끝까지 남을 원망하는 성격이 못 되었다. 아버지의 관용과 어머니의 낙천적인 성품이 격렬한 기질의 나오미에게도 스며 있는지 모른다. 어젯밤, 이마의 상처에서 흐르는 피를 만졌을 때 료이치에 대해 느낀 절망과 분노는 점점 사라져 가고 있었다.

「다시 한번, 내가 선택한 료이치를 진심으로 사랑해 보자.」

료이치를 진심으로 사랑하려고 하지 않았던 자기에게는 다케야마를 사랑할 자격도 없는 것 같았다. 생각해 보면 나오미는 료이치를 이해하려고 노력한 적이 거의 없었다. 어째서 늦게까지 집에 들어오지 않을까? 왜 신경을 곤두세울까? 나오미는 그때마다 료이치의 입장이 되어 생각해 준 일은 없었던 것을 반성했다.

'상대방을 생각해 주기 전에 오늘밤에도 늦었다든지, 왜 좀더 부드럽게 말해 주지 못할까 하고 나는 언제나 불평만 했었다.'

「여자는 아내가 되면 악마로 변한다.」

이렇게 말한 사람이 있었는데 하고 나오미는 쓰디쓰게 웃었다. 료이치가 위로받고 싶어했을 때, 자기의 시선은 날카롭게 료이치를 노려보지 않았던가? 나오미는 인정사정없이 비난하는 표정이 다감한 료이치의 마음을 상하게 하지나 않았을까 하고, 그때의 사나웠던 자기 표정을 상상해 보고는 그야말로 악마 같은 자신에 대해 몸서리를 쳤다. 나오미는 그것을 지금까지 한 번도 깨닫지 못했다는 사실을 알게 되었다.

'타인에게는 깊은 인내를 가지고 관대하게 대하라. 당신도 남이 참지 않으면 안 될 결점을 많이 가지고 있으니까.' 라고 『이미타치오 크리스티』에 쓰여 있었던 것으로 기억되었다. 어쨌든 누구나 자기 자신의 모습을 잘 알지 못한다고 나오미는 생각했다.

자기만이 선하고 바른 것처럼 생각하기 쉽다는 것을 나오미는 반성했다. 남을 이해하기 위해서는 우선 자기부터 제대로 이해하여야 한다. 진정으로 자기를 아는 것이 사람을 사랑하는 시초라고 나오미는 생각했다.

'다시 한번 진심으로 새 출발을 하자. 한 사람을 사랑하는 일이 얼마나 어려운 것인지를 알게 된 지금, 나는 새로운 삶을 이룩해 나갈 수 있을지도 모른다.'

등을 돌리고 가버린 다케야마의 준엄한 모습을 떨쳐버리기라도 하려는 듯이 나오미는 눈을 감았다.

그날 저녁 료이치는 일찍 집으로 돌아왔다.

「벌써 오세요. 오늘 아침에는 미안했어요.」

계단까지 반기며 내려간 나오미를 료이치는 말없이 껴안았다.

비는 아직도 내리고 있었다.

＊＊＊

겨울 방학에도 다케야마는 아사히가와(旭川)의 집으로 돌아가고 싶은 생각이 없었다. 이미 형이 대를 이은 집에 돌아간다고 해도 쉴 만한 곳이 마땅치 않았다. 자기의 하숙방이 유일한 안식처였다.

그러나 설에는 담임한 학생들이나 졸업생들이 찾아와서 결코 조용히 보낼 수가 없었다. 특히 담임했던 여학생들은 다섯 명 혹은 일곱 명씩 떼를 지어 놀러 왔다. 방에 들어올 때까지 서로 옆구리를 쿡쿡 찌르면서 머뭇거리는가 하면, 방안에 앉아서 얼굴을 마주보며 키득거렸다. 이런 여학생들은 다케야마에게는 언제나 불편한 손님이었다. 혼자 찾아오는 여학생은 더욱 대하기가 난처했다. 이쪽에서 꺼내는 화제에는 잘 따라오지도 않아 오래 상대하여 앉아 있기가 정말 힘들었다. 그런 여학생일수록 다음 날에는 긴 편지를 속달로 붙여 오기도 했다.

'오늘은 무척 행복한 날이었습니다.'

이렇게 써 보내는 편지는 러브레터라고 해도 무방한 것이었다. 그래서 요즈음은 다케야마도 설날에는 삿포로에 없는 것처럼 해 두었다. 빨갛게 피어오르는 난로 옆에서 좋아하는 책을 읽는 것은 정말 아늑한 즐거움이었다.

그러나 이번 설에는 어떤 책을 읽어도 문득 깨닫고 보면 어느새 생각은 나오미에게로 가 있었다.

그처럼 아무 세간도 없는 2층 방에서 맞이한 료이치와 나오미의 설날은 어떠할까 하는 생각이 떠오르자 그는 도저히 견딜 수 없는 심정이 되었다. 세간 같은 것은 없어도 서로 사랑하기만 한다면 행복하다고 말할 수 있을지도 모른다. 그렇게 생각이 되지만 작년 가을에 방문했을 때의 나오미와 료이치의 모습은 결코 행복하다고 보기 어려웠다.

정월 초사흗날도 저물어 갈 무렵이었다.

「계십니까?」

다케야마는 젊은 여자의 목소리가 들리기에 나오미가 아닌가 해서 자신도 모르게 가슴이 내려앉아 벌떡 일어났다.

다케야마가 살고 있는 별채는 뜰의 사립문을 밀고 들어오게 되어 있었다. 다케야마는 기모노의 옷깃을 여미면서 미닫이를 열었다.

「안녕하세요?」

너무 어두워서 얼굴을 잘 알아볼 수 없었다. 그러나 그 목소리는 나오미의 목소리가 아니었다. 다케야마는 조금 실망했다.

「들어오세요, 누군지?」

「저예요, 선생님. 가와이 데루코.」

이렇게 말하고 데루코는 나직이 웃었다. 그 웃음소리가 무척이나 요염하게 들렸다.

「허, 가와이 양이군 그래. 오래간만이야, 어서 들어와.」

다케야마는 가와이 데루코의 이름조차 떠올려 본 적이 없었다는 것을 생각하면서 데루코를 맞아들였다.

보랏빛 벨벳 코트를 벗은 데루코의 연한 푸른색 기모노 차림은 나이보다 어른스러워 보였다.

「선생님, 아직도 혼자세요?」

인사가 끝나자 데루코는 선물용 과자 상자를 다케야마 앞에 내놓고는 눈을 뜨고 다케야마를 쳐다보았다.

데루코의 야릇한 눈빛과 그 짙은 화장이 다케야마에게는 어쩐지 불쾌했다.

「아직 혼자야.」

다케야마는 무뚝뚝하게 대답하고 나서「가와이는 아직 학생이지?」하고 말을 이었다.

「네, 앞으로 2년 남았어요.」

여고 시절부터 데루코는 다케야마에게 관심이 있었다. 그것은 총각인 젊은 교사에게 품고 있는 여학생의 일반적인 감정과 다를 바 없었다. 그러나 오늘 오래간만에 만난 다케야마는 교실에서 마주 대하던 모습과는 달리 좀더 그늘진 모습의 매력이 풍겼다. 총각이라고는 하지만 다케야마는 어깨에 비듬이라도 떨어져 있는 듯한 혐오감은 전혀 주지 않는다. 발 밑까지 깨끗한 느낌이라고 데루코는 새삼스러운 눈으로 다케야마를 바라보았다.

「선생님, 그 사람은 어떻게 지내고 있죠?」

「그 사람이라니?」

다케야마는 얼른 짐작이 가질 않았다.

「왜 그 여자 말예요. 선생님이 귀여워하신다고 소문이 떠들썩했잖아요.」

나오미를 말하는 줄 알고 다케야마는 자신도 모르게 얼굴이 뜨거웠다.

「어머, 얼굴을 붉히시는 걸 보니 사실이었군요.」

데루코는 웃으면서 몸을 약간 비틀었다. 학생이라기보다는 술집 여자 같다고 다케야마는 생각했다.

「그 여자라니, 도대체 누구 얘기지?」

「이름은 얼른 떠오르지 않는데…… 왜 스스키노의 술집…….」

데루코는 일부러 교코의 이름을 잊은 체했다.

「아, 난 또 누구라고, 교코 말이야?」

다케야마는 쓴웃음을 지었다.

「어머, 선생님도, 난 또라니요. 학교에서 모르는 애가 없었어요.」

데루코는 담배를 소맷자락에서 꺼내 다케야마에게 권했다.

「데루코는 담배를 피우나?」

「네, 담배도 술도.」

데루코는 이렇게 말하고 멋쩍게 웃고는 「어차피 재미없는 세상인걸요. 굵고 짧게 살 거예요.」 하고는 담배를 피워 물었다.

「허!」

교코가 언젠가 왠지 따분하다고 말했던 것 같다. 다케야마는 여고 시절의 데루코를 회상해 보았다. 언제나 무언가에 대항하는 듯 뾰로통한 표정이었던 것으로 생각되었다.

「굵고 짧게…….」

다케야마는 이렇게 말하고 데루코를 지그시 바라보았다.

「오래 살아 봐야 별로 재미있는 일이 기다리고 있는 것도 아니잖아요.」

데루코의 집은 삿포로에서 손꼽히는 부자였다. 돈이 많다고 해서 반드시 행복한 것은 아니다. 오히려 돈이 많은 것이 불행의 원인이 되는 수도 있다고 다케야마는 생각했다.

「재미라니, 뭘 말하는 거야?」

다케야마는 무엇이 데루코를 이토록 거칠게 만들었는지 걱정스러웠다.

「그렇게 물으시면 무엇이 재미있는 것인지 잘 모르겠지만…… 아무튼 재미없는 일이 없으면 돼요.」

「그렇게 재미없는 일이 많나? 대학이 싫어졌어?」

「학교 일이 아네요.」

데루코는 다케야마의 교사다운 태도가 불만스러웠다. 선을 분명히 긋고 대하는 다케야마의 태도에는 응석을 부려 볼 틈이 없었다.

「집안 일이냐? 아니면 연애 문제라도…….」

「연애요?」

데루코는 피식 웃었다.

「그것도 아니라면 결혼 문제인가 보군.」

「아뇨, 결혼 같은 건 절대로 하지 않아요.」

「결혼하지 않는다? 하지 않아도 괜찮겠지만…….」

젊었을 때는 결혼을 하지 않는다고 우기는 여자가 많은 법이라, 다케야마는 데루코의 말에 별로 귀기울이지 않았다.

「선생님!」

정색을 한 목소리였다.

「왜?」

다케야마는 차를 따르면서 대답했다.

「저 집을 나왔어요.」

「집을 나오다니?」

다케야마는 문득 나오미의 가출을 생각했다.

「네, 이제 그런 집은 딱 질색이에요.」

「어째서? 훌륭한 아버지와 어머니가 계시잖아?」

「훌륭하죠.」

데루코는 피식 웃었다.

「대학은 어떡하고? 계속 다녀야 하잖아.」

「네, 대학은 계속하겠지만…… 아버지가 싫어서 미치겠어요. 그래요, 어머니가 불쌍해서 시내에 아파트를 얻어 겨울 방학이나 여름 방학 때는 거기에 들어가 살기로 했어요.」

다케야마는 의아한 표정을 지었다.

「그럼 어머니와는 거기에서 만나게 되는 건가? 아버지는 그걸 모르고 계시나?」

「도쿄에 있는 걸로 생각할 테죠, 뭐.」

데루코는 남의 일처럼 말하고는 「여기서 멀지 않아요. 한번 오시지 않겠어요?」 하고 어리광을 부리듯이 다케야마를 바라보았다.

「있나?」

그때 입구에서 목소리가 들려왔다. 료이치였다.

다케야마는 하코다테에서 만났을 때의 료이치를 생각해 보았다. 드르륵 미닫이를 열고 료이치가 들어왔다. 무슨 일인지 넥타이를 매고 손에는 위스키 병을 들고 있었다.

「아, 손님이 계셨군. 실례, 실례.」

아무 일도 없었던 것 같은 료이치의 얼굴을 보고 다케야마도 유쾌하게 대답했다.

「뭐, 괜찮아. 어려운 사람이 아니니까.」

데루코는 얼굴을 들고 료이치를 쳐다보았다.

「어머!」

순간 데루코는 당황한 듯한 표정을 지었다.

「아니, 당신이었군. 난 또 누구시라고.」

료이치는 부드럽게 웃으면서 데루코를 바라보았다.

「아는 사이야?」

「아는 정도가 아니지. 삿포로에 살면서 이런 미인을 모르는 사내가 있을 수 있나, 그렇죠, 데루코 씨?」

「어머.」

데루코가 쓴웃음을 지었다.

「아, 그렇지. 교코하고 같은 반이었으니까.」

교코와 같은 반이었으니까, 하면서 다케야마는 료이치가 나오미도 그렇고 데루코와는 또 어떻게 알게 되었을까 생각하고 멍하니 료이치를 바라보았다.

「옷이 멋있군요. 이치코시(二越) 천에 그린 날염 아닙니까? 이 옅은 푸른색 바탕에 모란꽃의 붉은색이 참 잘 어울리는군요. 안목이 높으신걸요.」

칭찬을 듣자 데루코는 살며시 웃었다.

「정말 센스가 대단하시군요. 당신에게 잘 어울려요. 그렇지, 다케야마?」

다케야마는 옷에 대해서는 관심이 없었다.

「스기하라는 그림을 그리니까 아주 훤하군.」

이렇게 말하면서도 다케야마는 어쩐지 료이치의 태도가 못마땅했다.

「전에 만났을 때의 올리브색 오버도 아주 멋있었어요.」

료이치는 이렇게 말하고 몹시 감탄한 듯이 데루코의 옷을 다시 바라보았다. 데루코를 바라보는 료이치에게는 나오미에게도 그런 옷을 사주고 싶은 마음은 없는 걸까 하고 다케야마는 생각했다. 그 초라한 방에는 옷장도 없었지만, 지금 눈앞에 요란한 옷차림을 한 데루코보다 나오미 쪽이 더 아름답다고 생각하면서 다케야마는 데루코를 바라보았다.

「나오미도 삿포로에 와 있나?」

다케야마는 이 말이 입 속에서 맴돌았지만, 하코다테에서 만난 료이치를 상기하자, 섣불리 나오미에 대해 물을 수 없었다.

「참, 나오미가 안부 전해 달라고 하던데.」

처음으로 료이치는 다케야마를 주시했다. 그 눈에는 지난번의 잘못을 사과하는 빛이 어려있었다.

「아, 그래.」

다케야마는 나오미에 대해 물어 보고 싶은 자기의 마음을 들켜 버린 것 같았다.

「히로노 나오미가 부인이라지요?」

데루코가 료이치에게 물었다. 그때 다케야마의 표정에 그늘이 지는 것을 데루코는 놓치지 않았다.

「나오미는 무척 예쁘니까, 아주 멋진 부인이 되었겠군요.」

「뭘요. 당신과는 비교도 되지 않아요. 나오미에게는 당신과 같은 매력이 없어요. 질그릇과도 같은 여자죠.」

료이치는 이렇게 말하고 데루코를 유심히 바라보았다. 다케야마는 하마터면 혀를 찰 뻔했다.

「자, 설날인데 한잔하세.」

료이치는 위스키 병을 다케야마 앞에 내놓았다. 다케야마가 컵을 두 개 꺼내자 「어머, 저도 좀 주세요, 선생님.」 하고 데루코가 말했다.

「허, 이거 얘기가 잘 통하겠는데.」 하며 료이치가 기뻐했다.

다케야마는 묵묵히 안주를 가지러 안채로 갔다. 밖에는 눈이 내리고 있었다. 겨울치고는 아늑한 밤이었다. 다케야마는 나오미가 가여워 견딜 수가 없었다.

안채에서 방으로 돌아왔을 때는 벌써 데루코의 눈 가장자리가 붉게 물들어 있었다.

「선생님, 전 술이 취하면 주정을 해요, 괜찮아요?」

하고 웃었다. 다케야마는 쓰디쓴 웃음을 지었다. 집을 뛰쳐나왔다는 데루코의 자세한 사정을 모르는 만큼, 오늘밤에는 데루코의 행동을 지켜보기만 해야겠다고 생각했다.

「난 아무리 마셔도 주정 같은 건 하지 않아. 그렇지, 다케야마?」

료이치의 말에 다케야마는 저도 모르게 씩 웃었다.

「웃긴, 제기랄…….」

오늘 밤의 료이치는 기분이 좋았다.

「선생님, 선생님도 이제는 그만 결혼하시지 그러세요?」

「글쎄.」

다케야마는 대수롭지 않게 받아넘겼다.

「이런 고지식한 분이 어디가 좋다는 건지 모르겠어요. 다케야마 선생님의 인기는 대단했어요.」

「다케야마의 인기가 대단했다니, 만일 내가 선생이 됐더라면 큰일날 뻔했군.」

「안 돼요, 당신 같은 불량 청년은.」

데루코가 웃었다.

「이러지 말아요. 내가 그래도 선량한 사람이란 걸 알아야 해요. 너무 선량해서 문제지만.」

료이치는 순진한 표정을 지어 보였다. 데루코는 료이치를 흘낏 쳐다보고는 말없이 잔을 비웠다.

「전 말이에요, 당신의 어머니도 누이동생도 너무 싫어요.」

「확실히 술을 마시면 주정을 하나 보군.」하고 료이치는 웃고 나서 데루코의 잔에 술을 따랐다.

「그렇지만 나까지 싫은 건 아니죠? 아니, 약간은 좋아하는 게 아니오?」

「좋아하다니요? 당신은 우리 집의 원수가 아닌가요?」

쏘아올리는 데루코의 말에 다케야마가 놀란 표정으로 료이치를 바라보았다. 료이치는 얼굴빛도 달라지지 않고 히죽거렸다.

「로미오와 줄리엣의 집안도 원수처럼 사이가 나쁘지 않았던가요?」

「원수라니, 가당치 않은 말이군.」

다케야마가 의아한 듯이 끼어들었다.

「아니, 원수가 다 뭐야? 사실은 말이야. 데루코의 아버지와 우리 어머니

가 서로 좋아하는 사이라고 해서 이처럼 화를 내고 있는데…… 나는 원수
라기보다는 오히려 친척간이라고 생각하고 싶어.」

「어머, 기가 막혀.」

「부모들끼리 사이가 좋으니, 우리도 서로 사이가 좋으면 좋은 거라고.
안 그래, 다케야마?」

아무 영문을 모르는 다케야마에게 료이치는 시치미를 떼고 말했다.

'그랬던가, 스기하라와 데루코의 집안끼리는 서로 그런 깊은 관계가 있
었던가?'

다케야마는 놀라움을 감추고 난로의 재를 털었다.

이윽고 집으로 돌아가는 데루코를 료이치가 바래다주겠다고 나간 후에
도 다케야마는 왠지 두 사람의 일이 걱정되었다.

✳ ✳ ✳

밖으로 나오자, 데루코의 다리가 휘청거렸다. 료이치가 데루코를 감싸
안 듯이 부축하자, 데루코의 눈이 요염하게 빛났다. 남자가 가슴에 손을
댈 때에 보이는 눈빛이라고 료이치는 생각했다.

'관능적인 여자로군.'

료이치는 슬쩍 다케야마의 방을 돌아보았다. 미닫이는 이미 닫혀 있었
다. 료이치는 데루코의 어깨를 힘차게 끌어당겼다. 예쁜 입술이 약간 열려
있었다.

「싫어요.」

데루코는 속삭이듯이 말했다. 료이치는 가만히 그녀의 얼굴을 양손으
로 감쌌다. 데루코는 살며시 눈을 감았다.

데루코는 버스를 타고 남자 차장에게 표를 내줄 때에도 손가락이 닿으면 전류가 흐르는 것처럼 짜릿한 쾌감이 온몸에 번지곤 했었다.

그녀는 자기 마음과는 다른 감정을 몸 자체가 갖고 있다는 것을 알고 있었다. 그녀는 마음속으로 료이치를 거부했지만, 그녀의 몸은 료이치의 입술을 거절할 수 없었다.

료이치의 입술이 데루코의 입술에서 떨어졌을 때, 데루코는 그대로 서 있을 수 없을 정도로 온몸에 힘이 쭉 빠져 버렸다.

'이 여자의 몸은 창녀와 같군.'

가장 다루기 쉬운 여자라고 생각하면서 료이치는 사립문을 밀고 다케야마의 뜰을 나섰다.

「당신의 아파트가 이 근처였지요? 혼자 갈 수 있겠어요?」

바래다주겠다는 말을 잊은 듯이 료이치는 다소 쌀쌀하게 물었다.

데루코는 말없이 고개를 끄덕였으나 그 시선은 매달리는 듯이 료이치를 쳐다보고 있었다. 교만도 자존심도 내동댕이친 듯한 연약한 데루코의 표정에 료이치는 회심의 미소를 지었다. 데루코에게는 첫 번째 키스였다는 것을 알고 료이치는 만족스럽게 생각했다.

「바래다 드리지요.」

데루코는 반가운 듯이 료이치에게 바싹 기대었다.

눈이 조용히 내리고 있었다. 전차의 불꽃이 밤하늘에 푸른빛을 내뿜고 있었다. 데루코는 자기 자신이 한심했다. 그렇게도 싫어해 온 료이치 어머니의 일을 잊기라도 한 것처럼, 이렇게 어이없이 료이치에게 입술을 허락한 것이 스스로도 믿어지지 않았다. 그러나 료이치의 팔에 안긴 순간, 데루코는 완전히 의지를 잃고 말았다. 더구나 입술까지 허락한 지금은 료이치가 그리워지기까지 했다. 생각해 보며 기차 안에서 처음 료이치를 만난 날부터 싫지는 않았던 것 같다.

하여튼 료이치의 굶주린 듯한 열렬한 키스는 데루코의 몸에 처음 느끼는 알 수 없는 불을 붙여 놓았다. 지금 데루코는 다시 한번 료이치의 키스를 받고 싶었다.

데루코는 묵묵히 어깨를 나란히 하고 걸어가는 료이치의 옆모습을 슬쩍 쳐다보았다. 아내가 있는데도 다른 여자를 사랑하는 자기 아버지를 데루코는 경멸하고 미워했다. 그리고 료이치의 어머니를 저주했다.

'이 남자에게도 나오미라는 아내가 있다.'

이렇게 생각하면서도 이상하게 죄책감은 거의 느끼지 못했다. 나오미의 질투가 날 만큼 아름다운 눈동자를 떠올리고는 쾌감마저 느꼈다.

「여기예요.」

아파트는 다케야마의 하숙에서 불과 2백 미터쯤 떨어져 있었다.

「아이고, 이거 정말 훌륭한 아파트로군.」

철근 콘크리트의 3층 건물인 아파트는 그런 대로 훌륭했다.

「저쪽 2층 구석방이에요.」

데루코는 불이 꺼져 있는 방을 가리켰다. 그 옆방도 불이 꺼져 있었다.

「잠깐 당신이 사는 방을 보고 싶은데…….」

어린애 같은 말투에 데루코는 미소를 지었다.

「그러세요.」

「혹시 술 같은 거라도 좀 있나요?」

「포도주라면…….」

「포도주가 술인가요? 이 근처에서 뭘 좀 사올게요. 저 구석방이지요?」

료이치는 다시 한번 확인하고 발길을 돌렸다.

욕망의 차

데루코는 아파트 현관 앞에서 핸드백을 열고 열쇠를 꺼냈다. 다른 때에는 열쇠의 차가운 감촉이 데루코에게 고독을 느끼게 했으나, 오늘밤에는 결코 그렇지 않았다.

문을 열고 전기 스위치를 켰다. 이 순간이 데루코에게는 제일 외로웠었다. 이상하게도 방안이 썰렁해 보였다. 넓은 내부에는 부엌과 침대까지 있었다. 침대는 보랏빛 꽃무늬 커튼으로 칸막이가 되어 있었다.

데루코는 얼른 가스 스토브에 불을 붙였다. 그리고 옆에 놓인 거울에 두근거리는 마음으로 얼굴을 비쳐 보았다. 불그레한 입술에 데루코의 시선이 멎었다. 생전 처음으로 키스를 당한 직후의 자기 입술을 데루코는 지그시 바라보았다.

온몸의 뼈가 녹아 버리는 듯한 격렬한 체험이었다. 뼈뿐만 아니라 이성(理性)도 의지도 모조리 뽑힌 것처럼 생각되었다. 그런데 얼굴 모양만은 멀쩡한 것이 이상하게 느껴졌다. 그녀는 거울 속에 비춰진 자신의 모습을 다시 바라보았다.

데루코는 자기 입술에 손가락을 살며시 대보았다. 이 입술에 다시 한번 료이치의 입술이 포개졌으면 싶었다. 키스라는 것이 이렇게 자기를 연약하고 감미롭게 만드는 것인가 하고 그녀는 놀라움을 감출 수 없었다.

데루코는 나오미를 생각해 보았다. 이미 나오미는 료이치의 입술을 몇 백 번, 몇천 번이나 느꼈을 것이다. 그녀는 나오미에게 결코 질 수 없었다.

데루코는 일어서서 재빨리 허리띠를 풀었다. 료이치가 칭찬을 아끼지 않았던 차림으로 있고 싶었으나, 화려한 실크 가운으로 갈아입었다. 그리고 위로 치켜올린 머리를 얼른 풀어 늘어뜨렸다. 물론 료이치가 처음 만진 머리 모양을 그대로 두고 싶은 생각이 없었던 것은 아니었다. 그러나 색다른 면을 보여 주는 것이 더 매력적일 것이라고 데루코는 생각했다. 긴 머리가 느슨하게 웨이브를 이루면서 등에 드리워졌다. 머리를 풀어헤치고 가운으로 갈아입고 남자를 기다린다는 것이 무엇을 의미하는지를 데루코도 모를 리 없었지만, 일이 이렇게 되어 버리는 것은 조금 전의 료이치의 격렬한 키스 때문이고, 나오미의 완벽한 미모에 대한 질투이기도 했다.

술을 사러 간 료이치는 좀처럼 돌아오지 않았다. 데루코는 창가에 기대어 밖을 내다보았으나 사람의 그림자는 보이지 않았다. 전신주의 외등 불빛이 비치는 곳에서만 펄펄 날리는 눈이 보이는 조용한 밤이었다.

'설마 교통사고를 당한 것은 아니겠지…….'

데루코는 약간 불안했다.

'곧 돌아오겠지.'

데루코는 가스 스토브의 불길을 낮추고, 테이블 위에 치즈와 연어구이를 올려놓고, 컵을 두 개 꺼내 놓았다. 오늘밤의 술은 자기와 료이치에게 특별한 의미를 갖는 것이라고 생각했다.

데루코는 시계를 보았다. 벌써 10시 30분이다. 료이치를 기다린 지 한 시간이나 지났다.

'어찌 된 걸까? 아는 사람이라도 만났나?'

술은 바로 근처에서 팔고 있다. 한 시간이나 걸릴 리가 없다.

'혹시…… 돌아오지 않는 게 아닐까?'

문득 데루코의 마음에 그늘이 스쳐갔다. 료이치가 방을 보고 싶다고 말한 것은 단순한 장난에 불과한 것이 아니었을까, 하고 생각하며 데루코는 다시 시계를 들여다보았다.

그때 복도에서 묵직한 발자국 소리가 나더니 데루코의 방 앞에서 멎었다. 데루코는 가슴이 울렁거려 의자에서 벌떡 일어났다. 가볍게 노크하는 소리가 나더니 손잡이를 돌리고 료이치가 들어왔다.

「미안해요, 화났어요?」

료이치는 빨간 카네이션 한 송이를 데루코에게 내밀었다.

「어머, 이걸 사러 가셨어요? 고마워요.」

「꽃가게가 어딘지 몰라 찾느라 늦었어요. 위스키를 샀더니 카네이션을 한 송이밖에 살 수 없었지 뭡니까.」

료이치는 위스키를 코트 호주머니에서 꺼내 테이블 위에 내려놓았다.

「고마워요.」

데루코는 카네이션을 테이블 위에 꽂았다. 꽃다발보다도 단 한 송이라는 게 더욱 마음에 들었다.

「아, 벌써 잠을 자려던 참이었나요? 이거 늦어서 정말 미안해요.」

료이치는 풀어헤친 데루코의 머리를 쳐다보았다.

「괜찮아요. 이젠 오시지 않나 보다 하고 이런 머리 매무새를 했어요.」

데루코는 료이치가 늦게 돌아온 것이 오히려 잘된 일처럼 느껴졌다.

「아름다운 머리군요. 그 머리도 무척 잘 어울리는데요.」

코트를 벗는 료이치에게 다가가서 데루코가 거들었다.

「당신은 참 매력적이란 말이야.」

료이치는 옷걸이에 코트를 걸고 있는 데루코의 귀에 속삭이듯이 말하고는 얼른 데루코를 끌어안았다. 데루코는 다시금 어이없이 료이치의 키스를 받고 있었다. 긴 키스였다. 료이치는 눈을 감고 도취되어 있는 데루코를 지그시 바라보면서 데루코의 가운 밑 가슴에 손을 넣어 쓰다듬었다.

'사내를 위해 있는 것 같은 몸매군.'

료이치는 히죽 웃고 나서 데루코의 몸을 안아 올렸다. 뜻밖에 묵직했다.

다음날 료이치가 눈을 떴을 때는 이미 12시가 다 되어 있었다.

데루코가 몸을 살짝 기대었다.

「겨우 눈을 뜨셨군요.」

다정한 목소리였다.

「음…….」

료이치는 데루코의 몸을 끌어안으면서 왜 그런지 마음이 무거웠다. 데루코와 사이가 이렇게 된 이상 언젠가는 데루코가 결혼하자고 매달릴 것 같았다. 이런 감정은 과거의 여자들에게서는 느끼지 못했었다.

「언제 하코다테로 돌아가세요?」

「오늘 오후에 가려고 해. 내일 회사에 출근해야 하니까.」

「그래요? 그럼 어쩔 수 없군요.」

데루코는 단념한 듯이 말하고 침대에서 미끄러져 내려왔다. 다른 여자들 같았으면 「회사의 일보다 부인 때문에 걱정되시죠?」 하고 말했을 것이다. 데루코는 어젯밤부터 나오미에 대해서는 한마디도 입을 열지 않았다. 그것이 오히려 료이치를 불안하게 했다.

「저도 도쿄에 갈 때 하코다테에 들렀다 갈지 몰라요.」

검은 바탕에 빨간 꽃무늬의 기모노를 입고 빨간 띠를 두른 데루코가 소녀처럼 가련하게 보였다.

「오게 되면 회사로 전화 걸어 줘.」

섣부른 대답은 금물이라고 료이치는 생각했다.

'설마 우리 집에 오겠다는 건 아닐 테지.'

료이치는 적이 당황했다. 료이치는 데루코와 나오미를 바꾸고 싶지는 않았다. 그렇다고 해서 하코다테에 오지 말라고 할 수도 없었다.

직선적인 데루코가 어떻게 나올지 알 수 없었기 때문이었다.

「자, 이제 그만 일어날까.」

오래 머무는 것은 금물이라고 료이치는 생각했다. 그는 잠자리에서 일어나 옷을 입기 시작했다.

「잠깐만 기다리세요. 대야에 더운물을 갖다 드릴 테니까.」

애교가 넘치는 말이었다.

「당신은 보기보다 좋은 아내가 될 것 같군.」

무심히 말하고 나서 료이치는 곧 후회했다.

「좋은 아내가 되고 싶지 않아요, 전.」

무슨 소리를 하려는 것인지 가늠할 수 없어 료이치는 그저 웃기만 했다.

「전, 결혼 같은 건 절대로 하지 않아요. 결혼이란 아무리 생각해도 남자에게만 편리한 제도라고 생각되니까요.」

「그럴까?」

「그럼요. 우리 아버지나 어머니를 보고 전 정말 가정이란 이룰 게 못 된다고 생각했어요. 아버지는 다른 여자와 놀아나고, 그런 아버지를 어머니는 이제 오려나 저제 오려나 하고 밤을 꼬박 새워 기다리는 거예요. 그런 어리석은 생활이 어디 있어요?」

데루코는 화가 난다는 듯이 말했다. 나오미 역시 아무것도 모르고 남편을 기다리고 있다는 것을 데루코는 미처 생각하지 못하고 있었다. 료이치는 말없이 담배에 불을 붙였다.

「전 한평생 누구에게도 구속받고 싶지 않아요. 그러니까 난 당신 이외의 다른 남자하고도 놀 거예요. 괜찮겠죠?」

료이치는 놀라며 데루코의 얼굴을 바라보았다. 데루코가 다른 남자와 놀아나는 장면을 상상만 해도 료이치는 질투가 일었다. 여자 관계에 있어서 관록을 자랑하는 료이치도 데루코의 몸을 혼자 차지하기는 어려운 것이었다. 그러나 다른 남자와 놀지 말라고 말할 권리가 료이치에게는 없었다. 놀지 말라고 하면, 입으로는 결혼 같은 건 하지 않겠다고 하면서도 곧 나오미와 헤어지라고 요구할 것 같았다.

「남자는 밖에서 곧잘 놀잖아요. 만일 부인이 알게 되더라도 더 뻔뻔스러워지거든요. 그런데 부인이 놀아나 보세요. 때리고 차고 나가라고 난리가 날 건 뻔해요. 그만큼 남자란 제멋대로예요. 난 하여튼 결혼 같은 건 질색이에요.」

「재미있는 아가씨로군.」

료이치는 안도의 빛을 감추고 고개를 끄덕였다.

「전 아직 당신의 애인이라고도 할 수 없어요. 누구하고 놀아도 상관없어요.」

'누구와 놀아도 나만큼 잘 노는 남자는 없을걸.'

료이치는 말없이 가볍게 고개를 끄덕이고 깊숙이 담배를 빨아들였다.

향긋한 커피를 마신 후에 나가려고 하자, 데루코가 말했다.

「어머, 돈을 주셔야 되잖아요?」

「돈이라니?」

「돈이 돈이지 뭐예요. 머리 얹은 값이란 꽤 비싼 거예요. 50만 엔쯤이 어떨까 하는데요…….」

「돈이라니, 그럼…….」

료이치는 당황하여 말끝을 흐렸다.

「아니, 돈도 없이 여자와 놀아요? 전 '버진'이었어요. 당신 공짜로 나하고 놀 심산이었어요?」

「뭐, 당신이 창녀야?」

료이치는 화가 났다. 그런 료이치를 보고 데루코는 재미있다는 듯이 웃었다.

「농담이에요. 뭘 그렇게 정색을 하고 화를 내세요? 당신은 의외로 어린애 같군요.」

데루코는 이렇게 말하고 킬킬거리며 웃었으나, 곧 진지한 표정으로 돌아갔다.

「물론 전 창녀가 아니에요. 그렇다고 얌전한 아가씨도 아니에요. 이래 봬도 난 삿포로의 가와이라면 모르는 사람이 없는 집 딸이에요. 버진하고 교환해 주셔야 할 게 있어요.」

「뭘 바라는 거야?」

결국은 결혼 얘기가 아닐까 해서 료이치는 긴장했다.

「별로 힘든 일은 아니에요. 제가 만나고 싶다고 할 때, 언제든지 만나 주겠다고 약속만 해주시면 돼요.」

「언제든지?」

「물론 근무중에 만나자고 하지는 않을 거예요. 도쿄나 삿포로까지 와달라고 하지도 않을 거구요. 당신이 곧 달려올 수 있는 곳에서 부르겠어요. 오실 거죠, 언제든지요?」

데루코는 교만한 여자로 돌아가 있었다. 여러 남자를 경험해 본 여자로 보였다. 어제 키스를 당한 후의 그 연약한 데루코의 모습은 찾아볼 수 없었다. 료이치는 다른 여자들과의 일을 생각해 보았다. 아무튼 당분간 가까이해도 손해볼 것은 없다고 료이치는 생각했다.

「와주시겠죠? 약속하실래요?」

데루코가 거듭 말했을 때, 료이치는 묵묵히 양손으로 데루코의 뺨을 감싸고 입술을 포개었다.

연하장의 답장을 30매쯤 쓴 다케야마는 밖으로 나왔다. 어젯밤부터 내리던 눈도 그치고 온화한 날씨였다. 일본 머리 스타일을 한 여자들이 여기저기 눈에 띄었다. 역시 밖으로 나오니 설날 기분이 들었다.

다케야마는 눈이 소복하게 쌓인 우체통에 연하장을 집어넣었다.

「선생님!」

상냥한 목소리에 뒤를 돌아보니 일본 머리 스타일의 교코가 방긋 웃고 서 있었다.

「아이고!」

일본 머리 스타일을 한 교코를 처음 보는 다케야마는 눈부신 듯이 바라보았다. 아름답다고 생각했다.

「새해 복 많이 받으세요. 세배 드리러 갔었는데…….」

교코는 얼굴을 붉히며 고개를 숙였다.

「그래? 거 참…….」

「오늘은 시무식만 해서 오전중에 끝났어요.」

「음, 시무식이었지. 우린 25일까지 쉬니까 소식이 깜깜이었군.」

「학교 선생님이 부러워요.」

교코는 이렇게 말하고 나서 「오빠가 어젯밤에 폐가 많았지요? 잠까지 자고 왔으니…….」하고는 고개를 숙였다.

'자고 오다니?'

다케야마는 교코의 앞머리에서 하늘거리는 간자시(비녀 모양의 장식물 —옮긴이)를 바라보면서 어젯밤 데루코와 같이 간 료이치를 생각했다.

「선생님, 이제 어디로 가실 거예요?」

「하루 종일 집에 있다가 우체통까지 산책 삼아 나와 본 거야. 어디 이 부근에서 차라도 한잔 마실까?」

다케야마는 료이치가 어디서 외박했는지 그것이 마음에 걸렸다.

가까운 샛길에 있는 '들백합' 이라는 다방으로 다케야마는 들어갔다. 그는 지금 자기가 화난 얼굴을 하고 있을 것이라고 생각하면서 제일 안쪽 탁자에 앉았다. 조용한 음악이 흘렀고 찻집 안은 손님이 많았다.

「선생님!」

교코가 흰 숄을 벗으면서 말했다.

「왜?」

다케야마의 미간에는 깊은 주름이 패여 있었다. 그는 몹시 불쾌한 표정을 감추지 못했다.

「아녜요, 괜찮아요.」

「괜찮다니, 뭐가 괜찮다는 거야? 말을 하려다 그만두는 건 실례야.」

「그렇지만…… 선생님은 화를 내고 계시잖아요.」

다케야마는 쓰디쓰게 웃었다.

「미안해, 뭐 교코에게 화를 내는 것이 아니야. 실은 스기하라의 일이 마음에 걸려서…….」

「오빠가 뭐라고 했어요?」

교코는 투명한 흰 뺨을 다케야마에게로 돌렸다.

「교코, 스기하라는 혼자서 삿포로에 온 거야?」

다케야마는 나오미의 이름을 꺼내지 않았다.

「네.」

언젠가도 같은 말을 다케야마가 했기 때문에 교코는 귀찮다는 듯이 고개를 끄덕였다.

'선생님은 오빠의 일이 걱정이 되는 게 아니라, 언제나 나오미의 일이 궁금한 거야.'

가져 온 커피를 교코는 조용히 바라보고 있었다. 갑자기 서글퍼졌다.

「스기하라는 오늘 간다고 했지?」

「네. 오늘 오후에 간다고 들었어요. 오늘 아침 몇 시쯤에 선생님 댁에서 나왔죠?」

교코는 오빠의 일보다도 다케야마와 하고 싶은 이야기가 많았다.

「스기하라는……」

말하려다 말고 다케야마는 입을 다물었으나, 다시 결단을 내린 듯이 말했다.

「스기하라는 어젯밤에 9시가 넘어서 집으로 돌아갔는데.」

「어머…… 그래요?」

교코는 얼굴을 붉혔다. 다케야마가 불쾌한 표정을 지었던 이유를 알 것 같았다.

「우리 집에서 나가 거리를 돌아다녔는지는 모르지만……」

교코는 말없이 고개를 끄덕였다. 오빠가 다케야마의 집에서 잔 줄만 알고 있었던 교코는 뭐라고 할말이 없었다.

「아무리 생각해 봐도 알 수 없군.」

이렇게 말하고 커피를 한 모금 마시고 나서 다케야마는 쓴웃음을 지었다. 설탕을 넣는 것을 잊었기 때문이다.

「선생님, 저 그만 가야겠어요.」

「아니, 왜? 아직 커피도 마시지 않고서.」

「어쩐지 오빠 일이 마음에 걸려서.」

눈물 어린 눈이 다케야마를 쳐다보고 있었다.

「바보군, 교코는. 스기하라의 바람기는 어제오늘 일이 아니잖아. 이제 와서 창피하고 슬프고 할 건 없다고 생각하는데.」

「그렇지만……」

교코는 고개를 숙였다.

「그렇지만 뭐야?」

다케야마는 교코가 가엾게 생각되었다.

「그렇지만…… 선생님은 오빠가 그러니 동생도 마찬가지로 그러리라 생각하실 거 아녜요.」

「그럴 리가 있나? 오빠와는 전혀 다른 좋은 여자라고 생각하고 있어.」

「거짓말이에요…… 그건……. 위로해 주시지 않아도 돼요.」

교코는 머리를 좌우로 흔들었다. 은으로 만든 간자시가 흔들거렸다.

「정말이야, 교코는 정말 좋은 여자야. 얌전하고 성실하고 아름답고 나무랄 데가 없다고 생각해.」

다케야마는 뭐라고 좀더 칭찬해 주고 싶은 심정이었다.

「그렇지만……」

교코는 고개를 숙인 채 테이블 가장자리를 손가락으로 만지작거리고 있었다. 매니큐어를 칠하지 않은 흰 손가락이 깨끗하고 아름다웠다.

「또 그렇지만이야? 아직도 더 주문할 게 있어?」

다케야마는 여느 때보다도 한결 정답게 고개를 숙인 교코의 얼굴을 들여다보았다.

「선생님은 겉으로만 그렇게 말씀하실 뿐이에요.」

교코는 얼굴을 들었다. 얼굴빛이 약간 창백해 보였다.

「말로만 그러는 게 아니야, 교코.」

이렇게 말하고 나서 다케야마는 오해를 받을 만한 말을 한 것 같아 당황했다.

「아니에요. 저 같은 건 선생님은 아무렇지 않게 생각하고 계세요.」

교코의 얼굴은 더욱 창백해졌다. 다케야마는 교코가 무슨 말을 하고 싶은 건지 분명히 알 수 있었다.

「선생님은…… 선생님은 나오미의 일에만 관심이 있고…… 저 같은 건 조금도…….」

교코는 오랫동안 생각해 온 것을 용기를 내서 말했다. 그런데 막상 말을 하고 나니까 점점 자기 자신이 비참하게 느껴졌다.

「교코.」

다케야마는 가만히 교코를 불렀다.

'이토록 교코는 나를 좋아하고 있었던가?

다케야마는 나오미를 생각하는 자기의 괴로움과 비교해 보니 교코가 가여운 생각마저 들었다.

「커피가 다 식었어. 내가 설탕을 넣어 줄까?」

다케야마는 교코의 찻잔에 설탕을 넣고 스푼으로 저어 주었다. 하다못해 이렇게라도 하지 않으면 견딜 수 없는 심정이었다. 교코는 그 커피를 한 모금 마셨다.

「정성이 대단하시네요.」

가와이 데루코였다. 교코는 전신에 소름이 돋는 것 같았다.

「뭐야, 난 또 누구라고.」

다케야마는 쓰디쓰게 웃었다.

「뭐야가 아네요. 커피에 설탕을 넣어 주시고……. 보기 좋군요.」

데루코는 이렇게 말하고 고개를 숙이고 있는 교코를 향해 「오래간만이야, 교코. 여전히 예쁘구나.」 하고 말했다. 예전에 데루코는 교코에게 이렇게 말을 건 적이 한 번도 없었다.

「오래간만이야.」

교코는 기분이 상했다.

「자, 가와이도 앉지 그래.」

다케야마는 몸을 비켰다.

「실례해요.」

데루코는 다케야마에게 몸을 가까이 기대고 앉았다.

「글쎄, 실례지만 어떡하나.」

다케야마에게서는 좀처럼 들을 수 없던 말투여서 교코는 기쁘게 생각했다.

「무슨 인사가 그래요?」

데루코는 이렇게 말하고 교코에게 빙그레 웃어 보였다.

「교코, 그 머리는 너한테 썩 잘 어울리는구나. 아주 멋있어.」

데루코의 친밀한 시선에 교코는 당황하여 고개를 숙였다.

'얘가 어떻게 된 거야? 여고 시절엔 못된 말만 골라서 했었는데.'

교코에게는 데루코의 태도가 오히려 이상했다.

「선생님, 언제 교코와 결혼하세요?」

데루코는 금실로 수놓은 핸드백을 탁 소리내어 열더니 담배를 꺼냈다.

「교코, 피울래?」

「고마워, 하지만 난 피울 줄 몰라.」

교코는 문득 시선을 돌렸다. 데루코의 미소가 부드럽게 교코를 감싸고 있었다. 교코는 경계해야겠다고 생각했다.

「교코, 빨리 결혼해야잖아. 다케야마 선생님도 남자 분이거든. 어물어물하다가 누가 채가면 어떡해.」

「말을 함부로 하면 곤란해.」

다케야마는 난처한 듯이 데루코를 흘깃 바라보았다. 교코는 데루코가 다케야마를 사랑하고 있는 게 아닌가 하여 마음이 불안했다.

「교코, 어제의 적은 오늘의 벗이란 노래도 있잖아. 이제는 그런 긴장된 얼굴은 하지 마.」

데루코는 이렇게 말하고 나서 심각한 얼굴로 교코를 바라보았다.

「교코, 넌 아직까지 아무것도 모르고 있니?」

「뭐 말이야?」

「내가 여고 시절에 널 못살게 굴었던 이유 말이야.」

교코는 표정이 굳어졌다. ○○집 딸이라고 야유하던 일을 결코 잊을 수 없었다.

「다케야마 선생님도 이미 아시는걸.」

「선생님이?」

교코는 다케야마를 쳐다보았다.

「실은 나도 어제 저녁에 알게 되었는데 말이야. 어제 저녁에 스기하라와 가와이가 내 방에서 만났지. 두 사람은 전부터 아는 사이였어.」

「어머!」

오빠 료이치와 데루코가 어떻게 알게 되었을까 하고 교코는 아주 놀랐다.

「그러니까 우리 아버지와 너의 어머니가 훨씬 전부터…… 알겠지? 어떤 사인지.」

「뭐? 어머니가…….」

교코는 너무 놀라 말이 나오지 않았다.

「그래. 넌 아무것도 몰랐지만 말야. 난 우리 어머니의 눈물과 푸념과 부모가 싸우는 소리를 들으며 소녀 시절을 보내 왔어.」

찻집 안은 교대로 드나드는 손님으로 붐벼서 시끄러웠다. 젊은 학생들의 웃음소리도 들려 왔다.

교코는 이제야 비로소 데루코가 적의에 찬 태도로 자기를 대한 이유를 알 수 있었다.

「난 너의 어머니만 아니면, 우리 어머니가 행복할 수 있는데 하고 얼마나 원망했는지 몰라. 그래서 너까지도 미워했던 거야. 어린애였어.」

교코는 큰 충격에 아무 말도 하지 못했다.

「하지만 이젠 나도 조금은 알 것 같아. 너의 어머니만 나쁜 게 아니라는 걸 말이야. 인간이란 자신조차도 어떻게 할 수 없는 나약한 존재이니까.」

다케야마는 어제의 데루코와는 전혀 다른 사람이 된 데루코를 발견했다. 하룻밤 사이에 데루코가 저렇게 변한 까닭을 알 수 있을 것 같았다.

「난 전혀 몰랐어. 정말 어쩌면 좋지?」

교코는 뭐라고 말해야 할지 생각이 나지 않았다.

「뭐 괜찮아. 우리 딸들이 참견할 일이 아니잖아. 이런 소리를 해서는 안 되겠지만, 오히려 속시원하지 뭐야. 우리 이제부터는 사이좋게 지내자.」

데루코는 두 개비째의 담배에 불을 붙였다.

「가와이.」

다케야마는 듣고만 있을 수 없었다.

「왜요? 선생님.」

「그래서 데루코는 교코의 오빠하고도 친한 사이가 됐다는 거야?」

「어머!」

데루코는 나직이 웃고 나서 새침하게 말하며 담배 연기를 내뿜었다.

「선생님은 저에 대해서는 아무 걱정 마세요. 그보다는 선생님이야말로 빨리 교코와 결혼하셔야죠.」

이윽고 다케야마가 자리에서 일어나 카운터로 가자 데루코가 교코에게 말했다.

「다케야마 선생님은 나오미를 만나러 하코다테에 갔었다지 뭐야. 너 선생님을 나오미에게 빼앗겨서는 안 돼. 잘해 봐, 내가 도와줄게.」

'선생님이 나오미를 만나러 갔었다고.'

교코는 갑자기 가슴이 찢어지는 듯한 질투를 느꼈다. 료이치는 다케야마가 하코다테에 찾아갔었다는 말을 하지 않았다.

「저 주유소 옆으로 들어가서 50미터쯤 가면 저의 아파트예요. 잠깐 들렀다 가지 않을래요?」

찻집에서 나오자 데루코가 다케야마와 교코를 보면서 말했다.

「아주 가깝군.」

다케야마는 이렇게 말하고 데루코에게서 떨어졌다. 교코는 데루코에게 가볍게 고개를 숙이고 나서 다케야마의 뒤를 따랐다.

＊ ＊ ＊

하코다테 산에 벚꽃이 피었다는 말을 듣고 나오미는 올해에는 꼭 벚꽃 구경을 가야겠다고 생각했다. 바로 집 앞에 있는 하코다테 산에도 올라가 본 적이 없었던 자기 생활을 그려보았다.

이 무렵에 료이치는 다시 거의 매일 밤마다 취해서 집으로 돌아왔다. 그러나 집에 내놓는 돈은 여전히 같았다. 그래서 나오미는 료이치가 어디서 술 마실 돈이 생기는지 불안하기만 했다. 나오미가 이상해서 물으면 「내게도 돈을 갖다 바치는 여자가 한둘쯤은 있어.」 하고 료이치는 웃었다.

료이치가 마시고 즐거워하는 일이라면, 나오미도 그것을 함께 기뻐하고 싶었다. 그러나 어디서 돈을 무리해서 마련하고 있지나 않을까, 손을 대서는 안 되는 돈으로 마시고 있는 게 아닐까 하는 걱정이 생겼다.

오늘도 나오미는 현관 쪽에 귀를 기울이면서 레이스를 뜨고 있었다. 조금이라도 살림에 보탤까 해서 이웃에서 편물을 맡아 왔지만 한 달에 손에 들어오는 돈은 얼마 되지 않았다. 아무리 애를 써도 여자가 할 일은 뻔한 거라고 생각하니 나오미는 쓸쓸했다. 직장에 나가면 좀더 목돈이 생기겠지만, 료이치는 결코 나오미를 밖에 내놓기 싫어했다.

현관문이 열리는 소리가 들렸다. 나오미는 살금살금 아래층으로 내려갔다. 이렇게 밤마다 늦게 돌아오니 아래층 주인에게 미안했다.

「다녀오셨어요?」

무슨 일이 있어도 나오미는 밝은 얼굴로 료이치를 맞아들이기로 결심하고 있었다. 료이치와 헤어져야겠다는 생각을 바꾸고 난 후의 일이었다. 그런데 그런 나오미에게 료이치는 툭 하면 한다는 소리가 「이를 악물면서 억지로 웃는 얼굴로 맞을 것까지는 없잖아.」 하고 언짢게 생각했다. 그러나 오늘 밤 료이치는 기분이 좋아 보였다.

「어이구, 몸소 내려오셔서 맞아주시니 황공합니다.」

료이치는 큰소리로 익살을 떨었다.

「아래층 사람들이 모두 주무세요.」

나오미가 속삭이듯 말했다.

「그래 그래, 알았어.」

료이치도 속삭이듯 목소리를 낮추고 계단을 올라갔다.

「이제서야 당신도 술꾼의 마누라가 다 되었군 그래.」

료이치는 옷도 벗지 않고 이부자리 위에 벌렁 드러누웠다. 나오미는 미소를 지으며 물 컵에 물을 따라 료이치의 머리맡에 놓았다.

「마실래요?」

「응.」

료이치는 엎드린 채로 단숨에 물을 들이켰다.

「나오미, 내일은 쉬는 날이니까 어디 놀러 갈까?」

「네? 어디요?」

나오미는 놀라서 료이치를 바라보았다. 올해는 꼭 벚꽃을 보러 가야겠다고 생각한 나오미였다.

「응, 하코다테 산의 벚꽃도 피었고, 다치마치사키(立待岬)나 고로가쿠 (五凌郭)나 어디든지 나오미가 가고 싶은 곳으로 함께 가지.」

「정말? 아이 좋아, 김밥이라도 싸 가지고 가요.」

나오미는 료이치가 갑자기 이런 얘기를 꺼낸 것이 약간은 불안하기도 했다. 하코다테에서 자란 나오미가 아는 사람과 만나는 것이 두려워 료이치는 여태까지 나오미와 같이 외출한 적이 없었다. 그러나 어쨌든 오래간만에 외출하는 것은 반가운 일이었다.

「저, 유노가와의 수도원까지 가볼까요? 당신 한 번도 못 가보셨죠?」

료이치는 이미 잠들어 있었다. 나오미는 저도 모르게 웃음이 나왔다. 언제나 이렇게 기분 좋게 마신다면 좀 늦게 들어와도 그다지 속상하지 않을 텐데라고 생각하면서 나오미는 료이치의 양말을 벗겼다. 겨우 양복도 벗기고 이불을 덮어 주었다.

료이치가 부드러워지면 자신도 부드러워지는 것은 당연한 일이지만 이상하기도 했다. 내일의 외출을 위해 바지나 다림질해야겠다고 생각한 것도 그 부드러운 마음 때문이었는지 모른다.

나오미는 바지 호주머니에서 휴지와 손수건을 꺼냈다. 또 한쪽 호주머니에 손을 넣으니, 두 겹으로 접은 이중 봉투가 나왔다. 나오미는 무심코 발신인의 이름을 보고 깜짝 놀랐다. 발신인은 도쿄의 가와이 데루코였다. 주소는 신문사의 료이치 앞으로 되어 있었다.

'동성 동명이겠지?'

나오미는 여고 동창인 가와이 데루코의 편지라고는 믿어지지 않았다. 봉투 속을 볼까말까 망설였으나, 이미 뜯겨진 편지라 보지 않고서는 궁금해서 견디지 못할 것 같았다.

료이치 씨. 골든 위크에는 하코다테로 가겠어요. 숙소를 정해 놓으세요. 5월 1일부터 4일까지. 이 달엔 2만 엔을 동봉해요. 하지만 과음으로 몸을 망가뜨리지는 말아요.

나중에 만나서 중대한 이야기를 말씀드리려고 해요. 이런 짧은 편지도 때로는 좋죠? 하지만 당신처럼, 나 지금 웃고 있어, 안심해 라든지, 좋아해. 날이 활짝 개고 파도가 높다는 식의, 너무 짧아서 무슨 암호 같은 편지는 흉내도 못 내겠어요.

데루코

P.S 만나서 말씀드리려 했지만, 걱정 좀 끼쳐 드려야겠어요. 나 애기가 생긴 것 같아요. 당신 어떡하실래요?

너무나 뜻밖의 편지였다. 나오미는 기가 막혀서 화를 낼 수도 없었다. 다리미판이 타서 연기가 나는 것도 나오미는 알지 못했다.

사랑과 용서

난로가 필요하지 않을 만큼 따뜻한 4월의 마지막 밤이었다. 교코는 다케야마의 집에 놀러 와 있었다.

「교코, 연휴인데 어디 놀러 안 가?」

다케야마는 하코다테에 있는 나오미를 생각하고 있었다.

「어디에도 가고 싶지 않아요.」

다케야마가 있는 삿포로 땅을 떠난다는 것은 설령 하루뿐일지라도 교코에게는 쓸쓸한 일이었다. 이 무렵에 교코는 다케야마의 하숙을 자주 찾아가곤 하였다. 언젠가 데루코가 교코에게 이렇게 말했었다.

「남자란 먼 곳에서 그저 바라보며 한숨만 지어서는 안 돼. 좋아하면 좋아하는 만큼 찾아가고 편지도 보내고 하는 등 여러 가지 방법을 자꾸 써야 하는 거야.」

'여러 가지'라는 말에 데루코는 힘을 주어 말하며 교코를 부추겼다.

「하지만 선생님은 나오미를 좋아하고 있어. 나 같은 건⋯⋯.」

교코가 자신이 없는 말투로 말하자 데루코는 웃었다.

「남자란 그림의 떡만으로도 배를 채울 정도로 로맨틱하지 않아. 언젠가는 너를 차지하고 싶을 때가 꼭 올 거야.」

데루코의 말을 교코는 잘 이해할 수 없었지만, 다케야마를 자주 찾아갔다.

토요일 밤에는 반드시 다케야마를 찾아가기로 했다. 다케야마가 외출했을 때에는 편지라도 써놓았다. 이런 일이 2, 3개월 계속되자, 다케야마도 어느새 토요일 밤에는 은근히 교코가 찾아올 것으로 알고 기다리게 되었다. 그것은 아침마다 신문이나 우유를 기다리는 것과 같은 필연적인 심리였으나, 대상자는 어디까지나 교코이지 결코 신문이나 우유가 아니었다. 토요일에 갑자기 외출하게 될 경우에는 다케야마도 교코에게 전화를 걸어 알려 주었다.

오늘도 그런 토요일 밤이다.

「선생님은 어디 가시지 않으세요?」

다케야마와 둘이서 여행한다면 즐거울 텐데 하고 교코는 생각했다.

「글쎄.」

다케야마는 하코다테 산기슭에 있는 나오미의 집을 머리에 떠올렸다. 그날 밤 뿌리치듯이 뒤돌아보지 않고 떠나 왔지만, 자기의 뒷모습을 지켜보았을 나오미를 생각하지 않을 수 없었다.

「하코다테로 가실 거예요, 선생님?」

다케야마의 생각을 눈치 챈 듯한 교코의 질문에 다케야마는 깜짝 놀라 얼른 대답할 수 없었다. 대답을 하지 못했다고 생각하니 얼굴이 화끈거렸다.

「어머, 역시…….」

가만히 다케야마의 얼굴을 바라보고 있던 교코의 눈에는 어느새 눈물이 흐르고 있었다.

「바보같이…… 울긴 왜 울어.」

교코의 마음을 모를 리가 없지만, 다케야마는 되도록이면 모른 체하고 싶었다. 자기가 분명한 태도를 보이지 않는다면 교코는 언젠가는 다른 남자에게 시집갈 날이 올지도 모른다는 생각에서였다.

「그래요, 전 바보예요.」

교코는 토라진 듯이 말했다.

「왜 그래, 교코, 왜 화내는 거야?」

다케야마는 얼굴을 가리고 고개를 수그린 교코를 내려다보았다.

연약한 흰 목덜미가 크림빛 스웨터 안에서 가련하게 드러나 보였다.

「화난 게 아네요.」

이제껏 듣지 못했던 강한 말투였다. 교코는 다케야마에게서 고개를 돌린 채 일어섰다.

「교코!」

다케야마는 자기도 모르게 교코의 손을 잡았다. 교코는 놀란 듯이 어깨를 떨면서 무릎을 꿇더니 그대로 다케야마의 가슴에 안겼다. 다케야마는 자기가 교코를 가슴에 끌어당긴 것처럼 된 일에 당황했다.

교코는 다케야마의 가슴에 얼굴을 파묻은 채 꼼짝도 하지 않고 있었다.

다케야마는 어떻게 해야 할지 난처하기만 했다.

「교코!」

다케야마는 교코의 어깨에 손을 얹고 그녀의 얼굴을 자기 가슴에서 살며시 뗐다. 교코는 다케야마에게 수줍은 미소를 지어 보였다.

이 두 사람의 모습을 유리창 너머로 지켜보던 나오미를 다케야마나 교코가 알 까닭이 없었다.

＊ ＊ ＊

나오미는 삿포로의 밤거리를 정신없이 걷고 있었다. 시계탑의 종소리가 9시를 알린 것도 모르고 있었다. 나오미의 머리에는 방금 본 다케야마와 교코가 포옹하던 모습이 깊이 새겨져 있었다.

교코가 다케야마를 사모하고 있다는 것은 나오미도 오래 전부터 알고 있었다.

그러므로 지금 다케야마와 교코가 서로 사랑하고 있다면 그것은 당연히 진심으로 축복해 주어야 할지도 모른다. 교코의 친구로서, 교코의 올케로서 매우 기뻐해야 할 일이기도 한 것이다.

그런데 지금 나오미의 가슴은 커다란 구멍이 뻥 뚫린 것처럼 허전하기만 했다. 가슴속으로 찬바람이 지나가는 것 같았다.

어젯밤, 우연히 가와이 데루코가 료이치에게 보낸 편지를 읽고 나오미는 한참 동안을 어떤 생각도 할 수 없었다. 료이치의 베갯머리에 앉아 나오미는 몇 번이나 되풀이해서 데루코의 편지를 읽었는지 모른다.

「저에게 아기가 생겼나 봐요. 당신 어떻게 할 거예요?」

편지 속의 그 말이 데루코의 목소리가 되어 나오미의 귓가에서 집요하게 맴돌고 있었다.

「당신 어떻게 할 거예요?」

「당신 어떻게 할 거예요?」

그건 데루코가 료이치에게 물은 말인데도, 나오미에게는 마치 자기에게 묻는 것 같은 착각이 들었다. 그리고 그 물음에 어떻게 대답해야 좋을지 알 수 없었다.

다만 언젠가 원색 그림에서 본, 머리가 크고 손발이 가느다란 태아의 모습이 나오미를 위협이라도 하듯이 눈에 어른거리며 지워지지를 않았다.

가끔 기침을 하면서도 술에 취해 깊이 잠든 료이치를 나오미는 깨우고 싶은 충동을 느꼈다. 데루코에게서 이런 편지를 받고서도 도대체 무슨 생각을 하고 있기에 이토록 느긋하게 잠을 잘 수 있을까 하고 나오미는 화가 나기보다는 오히려 어처구니가 없었다.

더구나 가와이 데루코가 보내 준 돈으로 료이치가 술을 마셨으리라고 생각을 하면, 나오미는 료이치라는 인간에 대해서 혐오감보다는 강한 모멸감을 느꼈다.

지금까지 료이치는 아무리 돈이 궁해도 어머니에게 부탁한 적이 한 번도 없었다. 그래서 나오미는 료이치를 독립심이 강한 인간으로 생각하여 대견하게 여기고 있었다.

또한 나오미는 그것을 일찍이 사상적인 운동을 한 적이 있는 료이치의 유일한 자존심으로 생각하고 있었다. 그런데 이제는 여자가 보내 주는 돈으로 술을 마시는 인간으로까지 타락했다고 생각하니, 나오미는 료이치의 얼굴을 보는 것조차 싫었다. 그리고 이것이 료이치가 데루코에게 아이를 배게 한 사실보다도 나오미에게 더욱 심한 상처를 안겨 주었다.

'아내 이외의 여자에게 아이를 배게 한 남자는 흔히 있을 것이다. 그러나 여자에게서 돈을 받다니…… 그런 남자가……'

'남성 첩' 이라는 말이 머리에 떠올랐다. 나오미는 얼굴을 가리고 싶은 심정이었다.

반사적으로 나오미는 다케야마 데쓰야를 만나고 싶었다. 만나서 어쩌겠다는 것인지 나오미도 알 수 없었다. 다만 다케야마를 만나기만 하면 자기가 어떻게 해야 할지 알 수 있을 것 같았다. 밤새껏 료이치는 심한 기침을 하면서 괴로워했다. 그러나 나오미는 료이치가 눈을 뜨기 전에 서둘러 집을 빠져 나왔다. 지금은 그저 다케야마를 만나고 싶을 뿐이었다.

기차를 타고 삿포로까지 오는 8시간 동안 나오미에게는 봄 바다의 파도도, 멀리 희미하게 보이는 산의 풍경도 눈에 들어오지 않았다. 다만 나오미는 다케야마를 만나는 순간의 자기 모습을 여러 면으로 마음속에 그려 보고 있었다. 한편으로는 이제 깨끗한 마음으로 다케야마의 품으로 당당히 돌아가야 되겠다는 생각도 없지는 않았다. 그리고 그런 자기를 다케야마가 맞아 줄 것인가 하고 나오미는 생각해 보았다.

료이치에게 배반당한 야속한 마음이나, 데루코에게 료이치를 빼앗긴 분한 생각이 강하면 강할수록 나오미의 마음은 다케야마에게로 기울어졌다. 삿포로 역에 내린 나오미가 제일 먼저 미장원으로 간 것도 다케야마에게 잘 보이려고 단장하기 위해서였다. 토요일의 미장원은 무척 붐볐다. 그러나 다케야마를 만나야겠다는 생각이 나오미의 피곤한 몸을 견디는 힘이 되어 주었다. 미장원에서 나오니 밖은 이미 어두워져 있었다. 어두운 뜰에 서서 들여다본 다케야마와 교코의 모습은 나오미의 가슴을 갈기갈기 찢어 놓았다. 나오미는 료이치에게서도 다케야마에게서도 버림받은 자신의 비참한 모습을 인정하지 않을 수 없었다.

'차라리 잘됐어.'

나오미는 걸어가면서 스스로 비웃듯이 몇 번이고 되풀이했다. 료이치와 데루코, 다케야마와 교코, 그렇다면 자기는 대체 누구에게로 가야 할까 하고 나오미는 몇 번을 멈춰 서서 곰곰이 생각했다. 그녀는 자기가 지금 어디로 걸어가고 있는지조차 알지 못하고 있었다.

전등 불빛이 환하게 비치고 있는 상점 앞에서 여고생 5, 6명이 재빨리 나오미를 앞질러 갔다. 나오미는 문득 자기가 무척 나이를 먹은 것처럼 느껴졌다. 그녀는 발길을 멈추고 여고생들의 뒷모습을 바라보고 있었다. 다시 돌이킬 수 없는 지난날의 자기 모습을 떠나 보내는 심정이었다.

나오미는 다시 삿포로 역으로 가고 있었다. 어디 먼 곳으로라도 여행을 떠나고 싶은 서글픈 심정이었다. 역의 대합실 벤치에 걸터앉아 나오미는 방금 도착한 밤차를 창 너머로 내다보고 있었다. 수많은 사람들을 삼켰다가는 토해내는 정거장이 지금의 나오미에게는 매정하게만 느껴졌다.

'모두들 무슨 목적을 가지고 어디로 가려고 하는 것일까?'

이토록 많은 사람들이 저마다 어떤 목적이나 용무를 갖고 여행하고 있다는 것이 오히려 이상하게 여겨졌다.

자신도 전에는 료이치를 하코다테까지 바래다주기 위해 삿포로 역에 왔던 것이다. 설마 그 이후로 오늘까지 2년 4개월이라는 세월을 료이치 곁에서 살게 되리라고는 나오미 자신도 전혀 예상하지 못한 일이었다.

'인생은 어차피 여행이라고 하지만……'

내 인생은 도대체 어떤 목표를 향해 살아가는 것일까 하고 나오미는 구두를 내려다보았다. 이리저리 돌아다녀서 구두가 엉망이었다. 마치 그 구두가 자기 신세와 같다고 느껴졌다.

'나는 료이치를 사랑하려고 했다.'

그런데 그것만이 진정으로 자기가 사는 목적이었던가 하고, 나오미는 되는대로 살아온 료이치와의 2년이 넘는 생활을 회상해 보았다. 그것은 사랑으로 일관된 생활과는 거리가 먼 것이었다. 한 인간을 사랑하며, 그 사람을 위해 생명을 불태우는 일생도 물론 존귀하고 아름다운 인생이라고 나오미는 생각했다. 하지만 자기는 끝까지 료이치를 사랑할 수 없게 된 것을 인정하지 않을 수 없었다.

역에는 기차가 몇 번이나 들어오고 떠나갔다. 대합실에도 사람들이 여러 번 교체되어 인원수도 점점 적어졌고, 그들은 모두 지친 얼굴을 하고 있었다. 역의 시계는 11시를 조금 지나 있었다.

'하여튼…… 지금부터 나는 무슨 목적으로 살아가야 할까?'

나오미는 힘없이 자리에서 일어섰다. 갈 곳이 없었다. 여관에 묵을 만한 돈도 없었다. 역앞의 거리는 밝았으나 2, 3백 미터쯤 옆으로 걸어 나오니 거리는 이미 잠들어 있었고 지나가는 사람도 드물었다.

나오미는 어디선가 갑자기 오르간 소리가 들리는 것 같아 멈춰 섰다.

'진정 사모하는
자애로운 예수님……'

그립던 찬송가의 곡이었다. 어두운 거리에 서서 나오미는 주위를 둘러

보았다. 자세히 보니 바로 옆에 흰 교회 건물이 있었다. 나오미는 오르간 소리가 들려 오는 교회의 창문 아래에 멈춰 섰다. 누군가가 오르간 연습을 하고 있는 모양이었다. 은은한 가락이 흘러 나왔다.

　'이 세상 벗이 우리들을

　다 버릴 때에…….'

　오르간 소리를 들으면서 나오미는 찬송가의 가사를 떠올렸다. 정말 나오미 자신이 온 세상 사람들로부터 버림을 받은 것 같은 외로움으로 참을 수 없이 눈물이 흘러나왔다. 한번 흐르기 시작한 눈물은 줄곧 뺨을 타고 흘러내려 그칠 줄 몰랐다. 어느새 오르간 소리는 그쳤고, 창에 비친 불빛도 사라졌다. 그러나 나오미는 말없이 어둠 속에 계속 서 있었다.

　그때 나오미는 아버지와 어머니를 생각하고 있었다. 일단 부모님을 거역하고 집을 뛰쳐나온 이상 나오미는 부모님 곁으로 돌아갈 수는 없다고 굳게 마음먹고 있었다. 설령 길거리에 쓰러져 죽는 한이 있더라도 집에는 돌아갈 수 없다고 생각했다. 무슨 염치로 부모님을 찾아뵐 수 있겠느냐고 생각했지만, 지금 나오미는 못 견디게 아버지와 어머니가 그리워졌다.

　지나던 길에 우연히 마주친 교회 창문 아래 서 있는 동안에 지금까지 억제해 온 부모님에 대한 그리움이 갑자기 밀물처럼 밀려왔다.

　'부모님을 버린 불효자식이지만…….'

　아무리 책망을 들어도, 비난을 받아도 좋다고 나오미는 생각했다. 나오미는 부모님 앞에 무릎을 꿇고 용서를 빌고 싶었다.

　「아버지, 어머니, 용서해 주세요. 제가 잘못했어요. 전 료이치 한 사람조차도 사랑할 수 없는 어리석은 바보였어요.」

이렇게 빌고 싶었다.

「저도 한 사람 정도는 사랑할 수 있어요.」라고 장담을 했던 자신이 너무나 부끄러웠다.

일단 집으로 돌아가고 싶은 마음이 생기자, 나오미는 빨리 돌아가고 싶었다. 교회 벽에 기어오르던 담쟁이와 뜰의 흰 울타리가 눈에 선했다. 거실의 커튼 무늬나 난로에 불이 피어오르는 광경까지도 눈앞에 있는 것처럼 선명하게 떠올릴 수 있었다.

그리고 사랑이 넘치는 아버지의 눈동자와 어머니의 소탈한 말씨도 포근하게 가슴에 되살아났다. 이 세상에서 가장 그리운 아버지와 어머니에게 어째서 지금까지 편지 한 장 띄우지 않았는지, 어째서 절대로 다시는 돌아가지 않겠다고 생각하고 있었는지 나오미는 스스로도 자기 마음을 이해할 수 없었다.

자동차의 헤드라이트에 나오미의 그림자가 크게 흔들렸다. 나오미는 손을 들어 차를 세웠다.

＊ ＊ ＊

차에서 내리자, 그립던 교회당이 밤하늘에 희미한 모습으로 우뚝 서 있었다. 나오미는 숨을 죽이고 교회당을 쳐다보았다. 아버지와 어머니는 잠들어 있을지도 모른다고 생각하면서 발소리를 죽이고 목사관 앞까지 다가갔다.

'아, 아버지는 아직도 주무시지 않는구나.'

서재에 불이 켜져 있었다. 커튼에 가려서 방안은 잘 보이지 않았다. 그러나 자기가 서 있는 곳에서 1미터도 떨어지지 않은 곳에 아버지가 있다고 생각하니 나오미는 가슴이 두근거렸다.

'아버지, 나오미예요.'

나오미는 현관문을 가만히 밀어 보았다. 잠겨 있을 줄 알았던 문이 뜻밖에도 스르르 하고 가볍게 열렸다. 깜짝 놀라 몸을 움츠렸을 때, 서재 문이 재빨리 열리더니 아버지가 나타났다.

「오오, 나오미가 아니냐?」

반가움에 넘친 목소리로 아버지는 신발도 신지 않고 달려 나왔다.

문을 반쯤 연 채 현관 밖에서 고개를 숙이고 있는 나오미의 어깨를 부둥켜안으며 고스케는 큰소리로 외쳤다.

「여보! 나오미야, 나오미가 돌아왔어!」

아버지에게 안기듯이 들어오면서 나오미는 구두를 벗었다.

「아니, 나오미!」

마침 목욕을 하고 있었는지 아이코는 젖은 몸에 옷이 찰싹 붙어 있었다.

「얘야, 정말 잘 왔다.」

어머니는 손가락으로 나오미의 뺨을 살짝 눌렀다. 아버지와 어머니는 전보다 좀 야위어 보였다.

「죄송해요.」

나오미는 두 사람 앞에 무릎을 꿇은 채 얼굴을 들지 못했다.

「괜찮다, 괜찮아.」

고스케는 눈시울이 뜨거워짐을 느꼈다.

「여보, 역시 밤에 돌아왔군요.」

아이코가 고스케보다 시원스러웠다.

「그렇군.」

고스케는 아직도 눈에 눈물이 고여 있었다.

「나오미야, 아버진 네가 언제 돌아올지도 모르는데, 혹시 네가 밤중에 와서 현관문이 열리지 않아 들어오지 못하고 그냥 돌아가게 되면 안 된다고, 그 후 줄곧 밤낮 현관문에 자물쇠를 잠근 적이 한 번도 없었단다. 내가 설마 밤중에야 돌아오겠느냐고 말했지만, 역시 밤중에 돌아왔구나.」

「아아.」

목사관은 좀도둑이 눈독을 들이는 곳이다. 나오미는 자기도 모르게 왈칵 울음을 터뜨렸다. 2년이 넘는 세월 동안 언젠가 돌아올지도 모르는 자식을 기다려 준 것을 생각하니 나오미는 용서를 빌 말이 없었다.

「그야 물론 한낮에 둘이서 당당히 돌아와 준다면 더욱 기쁜 일이라고 생각했지만 말이야.」

이렇게 나오미가 혼자 돌아올 것을 고스케는 미리 예측하고 있었던 것 같았다. 고스케와 아이코는 더 이상 아무 말도 물으려고 하지 않았다.

「오늘밤엔 편히 자거라. 얘기는 내일 자세히 듣기로 하지.」

이불 속에 들어갔지만, 나오미는 도저히 잠을 이룰 수 없었다. 맨발로 현관까지 뛰어내려와 맞아 준 아버지의 모습과, 젖은 몸을 닦지도 않고 목욕탕에서 뛰어나와 맞아 준 어머니의 모습이 나오미의 가슴에 예리하게 파고들었다. 거기에는 오로지 크나큰 사랑만이 전부였다. 부모를 거역하고, 또 편지 한 장 보내지 않은 딸을 책망하는 말이나 원망은 찾아볼 수 없었다. 책망을 받지 않는 것은 책망을 받는 것보다도 괴로운 일이었다.

'나는 료이치에게 이런 사랑을 베풀지 못할 거야.'

2년이 넘도록 밤낮으로 현관문도 잠그지 않고 딸을 맞아들이기 위해 기다려 준 아버지의 크나큰 사랑의 한 조각도자기에게는 없다고 나오미는 생각했다. 오히려 나오미는 몇 번이나 료이치를 내쫓으려고 했는지 모른다.

료이치를 생각하면 나오미는 온몸의 세포에 독물이 스며드는 것같이 섬뜩했다. 특히 료이치가 전보문과 같은 짧은 편지를 데루코에게도 써 보낸 일을 생각하면 더 괴로웠다. 나오미는 결혼하기 전에 료이치에게서 그런 짧은 편지를 몇 번 받은 적이 있었다. 그럴 때마다 너무나 짧은 그 편지에서 오히려 료이치의 심정을 잘 헤아릴 수 있었다.

그런데 그와 같은 편지를 데루코에게도 써 보냈다는 것을 알자, 나오미는 큰 배신감을 느꼈다. 그것은 데루코가 애를 밴 것보다도, 데루코에게서 돈을 받은 것보다도 더욱더 나오미의 자존심을 상하게 했다. 료이치가 자기와 데루코를 똑같이 취급한 것을 나오미는 도저히 용서할 수 없었다.

「난 나오미 양에 의해 새사람이 되려고 해요.」

료이치는 전에 나오미에게 이렇게 말했었는데 데루코에게도 똑같은 말을 했을 것같이 생각되었다.

'만일 아버지가 나라면, 료이치를 어떻게 했을까?

나오미는 한참을 잠자는 것도 잊고 있었다.

이튿날 아침에 나오미는 11시를 치는 시계 소리를 이불 속에서 들었다. 집안이 아주 조용했다. 나오미는 그냥 눈을 감고 있었다. 이윽고 교회에서 찬송가 소리가 들려 왔다.

'아, 오늘이 일요일이었구나.'

목사의 딸이면서도 일요일마저 잊고 있었다니, 나오미는 쓰디쓰게 웃었다. 그때 이불 저쪽에서 남자의 기침 소리가 들려 왔다. 깜짝 놀라 상반신을 일으키니 료이치가 살며시 미소를 짓고 있었다.

「이제 깼어? 잘 자더군.」

다정한 목소리였다. 나오미는 굳은 얼굴로 잠옷 깃을 여몄다.

「어디 갔나 하고 걱정했어.」

료이치는 이렇게 말하고 나서 다시 기침을 했다. 나오미는 료이치에게서 등을 돌린 채, 묵묵히 옷을 갈아입기 시작했다.

「그 편지를 읽은 거지?」

료이치의 목소리를 등뒤로 들으며 나오미는 이불을 갰다. 료이치가 무슨 말을 해도 나오미는 듣고 싶지 않았다. 모든 것이 가식으로 여겨졌다.

「아이가 생긴 것 같다는 거, 그건 거짓말이야.」

'거짓말'이라는 말에 나오미는 싸늘하게 웃었다.

「그러니 너무 화내지 말고…….」

말하다 말고 료이치는 다시 기침을 했다. 나오미가 무의식중에 뒤돌아볼 정도로 심하게 기침을 했다. 그러나 등을 쓰다듬어 주고 싶은 마음은 추호도 없었다. 기침이 멎자 료이치는 무슨 말을 하려고 하다가 나오미의 싸늘한 표정을 보고는 입을 다물었다.

이윽고 현관문이 드르륵 열리더니 고스케와 아이코가 들어왔다.

두 사람은 료이치를 보더니 기쁜 나머지 이구동성으로 말했다.

「마침 잘 왔네.」

사위를 맞이하는 말투였다. 료이치는 몸둘 바를 몰라하며 머리를 숙였다.

「정말 잘 왔네. 아니 나오미는 차도 대접하지 않고.」

오기 거북한 곳에 찾아온 료이치를 위로하는 마음이 아이코의 말에 담겨 있었다.

「어떻게 된 건가, 부부싸움이라도 한 모양이군.」

고스케도 자주 찾아오는 사람을 대하는 듯한 태도로 농담 비슷하게 말했다.

「아, 아닙니다. 저…….」

료이치는 머리를 긁적거렸다.

「여보, 어서 식사 준비나 해요.」

고스케는 아이코를 돌아보았다. 빵과 우유와 치즈가 곁들인 간소한 식사였다.

「도대체 어떻게 된 거야?」

고스케가 말하자, 나오미는 싸늘한 표정으로 료이치를 바라보았다.

「그런 얼굴을 하는 게 아냐, 나오미.」

「하지만…… 너무하잖아요.」

「뭐가 너무하다는 거야, 나오미?」

아이코가 료이치의 빵에다 잼을 발라 주면서 말했다.

나오미는 잠자코 따끈한 우유를 한 모금 마셨다. 자기 입으로 료이치의 잘못을 얘기한다는 것은 나오미의 자존심이 허락하지 않았다.

「아니, 실은 제가 나빴습니다…… 이 사람이 화를 내는 것도 무리는 아니지만…….」

료이치는 말하기가 거북한 듯이 데루코에 대한 이야기를 꺼냈다.

「그 여자는 나오미와 동급생이었는데…….」

이야기를 마친 료이치의 이마에는 땀이 배어 있었다.

「그런 일이 있었나?」

아이코는 짧게 한숨을 내쉬었다. 고스케는 잠자코 두세 번 고개를 끄덕였다.

「하지만 그것만이 아녜요.」

여태까지 말없이 고개를 숙이고 있던 나오미가 얼굴을 들었다.

「뭐, 그럼 또 잘못한 게 있나, 내가?」

료이치는 겁먹은 듯이 나오미를 쳐다보았다.

「그 여자한테 돈을 받고 있지 않았어요?」

나오미는 자기에게 쓴 것과 똑같은 편지를 데루코에게도 쓴 것도 말하고 싶었다.

「아, 그거?」

료이치는 안심한 듯이 고개를 끄덕였다. 그 말투가 나오미를 놀라게 했다. 료이치는 여자에게서 돈을 받는 것에 아무런 수치심도 느끼고 있지 않는 것 같았다.

「용서해 주는 거야.」

불쑥 고스케가 말했다.

「어머!」

용서할 수 없다고 나오미는 생각했다.

「나오미, 인간이란 태어나면서부터 서로 미워하도록 되어 있는 거야.

서로 배반하도록 되어 있어. 아무리 성실한 인간이라도 마음속으로는 몇 번이고 남을 배반하고 있는지 몰라.」

나오미는 다케야마를 생각했다.

「너도 사람 하나쯤은 사랑할 수 있다고 말했지? 사랑한다는 것은 용서하는 거라고 아버지가 말한 적이 있다. 다 잊었니?」

잊지는 않았다. 그러나 용서할 수 있는 일과 용서할 수 없는 일이 있다고 나오미는 생각했다.

「인간이란 잘못을 저지르지 않고서는 살아갈 수 없는 존재야. 신이 아니거든. 같은 지붕 밑에서 산다는 건 서로 용서하며 산다는 것을 뜻한다.」

'하지만 이제는 료이치와 한 지붕 밑에서 살아간다는 게 될 법이나 한 말인가?'

「나오미, 너 자신이 몇 번이고 남의 용서를 받아야 할 존재란 말이야.」

나오미는 가슴이 뜨끔하여 아버지를 바라보았다. 자기 자신은 어제 저녁에 부모님께 모든 것을 용서받았다고 생각했다. 자기는 부모님의 용서를 받았는데, 어째서 자기는 부모님처럼 료이치를 용서할 수 없는가 하고 나오미는 겨우 료이치에게서 시선을 돌렸다.

만약 어제 저녁에 다케야마의 집에 교코가 없었다면 자기도 다케야마의 집에서 잤을지 모른다. 그리고 그 결과가 어떻게 되었을지 알 수 없다. 어쩌면 료이치와 교코를 동시에 배반한 것인지도 모른다고 생각했다.

'남자와 여자의 접촉의 미묘함, 그것을 좋다 나쁘다고 하기보다는 차라리 약하다고 해야 할지 모른다. 남자와 여자가 서로 끌어당기는 강렬한 힘 앞에서는 평소에 갖고 있던 윤리나 도덕도 거의 무력해진다. 내가 다케야마 선생에게 이끌린 것도…… 유부녀가 다른 이성(異性)에게 마음을 쏟는 것이 나쁜 줄은 안다. 그러나 어쩔 수 없이 이끌리는 마음의 움직임은 도대체 뭘까?

이성(理性)으로서는 어쩔 수 없는 심리적 갈등을 깊이 생각해 보았다. 인간이라는 것이 말할 수 없이 연약한 존재로만 생각되었다. 그렇다고 해도 그 연약한 존재 그대로 행동한 료이치를 동정할 수는 없었다.

「아버지, 전 도저히…….」

나오미가 이렇게 말했을 때 료이치가 「윽!」 하는 이상한 소리를 지르더니 황급히 손수건을 입에 갖다 대었다.

금세 손수건이 빨갛게 물들었다.

「왜 그래요?」

그토록 쌀쌀하던 나오미도 료이치 곁으로 얼른 다가갔다. 아이코가 가져온 대야에 료이치는 피를 토했다. 선혈이었다. 재빨리 이불을 깔고 안정을 시켰으나 료이치는 「괜찮습니다. 집으로 돌아가겠어요.」 하고 우겼다. 나오미가 료이치의 어머니에게 전화를 걸었다.

「아니, 피를 토했어?」

눈썹을 여덟 팔자로 찌푸리는 것 같은 목소리였다. 그것은 걱정이라기보다는 오히려 귀찮게 여기는 목소리처럼 들렸다.

「죄송해요.」

료이치의 아내로서 나오미는 이렇게 대답할 수밖에 없었다.

「이봐, 나오미, 그거 폐병이지? 난 폐병이라면 딱 질색이야. 폐병이라는 말만 들어도 병이 옮을 것 같아서 겁나. 나오미, 부탁이니 제발 집에는 데리고 오지 말아라. 돈은 어떻게 해볼 테니 병원에 입원시키도록 해.」

노부코의 말에 나오미는 료이치가 가엾게 생각되었다.

「당분간 몸을 움직이지 않는 게 좋다고 하더군요.」

나오미는 노부코의 전화 내용을 솔직하게 전할 수 없었다.

「어머니는 폐병이라면 딱 질색이야.」

료이치는 쓸쓸한 듯이 웃었다.

「여기도 자네 집이 아닌가?」

아이코가 이렇게 말하자, 나오미도 고개를 끄덕이고 나서 「조금도 염려할 것 없어요.」 하고 위로하지 않을 수 없었다.

근처에 있는 내과의사에게 보였더니, 요양소에 들어가면 좋지만, 당분간은 움직이지 않는 게 좋다고 말했다.

그날 오후부터 료이치는 열이 높아졌다. 료이치는 넓은 사막에서 누군가에게 쫓기는 꿈을 꾸었다. 뜨거운 태양이 쨍쨍 내리쬐는데 태양은 어디에 있는지 보이지 않았다. 사막인데도 쫓아오는 자의 발자국 소리가 굉장히 크게 들렸다. 료이치는 갑자기 소리를 질렀다.

「괴로운가?」

눈을 뜨자 고스케가 다정한 미소로 료이치를 지켜보고 있었다. 나오미의 모습은 보이지 않았다.

「나오미는 지금 방금 잠들었네,」

'아, 한밤중이구나.'

고스케가 밤중에 일어나 간호를 하고 있었다는 것을 료이치는 알아차렸다. 그러나 그는 곧 다시 깊은 잠 속으로 빠져들었다.

갈림길

료이치가 객혈(喀血)한 다음날 아침에는 비가 내리고 있었다. 벌써 5월로 접어들었다고는 하지만 북국(北國)의 비는 무척 차가웠다.

나오미가 수면 부족으로 피로한 몸을 겨우 일으켰을 때, 전화 벨 소리가 들렸다. 나오미는 머리맡에 있는 사발시계를 보았다. 6시 30분이었다.

이렇게 아침 일찍 걸려 오는 전화는 대부분 신자 중에 누가 위독하다거나 죽은 경우가 많았다. 나오미는 잠옷 차림으로 수화기를 들었다.

「네, 히로노 씨댁입니다.」

「여보세요, 료이치 씨를 좀 부탁합니다.」

여자의 목소리였다. 언젠가 들은 적이 있는 귀에 익은 목소리였다.

「저…… 스기하라는 아파서 누워 있는데, 누구시죠?」

상대방은 잠시 말이 없었다. 그때 비로소 나오미는 전화의 목소리가 누구인지 알았다.

「여보세요, 정말 아프세요? 아파도 잠깐만 전화를 좀 바꿔 줄 수 없어요? 저는 가와이 데루코예요.」

정말 데루코의 목소리였다. 이번에는 나오미가 침묵할 차례였다.

데루코의 나직한 웃음소리가 들려 왔다.

「왜 그래? 나오미, 료이치를 좀 바꿔 줄 수 없겠니?」

데루코는 시비라도 걸 것처럼 료이치의 이름을 함부로 불렀다. 나오미는 몸이 부르르 떨렸다.

「료이치한테서 내 얘기를 듣지 못했니? 료이치는 내가 부르기만 하면 무슨 일이 있어도 만나 주기로 약속이 되어 있어.」

2만 엔을 보낸다고 쓴 데루코의 글씨가 눈앞에 어른거렸다.

「그 약속을 깨뜨리다니, 너무해. 난 일부러 도쿄에서 왔단 말이야.」

데루코는 나오미의 감정 따위는 무시하고 있었다. 아니, 오히려 감정을 짓밟아 버리려는 의도적인 태도 같았다.

「료이치는 비겁해. 료이치는 내가 애를 가졌다니까 피하는 거야.」

편지를 읽어 알고는 있었지만 데루코의 입을 통해서 직접 듣게 되자, 나오미는 몸을 찔리는 듯한 고통을 느꼈다.

「스기하라는 객혈을 했어!」

「어머, 객혈? 그럼 나 오늘 문병 갈래.」

믿을 수 없다는 듯한 데루코의 목소리였다.

「하지만 당분간은 아무도 만나지 않는 게 좋을 것 같은데.」

「하지만 너라도 나를 만날 수 있지 않니? 나 어린애 문제를 얘기할 게 있어. 료이치는 아기 아빠로서 이 문제를 해결해야 할 의무가 있어.」

나오미는 대답할 말이 없었다.

「낙태를 시키려고 해도 그 시기가 있는 거야. 늦으면 낙태를 시킬 수 없게 돼. 나오미는 그래도 상관없어?」

데루코는 오랫동안 전화기 앞에 멈춰 서 있었다. 나오미는 데루코를 이해할 수가 없었다. 그것은 적어도 남의 남편을 빼앗은 여자가 할말이라고는 생각되지 않았다. 나오미의 마음은 화가 나기보다는 이상하리만큼 냉정해졌다.

옷을 갈아입고 병실에 가니, 어머니가 료이치의 머리맡에 앉아 있었다.

「어디서 온 전화니?」

「네, 저…….」

나오미는 료이치를 바라보았다. 료이치는 길다란 눈썹을 내리깔고 잠들어 있었다.

＊ ＊ ＊

정오가 지날 때쯤이었다.

「계세요? 실례하겠습니다.」

나오미가 나가 보니 푸른색 슈트 차림을 한 교코가 서 있었다.

「어머, 교코구나. 정말 오래간만이다.」

나오미는 다케야마의 품에 안겨 있던 교코의 모습이 언뜻 머리에 스쳐 지나갔다. 그러나 오래간만에 만나는 교코는 반가웠다. 교코는 좀 머뭇거리는 표정으로「그 동안 소식도 못 전하고…….」하고는 머리를 숙였다. 오빠인 료이치의 병을 걱정하고 있는 탓이려니 하고 나오미는 교코의 표정에 신경을 쓰지 않았다.

「어서 올라와.」

「응.」

그러나 교코는 자꾸 머뭇거리며 올라오려고 하지 않았다.

「왜 그래? 어서 올라오라니까.」

교코는 말없이 고개를 떨구었다. 그런 교코의 모습이 처녀답게 아름답다고 나오미는 생각했다. 그녀는 교코를 바라보면서 「어머, 교코도 폐병이 무서운 거야?」 하고 웃었다.

「아…… 아니야.」

여전히 머뭇거리면서 교코는 뒤를 돌아보았다.

「누구하고 같이 온 거야?」

나오미가 말했을 때 「그래, 내가 같이 왔어.」 하고 데루코가 불쑥 현관에 들어섰다.

「어머나!」

나오미는 어떻게 교코와 데루코가 같이 오게 됐을까 하고 생각하면서도 새하얀 투피스를 입은 데루코의 배에 제일 먼저 시선이 멈춰졌다.

교코는 여전히 말없이 고개를 숙이고 있었다. 료이치의 여동생인 교코에게, 데루코가 억지로 함께 가자고 했을 거라고 나오미는 생각했다. 그렇지 않다면 그토록 사이가 나빴던 두 사람이 함께 찾아온다는 것은 생각할 수도 없는 일이었다. 나오미는 어쩔 수 없이 두 사람을 안으로 맞아들였다.

「면회도 할 수 없을 만큼 아픈 건 아니겠지?」

데루코는 레이스 장갑을 벗으면서 큰소리로 말했다. 자기의 목소리를 듣고 료이치가 나타나기라도 할 줄로 생각하고 있는 것 같았다. 아버지와 어머니는 외출하고 집에 없었다.

병실에 들어선 데루코는 누워 있는 료이치를 내려다보고 있었다.

「'골든 위크'에서 나와 만나는 것을 그처럼 즐거움으로 삼고 있었는데…… 평소의 뒷바라지가 나빴기 때문이에요.」

마치 나오미에게 들으란 듯이 하는 말 같았다.

「아니, 여긴 어떻게…….」

료이치의 창백한 얼굴이 더욱더 창백해졌다. 료이치는 당황해 하며 나오미를 쳐다보았다. 나오미는 남을 대하는 듯한 눈으로 료이치와 데루코를 번갈아 보았다.

「정말 아픈 것 같으니 이번만은 봐드리죠. 그렇지만 내가 만나고 싶을 땐 언제든지 만나 준다는 약속을 잊어서는 안 돼요.」

데루코는 료이치에게 다가가 손을 잡았다. 교코는 데루코 옆에 바싹 붙어 앉아 있었다.

「여기까지 찾아와…….」

료이치가 언짢은 표정으로 데루코를 바라보았다.

「어머, 그렇지만 할 수 없잖아요. 당신 집으로는 찾아가지 않겠다는 약속을 했지만, 뱃속에 있는 아기에 대해 의논을 해야 할 게 아녜요?」

료이치는 힐끗 나오미를 바라보았다. 나오미는 자리에서 일어났다.

「나오미도 이 자리에 있어 줘.」

데루코가 명령하듯이 말했다.

「하지만 나와는 관계가 없는 얘기야. 교코, 너도 비켜 주지 않을래?」

「어머, 나오미와 관계가 없다고?」

「아마 없을 테지.」

나오미는 애원하는 듯한 료이치의 시선을 느끼면서도 말없이 밖을 내다보고 있었다.

「그렇지만 만일 내가 낳은 아이를 료이치가 맡겠다면 어떡할 거야?」

「당신들 두 사람이 같이 기르면 될 거 아냐.」

교코가 깜짝 놀라서 얼굴을 들었다.

「어머, 그럼 이혼하겠다는 거야?」

데루코는 약간 당황한 듯이 말했다. 잠자코 있는 나오미의 얼굴을 세 사람은 저마다 다른 표정으로 쳐다보았다. 료이치의 얼굴은 고통으로 일그러졌다. 데루코는 어이없어하는 표정이었고, 교코는 겁을 먹고 있는 표정이었다. 교코로서는 나오미의 이혼이 남의 일이 아니었다. 교코에게는 혼자가 된 나오미가 다케야마와 다시 결합하는 것이 눈앞에 보이는 것 같았다.

「이혼하면 다케야마 선생과 결혼하고 싶은 모양이구나.」

데루코가 싸늘하게 웃었다. 나오미는 말없이 데루코와 교코를 번갈아 바라보았다.

'다케야마 선생은 교코가 있잖아.'

이렇게 말하려다가 나오미는 깜짝 놀랐다. 데루코의 슈트의 가슴에 달린 파란 브로치와 똑같은 브로치를 교코도 가슴에 달고 있었기 때문이었다. 그것은 우연이라고는 생각되지 않았다. 같은 상점에서 산 브로치가 분명했다. 교코도 자기에게 싸늘한 칼날을 들이대고 있다는 것을 나오미는 분명히 느꼈다.

나오미는 힘없이 미닫이에 손을 대었다.

「나오미!」

료이치가 큰소리로 외쳤다. 그 순간 료이치는 다시 머리맡에 놓여있는 대야에 피를 토했다.

＊＊＊

예배를 마친 다케야마가 다른 사람들보다 뒤늦게 현관을 나섰을 때였다. 다케야마는 자기도 모르게 깜짝 놀라 그 자리에 멈춰 서고 말았다. 교회 앞에 있는 검은색 자가용 곁에 서 있는 여자의 뒷모습이 나오미와 비슷했기 때문이었다. 그 차가 움직이자 그 여자는 공손히 고개를 숙여 배웅했다.

'분명 나오미구나.'

다케야마는 다리가 심하게 떨리는 것을 느꼈다.

「나오미!」

다케야마는 나오미에게로 다가갔다. 나오미는 다케야마를 흘낏 바라보고는 곧 고개를 숙였다. 놀란 기색도 정다운 표정도 찾아볼 수 없었다.

「언제 삿포로에 왔지요?」

다케야마의 목소리는 가볍게 떨렸다. 다시 나오미가 이곳에 돌아올 날이 있으리라고는 상상도 하지 못했었다.

「4월 그믐께요.」

나오미는 먼 곳을 응시하는 듯한 표정이었다. 다케야마와 교코가 포옹하던 모습이 눈앞에 선했다.

「그럼 일주일도 더 되었군?」

다케야마는 왜 알려 주지 않았느냐고 말하고 싶었다.

「네.」

「스기하라도 함께 왔나요?」

「교코가 아무 말도 하지 않던가요?」

나오미는 비로소 다케야마를 정면으로 바라보았다. 준엄한 다케야마의 기질이 얼굴에 나타나 시원스러운 표정을 하고 있었다.

「교코가?」

다케야마는 갑자기 얼굴이 달아올랐다.

「교코는 일주일 전에 스기하라의 문병을 왔었어요.」

「그래요?」

다케야마는 어제도 다른 때와 마찬가지로 밤에 찾아왔던 교코를 생각했다. 교코는 검정색 벨벳 드레스를 입고 왔었다. 살결이 흰 교코에게는 검은색이 잘 어울렸다.

「오빠는 주말에 놀러 오지 않나?」 하고 다케야마가 물었더니 「오빠의 일은 아무래도 상관없어요.」 하고 토라진 듯이 말하고 다케야마의 손에 자기 손을 얹었다. 지금까지 교코가 이런 행동을 한 적은 한번도 없었다. 다케야마는 슬며시 손을 떼면서 교코로 하여금 적극적인 태도로 돌변하게 한 원인을 생각해 보았다. 자기에게는 전혀 그럴 마음이 없기는 했지만, 교코를 안아 버린 것처럼 된 전날 밤의 일에 다케야마는 책임을 느끼고 있었다.

다케야마는 교코가 싫지는 않았다. 어느 쪽인가 하면 옛날 여성처럼 얌전하고 보수적인 처녀로, 머리에 염색을 하는 오늘날의 여성과는 또 다른 매력이라고 할 수도 있었다. 만일 결혼해도 교코라면 화목한 가정을 꾸밀 수 있을 것 같았다.

그러나 그것은 적극적으로 사랑하고 있는 것과는 달랐다. 다케야마의 마음속에는 항상 나오미가 자리잡고 있었다. 나오미는 이미 남의 아내이니 단념할 수밖에 없는 존재라는 것도 잘 알고 있었다. 그러나 어느 틈엔가 가끔 나오미를 떠올리고 있는 자기 자신을 어쩔 수는 없었다.

이러한 심정을 그대로 간직하고도 교코와 결혼하게 된다면 자연스럽게 나오미를 잊을 수 있을지도 모른다. 그러나 그래서 교코에게 미안한 일이라고 생각했다. 그렇다고 교코의 마음을 알면서 이렇게 토요일마다 만나고 있다는 것은 아주 교활한 인간처럼 생각되었다. 비록 그럴 의사는 없었다고 하더라도 한번 교코를 품안에 안아 버린 것은 사실이다. 다케야마는 교코에게 사과하고 싶었다.

「교코!」

다케야마는 정색을 했다.

「왜 그러세요?」

새삼스러운 다케야마의 태도에 교코는 어떤 기대에 찬 표정을 지었다. 그 얼굴을 보니 다케야마는 말하기가 거북했다.

「뭐예요, 선생님?」

말하기가 거북한 듯한 다케야마의 표정을 교코는 사랑의 고백을 하려는 것쯤으로 해석하고 미소를 지었다.

「아냐, 아무것도.」

「싫어요. 말씀하시려다 말고…… 남자답지 못해요.」

농담하듯이 말하고 나서 교코는 새침해졌다.

'남자답지 못하다고? 그래, 그럴지도 몰라.'

이렇게 생각한 다케야마는 겨우 마음을 가다듬었다.

「교코는 혼담이 많겠지?」

「왜 그런 말씀을 하세요?」

「아니, 교코는 내 제자니까 말이야. 교코의 신랑감을 찾아보려고 그래.」

「어머, 너무하세요!」

교코는 뾰로통한 얼굴로 다케야마를 쳐다보았다.

「이렇게 토요일마다 만나고 있으면, 사람들이 우리 사이를 의심하지 않 겠어? 그러면 교코의 결혼에 큰 지장이 있을 테니까 말이야.」

「괜찮아요, 그런 건…….」

교코의 얼굴이 밝게 빛났다. 교코는 다케야마의 말을 사랑의 표시로 받 아들였다.

「괜찮다니까요, 그런 건…….」

다케야마는 자기가 말을 잘못 꺼낸 것을 깨달았다.

「그럼, 선생님은 남들이 저와 애인 사이로 생각하면 곤란하세요?」

교코는 기쁜 듯이 말했다. 곤란하다고 다케야마가 말할 리가 없다고 생 각하는 모양이었다.

「곤란할 건 없지만…….」

다케야마는 대답할 말이 궁해졌다.

「두 사람 다 괜찮으면 문제가 없잖아요.」

교코는 미소를 지었다.

「하지만 교코, 난 당분간은 결혼하지 않을 거야. 그러니 교코는 좋은 사람이 있으면 되도록 빨리 결혼하는 게 좋으리라고 생각해.」

「선생님이 결혼하시지 않으면 저도 혼자 살겠어요.」

교코는 다케야마가 자기 마음을 떠보는 것으로 생각했다.

「하지만 나는……」

지난번에 포옹하기는 했지만, 사실은 그럴 의사가 없었다고 말하지는 못했다.

「좋아요, 선생님, 저도 언제까지나 결혼하지 않을 테니까요.」

「하지만 결혼할지 어쩔지 모르는데, 이렇게 단둘이서 교제를 계속한다는 건 어쩐지 마음에 부담스러워.」

「그럼 선생님은 제가 싫으세요?」

교코의 표정이 어두워졌다.

「아니, 싫지는 않아……」

그러나 결혼하고 싶을 정도는 아니라고 말할 용기가 나지 않았다. 교코는 10시가 지나도록 가려고 하지 않았다. 11시가 가까워졌다.

「이제 버스가 끊길 텐데.」

그러나 교코는 잠자코 앉아 있었다.

「빨리 가봐야지. 집에서 걱정하겠어.」

다케야마가 이렇게 재촉하자 교코가 대답했다.

「아무도 기다리는 사람이 없어요. 어머니는 매일 새벽 3시 가까이 되어야 돌아오시거든요.」

「하지만 나도 자야지.」

「어서 주무세요. 전 이대로 밤새껏 선생님이 주무시는 얼굴을 바라보고 있을게요.」

다케야마는 깜짝 놀라 교코의 얼굴을 바라보았다. 교코는 말없이 자기 손가락 끝을 바라보고 있었다.

「교코, 그런 바보 같은 소리를 할 줄은 몰랐는데…….」

다케야마는 불쾌한 듯이 얼굴을 돌렸다. 그러나 교코를 택시에 태워서 돌려 보낸 그날 밤에 다케야마는 교코를 껴안고 있는 꿈을 꾸었다.

「교코, 상관없으니까 다케야마 선생 집에서 자는 거야. 적극적으로 더 밀면 돼.」

데루코가 다케야마와 교코가 포옹했다는 말을 듣고, 그렇게 귀띔해 준 것을 다케야마는 알 리가 없었다.

지금 나오미에게서 교코가 아무 말도 없었느냐는 말을 듣고 다케야마가 얼굴을 붉힌 것도 그 꿈이 생각났기 때문이다.

「스기하라는 어디가 아프죠?」

여행중에 감기라도 걸린 것이려니 하고 다케야마는 생각하고 있었다.

「객혈을 했어요.」

「객혈?」

놀라는 다케야마의 얼굴에 불현듯 기뻐하는 기색이 스쳐갔다. 다케야마는 황급히 얼굴을 숙였다.

'웬일일까? 객혈했다는 말을 듣는 순간, 스기하라가 죽지나 않을까 하고 내가 기뻐하다니.'

「심한 거요?」

「지금으로서는 잘 알 수 없지만, 스트렙토마이신과 파스와 하이드라지드를 병용하면서 당분간은 경과를 봐야겠다고 의사 선생님이 말씀하시더군요.」

'그럼 방금 떠난 차가 의사 차였구나.'

다케야마는 고개를 끄덕였다.

「어디 입원이라도 하는 거요?」

「객혈이 멈출 때까지는 여기에 그냥 있는 게 좋대요.」

「그거 큰일이군.」

그러나 삿포로 땅에 나오미가 살고 있다는 것이 다케야마에게는 그저 기뻤다. 이렇게 서서 이야기를 나누기만 하는데도 다케야마는 몸도 마음도 생생하게 되살아나는 듯한 기쁨을 느꼈다. 그것은 분명 사랑이 틀림없었다. 교코와 마주 앉았을 때의 그런 감정이 아니었다. 조금만 건드려도 울리는 악기의 줄처럼 지금 다케야마의 마음은 팽팽하게 당겨져 있었다.

「요즈음 교코는 만나지 않으세요?」

나오미는 넌지시 물었다. 다케야마가 여태껏 료이치의 병에 대해 모르고 있었다는 것이 이상했기 때문이다.

「아냐, 어젯밤에 집에 왔었어요.」

「어젯밤에요?」

나오미는 또다시 다케야마와 교코가 포옹하는 장면을 떠올랐다.

「그런데 교코는 어째서 오빠 얘기를 하지 않았을까요?」

이렇게 말하고 나서, 다케야마는 나오미가 삿포로에 있다는 것을 알리고 싶지 않았던 교코의 마음을 짐작할 수 있었다.

「교코는 가와이 데루코와 함께 문병을 왔었어요.」

「뭐, 가와이와 함께?」

다케야마의 얼굴빛이 변했다.

「선생님도 알고 계셨어요?」

나오미는 뜰에 있는 흰 울타리에 기댔다. 다케야마는 입술을 지그시 깨물었다.

「선생님도 교코도 이미 전부터 알고 계셨군요. 어째서 선생님은 제게 알려 주시지 않으셨어요?」

나오미의 검은 눈이 야속하다는 듯이 빛났다.

「선생님은 스기하라에 대해서 모든 것을 알고 계시면서 제게 아무것도 알려 주시지 않으셨군요.」

그 말 속에는 원망보다는 독백 같은 쓸쓸한 울림이 있었다.

나오미는 고요히 흐르고 있는 5월의 구름을 쳐다보았다. 흰 목에서부터 볼에 걸친 곡선이 무척이나 아름다웠다. 나오미에게 아무것도 알려 주지 않았다는 말에 다케야마는 할말이 없었다.

「데루코와 교코는 사이가 좋은가 봐요. 똑같은 파란 브로치를 달고 있었어요. 그래도 전 선생님만은 저에게 조금이나마 호의를 갖고 계실 거라고 믿고 있었어요. 저 혼자만 아무것도 몰랐다니……. 생각조차 못했어요.」

나오미는 가라앉은 목소리로 말했다.

「뭐라고 해도 할말은 없지만…… 그러나 스기하라는 친구야.」

242

「선생님에게는 친구인 스기하라 쪽이 제자인 저보다 더 소중했다는 말씀이죠?」

나오미는 울타리 옆의 수선화에 몸을 굽혔다.

「그건…….」

다케야마에게는 하고 싶은 말이 있었다. 그러나 그것은 절대로 입밖에 내서는 안 되는 말이었다.

「나오미!」

다케야마는 수선화를 만지고 있는 나오미의 부드러운 목덜미를 바라보았다.

「왜요?」

쳐다보는 나오미 앞으로 돌격해 올 것 같은 격한 표정이 다케야마의 얼굴에 나타났다. 입 밖에 내지는 않았지만, 지금의 자기 눈빛이 무얼 말하고 있는지 보면 알 게 아니냐고 다케야마는 호소하고 싶었다. 나오미의 얼굴에 가벼운 당황과 수치심이 스쳐갔다. 그러나 곧 냉정한 표정으로 되돌아왔다.

「나오미!」

「스기하라를 돌봐야 해요. 이제 그만 가봐야겠어요. 올라 오시라고도 하지 못하고 이런 데서…… 미안해요.」

나오미는 교코와 다케야마의 모습을 결코 잊을 수가 없었다. 다케야마는 나오미가 사라진 후에도 오랫동안 우두커니 서 있다가 나오미의 손이 닿았던 수선화 한 송이를 꺾었다.

「＊＊＊」

「어때? 꽤 좋아진 것 같군.」

고스케가 료이치의 방으로 들어왔다.

「네, 덕분에…….」

책상 앞에 앉아 있던 료이치는 돌아보며 머리를 숙였다.

「수술을 하지 않아도 될 거라고 의사가 말했나본데.」

「네, 객혈로 시작되는 결핵이 의외로 낫기가 쉽다더군요.」

「객혈에 놀라서 조심하게 되니까. 파스, 마이신, 하이드라지드의 화학 요법도 자네에겐 잘 맞는 모양이야. 의사가 깜짝 놀라지 않겠나.」

「악운(惡運)이 강한가 봅니다.」

료이치는 머리를 긁적거렸다.

「그때가 벌써 4개월 전인가? 하지만 조심해야지.」

「네, 하지만 이제는 신문사 일이 걱정이 돼서…….」

료이치는 손가락 뼈마디를 꺾어 똑똑 소리를 냈다.

「일보다도 몸이 우선이야.」

「그럴까요?」

료이치는 고스케 앞에서는 웬일인지 순수해지는 것이었다.

「일 쪽이 더 소중하다고 생각하는 건 뭔가 잘못된 것 같아. 인간에게 살아 있다는 건 그것만으로도 소중한 거야.」

「하지만 하는 일 없이 빈둥빈둥 놀고 먹기만 하는 건 무의미하다고 생각해요.」

「아냐, 병에 걸렸을 땐 숨을 쉬는 것만 해도 힘에 겨운 큰일이네. 우선 마음을 편안히 가지도록 하게.」

고스케는 이렇게 말하고 방에서 나갔다.

고스케가 말하려는 것을 료이치는 알 것 같았다. 살아 있는 것이 무의미하게 생각될 때가 있더라도, 인간은 생명을 소중히 여기고 살아가야 한다고 말하는 것으로 생각되었다. 자기나 남이 살고 있는 의미를 모르더라도 살아 있다는 그 자체만으로도 더 큰 의미가 담겨 있는 거라고 료이치는 생각했다.

「어때, 좀 괜찮아?」

열려 있는 창문으로 다케야마가 얼굴을 들이밀었다.

「응.」

료이치는 고개를 끄덕였다.

「저번보다는 얼굴색이 꽤 좋아졌군.」

다케야마는 현관에서 방으로 들어갔다.

「그래?」

료이치는 다케야마가 가끔 문병 오는 것을 별로 좋아하지 않았다.

다케야마가 얼굴 표정이나 말로써 나타내지는 않았어도 료이치에게는 나오미에 대한 다케야마의 감정이 민감하게 전해졌다.

「왔었나?」

다케야마는 가라앉은 목소리로 말했다.

「누가?」

료이치는 알아듣지 못한 체했다.

「가와이 데루코 말이야.」

「올 리가 없잖아.」

데루코는 병문안을 왔다기보다는 료이치와 나오미를 협박하러 온 듯이 한 번 다녀가고는 편지 한 장 없었으며, 물론 찾아오지도 않았다.

「나오미는 직장에 나간다지?」

확인하려는 듯이 다케야마가 물었다.

「응, 고생만 시키고 있어.」

료이치는 스스로를 비웃듯이 말했다.

「그래? 나오미가 집에 없다니까 말하겠는데, 실은 방금 저 앞에서 데루코를 만났어. 좀 마른 것 같더군.」

「그녀에 대해선 아무 말도 하지 말아 주게.」

료이치는 불쾌한 표정으로 말했다.

「그럴 수만은 없지 않나? 언제나 나오미가 옆에 있어서 말을 못했는데…… 가와이는 자네가 병이 나으면 다시 찾아오겠다고 했네.」

료이치는 얼굴을 찡그렸다. 데루코와 교코가 함께 왔던 일이 생각났던 것이다.

「당할 재간이 없군.」

「자네가 뿌린 씨야. 이번엔 잘 생각해야겠네.」

「나오미를 위해서인가?」

료이치는 쓴웃음을 지었다.

「데루코를 위해서도 그렇네. 데루코에게 나도 잘 타일렀지만 말이야. 자기는 료이치 씨를 정말 좋아하는 것 같다지 뭐야. 만나고 싶은 걸 참는 것도 좋아하기 때문이라나.」

「그건 곤란한데. 그런데 뱃속의 아이에 대해서는 뭐라고 하던가?」

「아이 얘기는 한마디도 입 밖에 내지 않았지만, 임신한 것 같지는 않던데.」

「그래?」

료이치는 문득 쓸쓸한 얼굴을 했다. 조금 전에 고스케가 한 말이 생각났다. 생명이 소중하다고 자기 자신은 이렇게 소중하게 보살핌을 받으면서, 한 생명을 어둠 속에 매장한 것이 아닌가 싶어 괴로웠다.

「오늘쯤은 찾아오지 않을까? 잠깐 뭘 사러 간다고 했는데.」

「그런데 교코는 어떻게 되는 거야? 그 애도 불쌍한 애야.」

책상 위에 놓인 화병에 꽂힌 코스모스를 바라보면서 료이치는 화필을 놀리고 있었다. 다케야마는 묵묵히 료이치의 손을 바라보았다. 섬세한 코스모스 꽃이 마술처럼 료이치의 화필 끝에서 피어나고 있었다. 정확한 데생이라고 다케야마는 마음속으로 감탄했다.

「이 코스모스와 같은 애야, 교코는.」

료이치는 화필을 집어던지고 다케야마 쪽을 바라보았다.

「다케야마!」

「왜 그래? 갑자기.」

「자네는 설마 내가 데루코와 결혼하기를 바라고 있는 건 아닐 테지?」

「바보 같은 소리 하지 마. 내가 그런 짓을 할 까닭이 있는지 없는지는 생각해 보면 알 게 아냐?」

다케야마는 어이가 없다는 듯이 다다미 위에 벌렁 드러누웠다.

「그렇지만 만일 내가 데루코와 결혼하면 나오미를 차지하려고 생각하고 있는 게 아냐?」

「바보 같은 소리 하지 말게!」

다케야마는 자리에서 벌떡 일어났다.

「바보 같은 소리라고? 그러나 자네가 내 동생에게 분명한 태도를 취하지 못하는 건 나오미 때문이 아닌가?」

「왜 그러나? 나오미는 분명히 자네 아내가 아닌가? 그렇게 말하는 게 아냐.」

「그래? 그렇다면 이제는 교코에게도 태도를 분명히 해야 할 게 아냐. 이대로 나간다면 그 애를 생죽음으로 몰고 가는 거야.」

그때였다.

「생죽음을 당한 것은 오히려 제가 아닐까요? 정말이지 난 반죽음을 당했어요.」

밝은 물빛 파라솔을 활짝 펴들고, 까만 벨벳 옷을 걸쳐 입은 데루코가 창문 밖에서 이렇게 말하며 미소를 짓고 서 있었다.

참사랑의 의미

「위스키가 떨어졌나요? 아무리 환자라도 당신에게서 술 냄새가 나지 않는 생활이란 비참해요.」

료이치의 병실로 들어서면서 데루코는 이렇게 말하고는 위스키 병을 꺼내 놓았다.

「이젠 술을 끊었어.」

료이치는 데루코의 얼굴도 쳐다보지 않고 냉정하게 말했다.

「당신이 술을 끊었다고요?」

데루코는 못 믿겠다는 듯이 말했다.

「술뿐이 아냐. 모든 걸 끊을 거야.」

료이치는 위스키를 데루코에게 내밀면서 말했다.

「모든 걸?」

데루코의 눈이 섬광처럼 빛났다. 다케야마는 자기가 쓰던 부채를 데루코에게 주면서 료이치와 데루코를 번갈아 기면서 쳐다보았다.

「그래, 모든 걸.」

료이치는 아까 던져 버렸던 화필을 다시 손에 집어 들고 책상 위의 코스모스를 그리기 시작했다.

「모든 걸 끊다니, 대체 그게 무슨 말이죠? 알고 싶은데요.」

데루코는 료이치의 무릎에 손을 얹었다.

「술도 담배도 말이야.」

료이치는 히죽 웃었다.

「술도 담배도, 그리고요?」

데루코는 정색을 했다.

「그리고…… 여자도…….」

채 말을 끝내기도 전에 데루코의 가느다란 손가락이 료이치의 허벅지를 꼬집었다. 료이치는 그 손을 위에서 잡을 듯이 하면서 웃었다.

「이 바보야.」

「어차피 전 바보예요.」

다케야마는 그 두 사람을 쏘아보면서 말했다.

「스기하라, 앞으로 어떡할 거야? 가와이도 결혼 전인데, 그리고 가와이도 이제는 이런 사람과는 헤어지는 것이 자기 자신을 위하는 길이 아닐까?」

「어머, 선생님도…… 선생님처럼 목석 같은 분이 남녀 관계를 어떻게 아세요?」

「알지 못할지도 모르지만…….」

「알지 못하면 가만히 계세요.」

엷고 까만 스커트 속의 흰 속옷이 보였다. 데루코는 그 탄력 있는 다리를 비스듬히 뻗으면서, 다케야마를 곁눈질로 쏘아보았다.

「그렇지만 가와이, 너도 나오미의 입장을 조금은 생각해 주는 게 어때? 여긴 나오미의 친정이야. 굳이 여기까지 와서…….」

료이치 대신 직장에 다니고 있는 나오미를 생각하자, 다케야마는 이 두 사람에 대한 증오가 가슴속에서 끓어올랐다.

「선생님은 나오미 입장만 생각하시는군요. 그렇게 남의 아내 입장만 생각하시지 말고 조금은 교코 양의 입장도 생각하는 게 어때요?」

나오미의 이름을 들은 데루코의 음성에는 날카로운 가시가 돋쳐 있었다. 료이치는 조용히 코스모스를 그리고 있었다.

「문제를 다른 데로 돌리지 마.」

다케야마는 얼굴이 약간 붉어졌으나 료이치에게 물었다.

「스기하라, 정말 앞으로 어떻게 할 거야?」

「어떡하다니…….」

료이치는 코스모스를 그리던 손을 멈추지 않았다.

「좋아요, 저하고 헤어져도.」

데루코는 비꼬는 듯이 말하고는 담배를 피워 물었다.

「대체 인간이란 무엇 때문에 사는 것일까?」

료이치는 데루코의 말은 무시해 버리고 다케야마를 바라보았다.

「뭐라고? 갑자기 아닌 밤중에 홍두깨처럼.」

「다케야마, 자넨 세례를 받았나?」

료이치는 심각하게 말했다. 다케야마는 료이치의 입에서 뜻밖에 세례라는 말을 듣고는 무척 놀랐다.

「아니, 아직…….」

「그럼 하나님을 믿은 게 아니로군.」

「완전히 믿을 수가 없는 거겠지. 기도를 하면 내가 믿고 있다는 생각이 들지만, 그게 오래 계속되지는 않아.」

다케야마는 자기가 요즘 드리는 기도에 대해서 생각하고 있었다. 다케야마의 그 기도는 '원컨대 나오미에게 이끌리지 않게 하여 주옵소서. 나오미를 잊을 수 있도록 도와주시옵소서.' 하는 기도였다. 진심으로 하나님을 두려워한다면 '간음하지 말라.' 는 성경의 말씀을 지키지 않으면 안 된다고 생각했다. 다케야마는 나오미에게 키스는 물론이거니와 악수도 한 적이 없었다. 자기의 감정을 입 밖에 내지도 못했다. 그러므로 낮은 차원에서 보면 그것은 '간음하지 말라' 는 성경 말씀을 어긴 것이 아니라고 할 수도 있었다. 그러나 높은 차원에서 본다면 다케야마 스스로는 분명히 간음하고 있다는 것을 인정하지 않을 수 없었다. 왜냐하면 다케야마의 마음을 차지하고 있는 것은 나오미였기 때문이었다. 다케야마의 마음은 언제나 나오미를 향해 사랑을 고백하고, 사랑을 구하고 있었다. 다케야마는 환상 속에서 나오미를 안고 애무하고 있었다. 그것은 마음속으로 간음하는 일이었다.

더구나 나오미는 료이치의 아내이다. 다케야마는 마음속으로 친구의 아내인 나오미를 사랑하고, 료이치를 배반하고 있었다. 행동으로만 옮기지 않으면 어떤 생각을 품어도 상관없는 것일까? 적어도 그것은 인간으로

서 할 수 없는 일이라고 생각했다. 그렇지만 다케야마는 나오미에게 향하는 자기의 사랑을 부정하고 싶지 않았다.

「믿어지지 않나? 자네마저도.」

다소 실망한 듯이 료이치가 말했다.

「질색이야, 신이니 부처니 하는 것은…… 따분해요.」

데루코는 부채를 세게 흔들었다.

「믿고 싶지만 절실하게 믿어지지가 않아.」

다케야마는 쓸쓸한 얼굴로 말했다.

「난 요즈음 아무래도 정당하게 살고 있지 않다는 생각이 들어.」

료이치가 진지한 얼굴을 하고 말하자, 다케야마와 데루코가 피식 웃었다.

「놀랐어, 자네의 생활 태도는 처음부터 정당하지 못했던 거야.」

「아니, 난 그렇게까지는 생각하고 있지 않네. 자네는 내가 술을 마시거나 여자하고 노는 걸 못마땅하게 생각하고 있었지?」

「당연하지 않은가.」

「하지만 난 그렇게 생각지 않았어. 훌륭한 그림만 그릴 수 있다면, 또 그림을 그리기 위해서라면 여자를 데리고 놀든 뭘 하든 상관없다고 생각했어. 그래서 나오미에게 화내고 싶으면 화를 내고 때리고 싶으면 때리기도 했지.」

료이치의 말에 다케야마는 얼굴을 찡그렸고, 데루코는 히죽 웃었다.

「내게 제일 두려운 건 그림을 그릴 나 자신을 잃는 일이었어. 자아(自我)의 주장이 예술인 한, 자아에 철저한 생활을 해야 한다고 생각했지.」

료이치는 먼 곳을 응시하는 듯한 눈빛이었는데, 다케야마는 료이치의 그 표정을 고독이라고 생각했다.

「이거 안되겠어요, 이렇게 약한 기질로는. 예술가란 누구나 방탕한 기질이 있는 거예요. 료이치 씨는 좀더 자유분방해도 되는 거 아니에요?」

데루코는 따분한 듯이 말했다.

「나도 그렇게 생각하고 있었지. 그래서 예술을 고갈시키지 않기 위해서 나오미의 걱정 따위는 무시해도 된다는 생각으로 자기 제일주의로 살아왔던 거야. 그러나 요즘은 그런 일이 허무하다는 생각이 들어.」

료이치는 사는 게 지겹다는 표정을 지었다.

「이 따위 목사관 같은 데 계시니까 풋내기 중같이 엉뚱한 소리를 하는 거예요.」

데루코는 화가 난다는 듯이 말했다.

「좋은 일이야. 하지만 스기하라 입에서 그런 말이 나올 줄은 몰랐어.」

다케야마는 갑자기 가슴이 답답해지는 것 같았다. 료이치와 나오미 사이가 전보다 한결 가까워진 증거를 목격한 듯했다. 나오미의 사랑이 료이치에게 미묘한 변화를 주고 있다고 생각되었다.

「그런데 말이야, 지난번에 루오의 〈그리스도〉 그림을 보고 있다가 문득 그런 생각이 들었어. 난 성서 따위는 읽지 않지만, 루오의 〈그리스도〉를 보니 무언가 가슴에 부딪혀 오는 게 있더군. 비애라고나 할까? 그 〈그리스도〉와 내가 어떤 연관이 있다는 것을 실감하게 되었지. 지금까지 그 그림을 여러 번 보아 왔지만 그런 일은 없었는데…….」

료이치 자신도 이상한 모양이었다.

「그건 이런 곳에 있기 때문이에요. 당신이라는 사람은 항상 분위기에 약하잖아, 안 그래요?」

료이치는 데루코를 뚫어지게 바라보았다. 그리고 무언가를 생각하더니 입을 열었다.

「아픔이라고 할까, 연민이라고 할까? 루오의 〈그리스도〉는……. 그걸 보고 있으면 어쩐지 깊은 위로를 느끼게 돼. 불현듯 진선미(眞善美)라는 말이 상기되면서, 진리와 선(善)이 같은 거라면 당연히 아름답다는 생각이 드는 거야. 그렇다면 내가 그리는 그림은 도대체 뭘까? 초조해하며 예민하게 곤두서 화필을 붙잡은 내가 대체 사람의 마음에 무엇을 호소할 수 있겠느냐는 생각이 들었다네.」

「음, 루오의 〈그리스도〉라…….」

료이치가 루오의 〈그리스도〉에서 받은 느낌을 다케야마도 알 것 같았다.

「다케야마, 그리스도가 흘린 피와 난 전혀 관계가 없는 걸까? 난 루오의 작품을 보고 깊은 위로를 느꼈다. 이 깊은 위로를 주는 그리스도와 나는 전혀 연관이 없는 게 아니다, 연관이 없는 게 아니다 하고 자꾸만 생각되는데.」

「그리스도보다는 저하고 더 인연이 있는 게 아니에요?」

데루코의 눈이 요염하게 웃었다.

「그래, 나와 당신하고는 인연이 없지도 않지. 공범자니까. 그런데…… 아이는 어떻게 했어?」

료이치는 아까부터 묻고 싶었던 말을 꺼냈다.

「낙태시켜 버렸어요.」

데루코가 쌀쌀하게 말했다. 료이치는 두세 번 눈을 깜박이더니 고개를 숙였다. 갑자기 데루코가 요란스럽게 깔깔거렸다.

「저도 처음에는 걱정했어요. 하지만 저 혼자서만 걱정하는 게 약이 올라서 잠시 당신을 곯려 준 거예요.」

데루코는 아무렇지도 않다는 듯이 말했다.

「어쩔 수 없는 사람이군.」

료이치는 화필을 쥐고 종이에다 '어쩔 수 없는 사람!' 이라고 커다랗게 썼다.

＊ ＊ ＊

9월에 접어들자 저녁이 되면 일찍 창문을 닫았다. 유카다(일본인들이 잘 입는 잠옷처럼 생긴 옷—옮긴이)만으로는 좀 쌀쌀하다. 다케야마는 고리짝에서 겉옷을 꺼내 갈아입고, 김이 모락모락 나는 옥수수를 집어 들었다. 방금 안채에서 보내 온 옥수수의 온기가 손에 따스하게 느껴졌다. 다케야마는 옥수수를 먹으면서 시계를 보았다. 벌써 8시가 지났다.

'오늘밤에도 안 오려나?'

토요일이면 반드시 집에 오던 교코가 2주 전부터 오지 않았다. 전화도 없었다. 제 스스로 떠나 주기를 바랐던 다케야마였지만, 막상 오지 않으니 이상하게도 마음이 불안했다.

'무슨 병이라도 난 걸까?'

병이 났다면 병문안을 가고 싶었다. 토요일마다 찾아오던 교코가 찾아오지 않는 이유를 몸이 아프기 때문이라고 생각하는 편이 좋을 것 같았다.

옥수수를 다 먹은 다케야마는 용기를 내어 교코를 찾아가야겠다고 마음먹었다. 그토록 따랐던 교코를 자기가 너무 박대한 것 같았다. 나오미에 대한 마음도 이제는 정리해야겠다고 생각하기 시작했다.

그것은 료이치가 병에 걸린 것에 대한 동정도 동정이지만, 료이치의 사고 방식이 많이 달라졌기 때문이기도 했다. 료이치처럼 불성실하던 인간이 그리스도를 사모하게 되었다는 것은 기적 같은 일이라고 생각했다. 그리고 그처럼 료이치를 변하게 한 것은 역시 나오미의 깊은 사랑일 것이라고 생각하지 않을 수 없었다. 이제 나오미 부부 사이에 끼어들 여지가 없음을 다케야마는 느끼고 있었다.

그러므로 자기도 교코의 사랑을 받아들여 결혼하면 모든 것이 잘 해결될 것이라고 다케야마는 생각했다. 만일 교코가 병으로 누워 있다면 그 머리맡에서 결혼을 신청해도 좋으리라. 지금 다케야마는 너무나 외로웠다. 누구에겐가 따뜻한 위로를 받고 싶었다.

'교코와 행복한 가정을 이루어 아기를 셋쯤 낳아 키우고, 고교 교사로 일생을 조용히 보내는 거야. 그것으로 만족해야 하지 않겠는가?'

이렇게 자기 자신에게 타이르면서 다케야마는 억지로 기운을 내려고 애를 썼다. 그렇지만 이대로 나오미를 잊을 수 있을까? 지금까지는 혼자서 마음속으로만 생각했기 때문에 잊을 수 없었던 것이 아닐까? 용기를 내어 내 마음을 털어놓으면, 오히려 깨끗이 단념할 수 있지 않을까? 다케야마는 이렇게 생각했다. 양말을 갈아 신고 있는데 마침 뒤쪽 문이 살며시 열렸다.

뒤돌아보니 교코가 파리한 얼굴을 숙이고 있었다.

「지금 교코에게 가려던 참이었는데…….」

다케야마는 양말을 신던 손을 멈추고 부드럽게 말했다. 마냥 부드럽게 대하고 싶은 심정이었다.

「저…….」

고개를 숙이고 있던 교코가 얼굴을 들었다. 그녀의 눈에는 눈물이 가득 고여 있었다.

「왜 그래? 울긴.」

다케야마는 깜짝 놀라 교코의 옆으로 다가갔다.

「작별 인사를 드리러 왔어요.」

「아니 왜? 시집가나?」

다케야마의 말에 교코는 고개를 크게 좌우로 흔들었다.

「그럼 무슨 작별이라는 거야?」

「선생님은…… 선생님은 절 싫어하시니까…….」

교코는 이렇게 말하고 나서 큰소리로 울기 시작했다.

「바보같이!」

다케야마는 교코의 흰 볼을 양손으로 감싸고는 쳐들었다. 조그만 입술이 젖어서 조금 열려 있었다.

「교코!」

다케야마의 입술이 교코의 입술을 덮었다. 저항 없이 다케야마의 입술을 받아들이고 있는 교코의 감은 눈에서 눈물이 넘쳐흘렀다. 다케야마는 마치 고귀한 것에라도 대는 것처럼 교코의 눈물에 입술을 대었다.

「나는 지금 교코에게 결혼 신청을 하러 가려던 참이었어.」

다케야마는 교코의 손을 잡았다. 이것으로 됐다고 다케야마는 생각했다.

「어머, 그 말이 정말이세요, 선생님?」

「그럼, 정말이고 말고.」

그것은 의식적으로 나오미를 잊기 위해서였으나, 거짓말은 아니었다. 염색체의 세포도 분열할 때에는 다른 하나의 세포를 필요로 한다고 하지 않았는가 하고 생각하며 다케야마는 교코의 손을 꽉 움켜쥐었다.

＊ ＊ ＊

료이치는 아까부터 자고 있는 나오미의 숨소리를 엿듣고 있었다. 그는 오늘 밤에야말로 이 집에서 나가려고 생각하고 있었다. 며칠 밤을 두고 생각한 일이었다. 자기가 나오미의 곁에 있는 한, 나오미에게 행복한 날이 있을 것 같지 않았다.

'내가 이 집을 나가면, 결국 다케야마와 맺어지겠지. 교코가 가엾기는 하지만, 오빠인 내가 죄값이 되어야지. 할 수 없는 일이야.'

료이치는 지금까지 한 번도 나오미와 헤어질 생각을 한 적이 없었다. 나오미야말로 료이치에게 있어서는 고귀한 미술품과도 같은 존재였다. 통통하고도 매끄러운 허벅지, 등에서 허리에 이르기까지 쭉 뻗은 아름다운 선, 흰 목에서 가슴께로 흐르는 풍부한 곡선미, 나오미는 어느 것 하나도 다른 여자와는 비교도 안 될 만한 아름다움을 지니고 있어 결코 싫증이 나지 않았다.

그러나 료이치는 나오미의 아름다움에 마음을 빼앗겨 사랑하고 있으면서도 나오미를 행복하게 해주려는 마음만은 갖지 않았다. 그런 것은 료이치에게는 문제가 되지 않았다. 나오미가 곁에 있어 주기만 하면 그것으로 족했다.

그런데 요즈음은 나오미를 보고 있으면 료이치는 마음이 아팠다. 근래에 들어 나오미는 말수도 적고 잘 웃지도 않았다. 그런 일을 알아차리거나 나오미의 행복과 불행을 생각하는 것도 과거의 료이치에게서는 찾아볼 수 없었던 일이었다.

'나한테는 데루코가 어울리는 상대일 거야.'

이제 곧 12월이 되면, 데루코가 도쿄에서 돌아올 것이다. 그러면 분명히 이곳으로 찾아올 것이다.

'데루코와 헤어질 수는 있다. 하지만 나오미와 헤어질 수 있을까?'

료이치는 살며시 자리에서 일어났다. 그리고는 전기 스탠드의 불빛에 비친 나오미의 잠든 얼굴을 유심히 바라보았다.

가느다란 속눈썹이 검은 그늘을 만들고 있었다. 천진한 소녀처럼 잠들어 있었다.

'고생을 너무 많이 시켰어.'

료이치는 가슴이 뭉클해졌다. 이렇게 사랑하고 있는 마음에는 거짓이 없는데, 왜 데루코와 그런 깊은 관계를 맺게 되었는지 자기 자신도 이해할 수 없었다. 몸이 완쾌되면 아마도 또 술을 마시고 다른 여자를 찾아다닐 거라고 생각했다.

'이런 나와 평생을 살아 줄 리가 없어.'

하코다테의 이층에서 나오미가 도망친 것을 알게 되었을 때에 느꼈던 참담함을 료이치는 되새겼다.

'내 몸이 낫기만 하면 나오미는 헤어지자고 말할 것이다.'

료이치는 비참했다. 이렇게나마 나오미 곁에 있을 수 있는 것은 객혈 덕이기도 했다. 만일 그때 객혈을 하지 않았더라면 나오미는 결코 이 집에 자기를 그냥 두지 않았을 것이라고 료이치는 생각했다.

나오미의 표정은 어떡하면 헤어질까 하는 것을 골똘히 생각하고 있는 것처럼 보였다.

'가엾게도 나 같은 남자에게 걸려들어서……'

료이치는 마음속으로 이렇게 생각했다. 지금이라도 헤어져서 다케야마와 맺어지도록 하는 것이 나오미를 위하는 일이라고 생각했다. 료이치는 다케야마의 품에 안겨 행복한 미소를 짓고 있는 나오미의 모습을 상상해 보았다. 불에 타는 듯한 고통이 가슴을 찔렀다.

'그래도 마땅하다. 내가 고통을 당하는 것은 당연한 일이니까.'

료이치는 벌떡 일어났다. 나오미는 곤히 잠들어 있었다. 복도에 나오니 시계가 새벽 1시를 치고 있었다. 료이치는 현관으로 내려섰다. 빗장을 벗기고 살그머니 문을 열려고 할 때였다.

「이 밤중에 산책하러 나가나?」

뒤에 고스케가 서 있었다.

「아!」

료이치는 당황했다.

「들어오게.」

부드러우면서도 왠지 거역할 수 없는 음성이었다.

「들어오게, 몸에 좋지 않아.」

고스케는 료이치의 어깨에 손을 얹었다. 고스케에게 이끌려 방에 들어오니 나오미가 일어났다.

「무슨 일이에요? 아버지.」

아버지와 고개를 숙인 료이치를 보고 나오미는 벌떡 일어났다.

「오랫동안 신세가 많았습니다.」

료이치의 결심은 확고했다. 료이치는 고스케 앞에 공손히 무릎을 꿇었다. 나오미의 안색이 변했다.

「여기 있기가 불편한가?」

고스케가 흘끗 나오미를 쳐다보았다.

「그럴 리가 있겠어요. 어쩐지 요즘 자꾸 나오미가 가엾은 생각이 들어서……」

나오미는 묵묵히 료이치를 바라보았다.

「그럼 자네가 집을 나가면 나오미가 행복해지기라도 한다는 말인가?」

「분명 행복해질 겁니다.」

다케야마의 얘기는 꺼내지 않았다.

「나오미도 그렇게 생각하고 있니?」

고스케의 말에 나오미는 고개를 숙였다. 료이치와 살면서 나오미는 자시의 냉정함을 절실히 느끼게 되었다. 료이치가 순수한 인간으로 생각되었을 무렵의 애정은 흔적도 없이 사라졌다. 병든 료이치가 가엾다고 생각한 적도 없었다. 아마도 료이치가 객혈을 하지 않았더라면, 자기는 료이치를 뿌리치고 도망쳤을 것이라고 생각했다.

나오미가 입을 굳게 다문 채 아무 말도 하지 않자 료이치는 서글퍼졌다.

'할 수 없지, 내 잘못이니까. 그치만 나오미가 싫어서 데루코와 바람을 피운 건 아니야.'

받아야 할 대가는 이 기회에 모두 받아야 한다고 료이치는 생각했다.

「나쁜 녀석 같으니라고. 나오미가 이렇게 냉정한 줄은 미처 몰랐구나.」

고스케는 한숨을 내쉬었다.

「아니, 결코 나오미가 나쁜 게 아닙니다. 저는 매일 술만 마시고 이 사람에게는 옷 한 벌 제대로 사준 적이 없습니다. 매일 마시고 행패나 부리고, 결국은 나오미의 친구와 불미스러운 관계까지…….」

료이치는 나오미가 쌀쌀하게 나오는 것이 당연하다고 생각했다.

「그럼, 자네는 이 집에서 나가 그 여자한테로 갈 작정인가?」

「당치도 않습니다.」

료이치는 놀라면서 손을 저었다.

「그럼 어디로 갈 작정인가?」

「집으로 돌아가려고 합니다. 설마 어머니가 내쫓지는 않겠지요. 만일 내쫓기면 입원이라도 할 작정입니다.」

「정말 그 여자에게 가지 않을 건가?」

「그럴 생각은 추호도 없습니다.」

「그럼 앞으로 완전히 손을 떼겠다는 말인가?」

「곧 분명하게 매듭을 지으려고 합니다.」

료이치는 초등학교 어린애처럼 진지한 태도로 대답했다.

「어떠냐, 나오미. 너는 료이치 군하고 새 출발을 해볼 생각은 없니?」

고개를 숙이고 있던 나오미가 얼굴을 들었다.

「전 자신이 없어요.」

「왜? 용서해 줄 수 없겠니?」

나오미는 조용히 있었다.

「제가 원래 술과 여자에 약하니 언제 어떻게 될지 자신이 없어요.」

료이치는 솔직하게 말했다.

「남자란 원래 약한 거니까.」

고스케는 료이치의 말에 고개를 끄덕였다.

「벌써 20년 전 일이야. 어떤 한 남자가 있었지. 그 남자는 결혼할 때까지 숫총각이었는데, 결혼해서 아내가 아기를 낳을 무렵에 그만 실수를 저질렀어. 그것도 처형(妻兄)과 말이야. 그 처형은 이미 결혼한 남의 아내였어. 아이를 낳고 나서 비로소 이 사실을 알게 된 그 남자의 아내가 뭐라고 말했는지 아니?

'전 결코 신(神)과 결혼한 게 아녜요. 인간이란 완전하지 못해요. 언제나 무슨 잘못을 저지르고 있어요. 잘못을 저지르지 않고서는 살아갈 수 없는 것이 인간이에요.'

이런 말을 하면서 그 아내는 자기를 배반한 남편과 동생을 배반한 언니를 둘 다 용서했어. 그 아내는 기독교 신자였지. 이때 그 남자는 용서한다는 것이 얼마나 인간을 크게 변화시키는지 알게 되었어. 그 후부터 그 남자는 신자가 되었고, 마침내는 다니던 회사를 그만두고 신학교에 들어가 목사가 됐어. 그 아기는 병으로 죽고 그 후에 태어난 아기가 바로 나오미야.」

깜짝 놀라 나오미는 얼굴을 들었다. 남의 일처럼 무심히 들었던 이야기가 철썩같이 믿고 있던 아버지의 이야기인 줄 알자, 나오미는 새파랗게 질렸다.

「만일 어머니가 용서해 주지 않았더라면 이 아버지가 어떻게 되었을지 상상도 하기 싫다. 야에(八重) 씨와 어디론가 도망쳐 버렸을지도 모르지.」

야에는 바로 어머니의 언니로 무로란(室蘭)에 있다. 몸집이 작아 어머니보다도 젊어 보였다. 3남 3녀를 둔 그 이모를 나오미는 정결하고 얌전한 분이라고 생각하고 있었다. 아버지와 이모 사이에 그런 과거가 있었다고 생각하자, 나오미는 인간이란 존재가 얼마나 약하고 어리석은 것인지 새삼스럽게 깨달았다.

'나도 언제 어떻게 될지 모르겠구나.'

심판을 기다리는 듯이 잠자코 고개를 숙이고 있는 료이치를 나오미는 어느새 따뜻한 시선으로 바라보고 있었다.

머물다 간 사랑

　　일을 끝마치고 고마쓰(小松) 회계 사무소를 나선 나오미는 하늘을 쳐다
보았다. 2, 3일 전에 첫눈이 내렸는데, 그 이후로 갑자기 해가 짧아진 것
같았다. 어두운 하늘을 날아가는 비행기의 빨갛고 파란 불빛이 유리 구슬
처럼 반짝거렸다.

　　비행기의 불빛을 눈으로 쫓고 있던 나오미는 바바리 코트의 깃을 세우
고 걸음을 재촉했다. 오늘은 월급날이다. 크지 않은 회계 사무소지만, 봉
급은 적은 편이 아니었다. 소장인 고마쓰는 젊었을 때부터 교회 신자로,
나오미가 부담스러울 정도로 넉넉한 급료를 주었다.

　　나오미는 사무소 바로 부근의 다누키고지(狸小路)를 걸어가고 있었다.
너구리한테 홀려 그만 물건을 사게 된다는 삿포로 제일의 아담한 상가이
다. 가운데 통로를 끼고 양쪽으로 식당, 제과점, 과일 가게, 시계점, 양복
점, 양품점 그리고 영화관과 파친코 집 등이 빽빽이 들어차 있었다.

나오미는 천천히 걸어가고 있었다. 아니, 다른 사람들의 눈에는 걸어간다기보다는 떠내려가는 듯한 가엾은 몰골로 보였을 것이다. 서점 앞에서 나오미는 멈춰 섰다. 그녀는 오랫동안 책을 읽는 것을 잊고 살아왔다. 차분하게 앉아서 책을 읽고 싶었다. 여고 시절부터 쓰고 싶었지만 쓰지 못한 동화에 대한 생각이 떠올랐다. 자기가 쓴 동화가 서점에 가지런히 꽂혀 있고 어린이들이 엄마 손을 잡고 와서 사 가는 모습을 상상해 보았다.

나오미는 서점 입구에 서서 손님 한 사람 한 사람의 얼굴을 살펴보았다. 작은 서점이었지만, 학생들이 수십 명이나 있었다. 그 중에는 단 한 사람도 웃고 있는 사람이 없었다. 아무도 자기 곁에 있는 사람에게 주의를 기울이지 않고 있었다. 저마다 조금씩 심각한 얼굴을 하고 책을 꺼내 펴 보거나 다시 책꽂이에 꽂거나 하고 있었다.

다만 전등만이 유별나게 밝은 빛을 내고 있을 뿐이었다.

'책을 읽는다는 것은 외로운 일이야.'

나오미는 서점을 나왔다.

그 바로 건너편 파친코 집에서는 웅장한 군함 행진곡이 흘러나오고 손님들이 붐볐다. 동전이 떨어지는 소리가 쉬지 않고 들려 왔다. 그런데 그렇게 떠들썩한 파친코 집에서도 웃는 얼굴은 찾아볼 수 없고, 고독해 보이는 사람들이 열심히 익숙한 솜씨로 동전을 집어넣고 핸들을 잡아당기고 있을 뿐이었다. 군함 행진곡과 이 사람들과는 대체 어떤 연관이 있을까 하고 나오미는 생각했다. 아마 슬픈 음악을 틀어 놓으면 모두 울어 버릴 사람일지도 모른다고 생각하며 나오미는 쓰디쓰게 웃었다.

나오미는 왠지 깊은 한숨이 나왔다. 거리 한구석에서 옥수수를 구워 파는 중년 여인의 곁으로 다가갔다.

「아직도 옥수수가 나와 있어요?」

「네, 이제 옥수수도 끝물이에요.」

그 여인은 환한 얼굴을 하고 있었다. 나오미는 약간 탄 옥수수였지만 4개를 샀다.

「식구가 둘인가 보죠?」

그 여인은 나오미의 부부가 다정하게 두 개씩 나누어 먹으리라고 생각한 모양이었다.

「네.」

그 여인이 어떻게 생각해도 상관없는 일이었으나, 나오미의 가슴속에는 조금 걸리는 게 있었다. 가슴에 안은 옥수수가 봉지를 통해서 따뜻한 온기를 전해 왔다.

「어머!」

바로 눈앞에서 소리를 지르고 걸음을 멈춰 선 사람은 교코였다.

까만 바바리 코트 위의 하얀 얼굴이 박꽃처럼 예뻤다.

「오랜만이야, 교코!」

반갑게 소리치는 나오미를 거부하듯 굳은 표정을 지었다. 교코는 료이치에게 문병을 올 때에도 나오미가 없는 틈을 타서 오는 것 같았다.

「미안해, 찾아가지 못해서.」

교코는 고개를 숙인 채 중얼거리듯이 말했다.

「나야말로 정말 무심했어. 어머님은 그 동안 안녕하시지?」

료이치가 나오미의 집에서 요양하고 있다는 것을 알면서도 노부코는 한 번도 얼굴을 내밀지 않았다.

「미안해, 어머니도 너무 폐가 많아서…….」

교코는 고개를 숙였다.

'그런 뜻에서 한 말이 아니야.'

나오미는 자기와 교코 사이가 왜 이렇게 되었을까 하고 생각하니 쓸쓸해졌다.

「저기 가서 오래간만에 차나 같이 할래?」

나오미는 부근에 있는 '포플러' 라는 찻집을 가리켰다.

「응, 그래.」

교코는 잠시 주저하는 듯한 표정을 지으면서 나오미의 뒤를 따랐다.

어두컴컴한 찻집 안에는 몇 명의 손님만이 조용히 앉아 있었다.

「어두운데…….」

나오미는 주위를 살펴보며 말했다.

「응.」

교코는 나오미의 얼굴을 쳐다보지도 않았다.

「교코, 무슨 차 마실래?」

메뉴판을 교코 앞에 내놓았으나, 교코는 손도 대지 않았다.

「아무거나…….」

「홍차?」

「응.」

「커피?」

「응, 아무거나.」

교코는 안절부절 못하고 계속 입구 쪽을 바라보고 있었다. 오래간만에 마주앉았지만 별다른 할말이 없었다. 아니, 사실은 하고 싶은 말들은 서로의 가슴속에 숨어 있는지도 몰랐다.

「별일 없니?」

「응, 이렇게.」

「하는 일은 아직도 타이피스트야?」

「여전해.」

교코는 내키지 않는 듯이 대답했다. 나오미가 입을 다물자 대화는 이내 끊어졌다. 이런 얘기나 하려고 교코와 마주앉은 것은 아니었다. 나오미는 곧 찻집에 온 것을 후회했다.

「교코.」

「응.」

교코는 심문이라도 받는 사람처럼 겁먹은 표정으로 얼굴을 들었다.

「왜 그러는 거야? 너 아주 많이 변했구나.」

교코는 몸을 조금 움직였다.

「내가 이젠 싫은 모양이지.」

나오미는 더 이상 참을 수가 없었다. 교코는 어깨를 움찔하고 나오미를 바라보았다.

「싫은지도…… 몰라.」

교코는 억지로 말했다.

「어머, 왜? 내가 너한테 무슨 잘못한 거라도 있니?」

'데루코와 료이치의 관계를 나에게 알려 주지 않은 너만큼 난 나쁘지

않아.'

나오미는 하고 싶은 말을 참았다.

「아니, 꼭 네가 잘못해서 그러는 건 아냐. 그렇지만…….」

교코는 갑자기 슬퍼진 듯이 눈물이 핑 돌았다.

「그렇지만, 뭐야?」

「그렇지만, 넌 너무 예뻐.」

「아니, 그렇지 않아.」

「아냐, 정말 지나치게 예뻐. 물론 네 탓은 아니겠지만……. 그렇지만 그
것 때문에 괴로워하는 사람도 있다는 걸 생각해 본 적 있어, 나오미?」

「그렇지만 내가 언제 네 행복을 방해한 적이 있니?」

교코와 다케야마가 서로 껴안고 있던 모습을 나오미는 떠올렸다.

「넌 아직 아무것도 몰라. 네가 나쁜 건 아냐. 하지만 아름다운 꽃 옆에
피어난 꽃이 얼마나 쓸쓸해하는지 넌 알아야 해.」

교코는 희미하게 웃었다.

「하지만 교코, 너도 아주 예쁘지 않니.」

교코는 말없이 손목시계를 들여다보았다.

「급한 일이라도 있어?」

나오미가 물었다.

「아니, 실은 다케야마 선생님과 6시에 만나기로 했어.」

「어머, 벌써 6시야. 그런 줄도 모르고 붙들어서 미안하게 됐구나. 빨리
가봐.」

문득 나오미는 교코에게 질투를 느꼈다. 교코가 다케야마를 만나는 일

에 질투를 느낀다기보다는 교코가 아직 누구의 아내도 되어 있지 않은 것이 부러운지도 모른다.

「괜찮아, 다케야마 선생님과 이 찻집에서 만나기로 했으니까.」

「어머, 그럼 내가 먼저 실례를 해야겠구나.」

나오미는 서둘러 자리에서 일어났다. 두 사람 몫의 찻값을 치르고 나오미는 아주 어두워진 밖으로 나왔다. 건너편 제과점 진열장이 눈부실 정도로 밝았다. 거리엔 사람들이 북적거렸다. 나오미는 빠른 걸음으로 사람들 사이를 걸으면서 걷잡을 수 없는 외로움을 느꼈다.

「나오미, 나오미 아니오?」

전찻길 쪽으로 돌아서는데, 누군가 나오미의 앞을 가로막았다. 다케야마였다. 뜻밖에 만난 기쁨을 다케야마는 숨기지 않았다.

「잘 있었소?」

나오미는 놀라지 않았다.

「지금 돌아가는 길이오? 오늘은 날이 좀 풀렸군.」

「네.」

다케야마는 뚫어지게 나오미를 바라보았다.

「잠깐 저기 가서 차라도 한잔 할까요?」

다케야마는 전찻길 쪽의 조그마한 찻집을 가리켰다. 나오미는 다케야마를 보고 밝은 미소를 지었다.

「'포플러'에서 교코가 기다리던데요. 6시에 만나기로 약속하셨죠?」

나오미는 이렇게 말하고 어느새 인파 속으로 파묻혀 버렸다. 다케야마는 갑자기 뺨이라도 한 대 얻어맞은 듯이 멍하니 나오미의 뒷모습만 바라보고 있었다.

＊ ＊ ＊

일요일이어서 고스케와 아이코, 나오미가 교회에 나간 후에 료이치는 화집(畫集)을 펼쳐 놓고, 오늘도 〈그리스도〉의 그림을 바라보고 있었다.

교회 쪽에서 오르간 소리가 들려 왔다.

'그리스도는 무엇 때문에 십자가에 못 박혔는지는 모르지만, 슬픔이 무 언지는 알고 있는 사람이다.'

료이치는 이렇게 생각했다. 그리고 자신은 과연 진정한 의미의 깊은 슬 픔을 알고 있을까 하고 생각해 보았다.

약간 먼지가 낀 유리창 너머로 가마목(가을 식물—옮긴이)의 빨간 열매 가 초겨울의 햇살을 받아 빛나고 있었다. 료이치는 갑자기 마음이 어두워 졌다. 가마목의 빨간 열매를 너무나도 좋아하던 여자가 있었다. 사도미라 는 여자였다. 료이치는 반년쯤 사도미의 아파트에 드나들었는데, 그 아파 트의 창가에 서면 가마목이 보였다.

「저 나무에는 빨간 열매가 열려요. 나무에 가득 빨간 열매가…….」

사도미는 이렇게 말하면서 열매가 빨리 열리기만을 고대하고 있었다. 그 빨간 열매가 열릴 때쯤 사도미는 죽었다. 임신 중절 수술이 실패했기 때문이었다.

오랫동안 료이치는 사도미를 잊고 있었다.

'눈앞에서 떠난 자는 마음에서도 떠난다.'

이런 말 그대로 료이치는 과거의 여자들을 차례로 잊어버렸다. 그 과거 의 여자들 중에서 죽은 사람은 사도미뿐이었다. 그것도 임신 중절 수술을 하다가 죽었는데 료이치는 전생(前生)에서의 일처럼 완전히 잊고 있었다. 데루코가 임신했다는 말을 들었을 때에도 결코 료이치는 사도미의 일도, 사도미와 함께 묻힌 작은 생명도 생각한 적이 없었다.

약간 긴 듯한 사도미의 몸매와 가무잡잡한 살결이 생각났다. 그 건강하던 젊은 목숨을 빼앗은 것은 자기라는 엄연한 사실을 료이치는 새삼스럽게 깨달았다.

「떼어 버려!」

이렇게 말하면서 내민 몇 장의 1천 엔짜리를 힐끗 보고는 애원하는 듯이 료이치를 바라보던 사도미의 눈동자가 눈앞에 뚜렷하게 되살아났다.

「싫어요, 낳고 싶어요.」

그 눈동자가 이렇게 말하고 있었던 것처럼 느껴졌다.

사도미가 죽었다는 말을 들었을 때, 료이치는 의사의 잘못이라고 생각했을 뿐, 양심에 아무런 가책도 느끼지 않았다. 지금의 료이치로서는 그 당시의 자기를 도저히 이해할 수 없었다.

'이렇게 내가 부처님 마음이 되는 걸 보니, 내가 죽을 날도 멀지 않았나 보다.'

료이치는 쓴웃음을 지으려고 했다. 그렇지만 웃을 수 없었다. 그때에는 무심히 듣고 흘려 버리고, 지나쳐 버린 일인데, 이렇게 생생하게 다시 생각나는 것이 료이치에게는 마음이 편안치 못했다. 과거에 저지른 모든 일이 그대로 사라지지 않고 살아 있는 느낌이었다.

생각해 보면 자기와 알게 되어 행복하게 된 여자는 한 사람도 없는 것 같다. 나오미도 데루코도 사도미도, 그리고 결혼하고 싶어하던 얌전한 미도리도, 그 밖의 다른 여자들도 모두 자기를 만나지 않았더라면 행복했을 것이라고 생각되었다.

이렇게 생각되자 료이치는 무척 외로웠다.

갑자기 거실에서 전화벨이 울렸다. 스트렙토마이신을 맞게 된 후로 료이치의 귓속에서는 마치 벌레가 울고 있는 것 같은, 혹은 벨이 울리는 것 같은 소리가 들렸다. 지금의 전화 벨 소리도 료이치는 귀울음일 것이라고 생각했다.

거실로 들어가자 벨 소리가 뚝 멈췄다. 돌아서려고 하는데 다시 벨이 울렸다. 수화기를 드니 어머니 노부코의 목소리였다. 노부코다운 말투였다.

「아니, 료이치냐? 집에 있으면서도 왜 그렇게 전화를 안 받아?」

노부코는 한 번도 료이치에게 문병을 오지 않았다는 사실을 잊어버린 것 같았다.

「웬일이세요. 전화를 다 하시고.」

료이치는 생각 없이 되는 대로 말하는 노부코의 말투에도 이상하게 화가 나지 않았다.

「큰일났어, 어서 와. 죽었단 말이야. 어쩌면 좋지? 얘, 료이치! 난 이제 어떻게 하지?」

분명히 어머니 노부코는 당황하고 있었다.

「죽었어요? 교코가요?」

료이치도 당황했다.

'자살이 아닐까?'

료이치는 물에 떠내려가는 죽은 교코의 모습을 불현듯 떠올렸다. 어째서 이런 때 음독이나 목매어 죽은 것이 아니라, 물에 빠져 죽은 것으로 생각했는지, 료이치는 나중에 생각해 보아도 이상한 일이었다. 2, 3년 전에 본 영화 〈햄릿〉에서 물에 빠진 오필리어와 교코의 가련한 인생을 무의식중에 결부시켰는지도 모른다.

「아냐, 교코가 아니고 그 사람이야. 가와이 씨 말이야.」

노부코는 반 울상이 되어 있었다.

「뭐라고요? 난 또.」

료이치는 비로소 안심이라도 한 듯이 피식 웃었다.

「난 또가 뭐야. 지금이야, 지금 죽었단 말이야. 빨리 와.」

「어머니, 지금 죽었어도 그 사람에게는 엄연히 부인이 있잖아요. 그렇게 서둘러 가실 건 없잖아요.」

「아냐, 그게 아니야. 지금 나와 같이 있어, 아파트야.」

「아파트?」

「우리 집 바로 근처에 왜 '하마나스' 라는 아파트 있잖아. 그 아파트 6호실이야. 꾸물대지 말고 빨리 와.」

노부코는 할말을 다하고는 찰칵 수화기를 내려놓았다. 료이치의 건강에 대해서는 한마디도 묻지 않았다. 매달 돈만 보내 주면 어머니로서의 책임을 다한 것으로 여기는지도 몰랐다.

'복상사(服上死)라는 건가?

료이치는 자기 팔에 안겨 있던 가와이 데루코를 생각했다.

「복상사야!」

이렇게 입 밖으로 소리내어 말하니, 료이치는 어머니와 자기가 말할 수

276

없이 천박한 인간으로 생각되었다.

교회에서 나오미와 아이코가 먼저 돌아왔다. 료이치의 외출복 차림을 보자 나오미가 얼굴을 찡그렸다.

「어머, 어디 가시는 거예요?」

또다시 집을 비운 사이 료이치가 몰래 집을 나가려는 것으로 생각하는 모양이었다.

「오늘은 날씨가 포근하니까 밖에 나가 바람이나 쐬고 들어오는 것도 괜찮겠지.」

아이코가 무심코 말했다.

「네, 저…….」

료이치는 말을 더듬거렸다.

「저도 함께 갈까요?」

나오미가 다정하게 말했다.

「아냐, 저…….」

다시 료이치가 말을 더듬었다. 어머니의 문제라 자기의 잘못을 얘기할 때보다도 더 입장이 난처했다.

「실은 어머니 집에 좀 복잡한 일이 생겼다고 전화가 와서…….」

「어머, 복잡한 일이라면…….」

교코의 혼수감이라도 들어오나 하고 나오미는 생각했다.

「어머니와 가깝게 지내시는 분이 집에서 돌아가셨다고 해서…….」

「이거 큰일이네. 우리도 가서 도와드려야 할 텐데. 안 그래, 나오미?」

아이코의 말에 나오미는 고개를 끄덕였다.

「그런데…….」

「괜찮네, 사양할 것 없어. 자넨 환자니까 무리해서는 안 돼. 그럼 우선 나오미가 함께 가도록 하려무나.」

료이치는 당황했다. 나오미를 데리고 가와이 데루코의 아버지가 죽은 곳을 갈 수는 없었다. 자기 어머니와 데루코 아버지의 관계는 비밀로 하고 싶었다. 하긴 숨긴다고 해서 끝까지 숨길 수 있는 일도 아니었다.

아이코가 불러 준 택시에 올라탄 료이치는 힐끗 나오미를 쳐다보았다.

「괜찮아요? 춥지는 않아요?」

「괜찮아.」

「올해는 포근하군요. 첫눈이 녹은 후로는 좀처럼 눈이 오지 않네요.」

「응, 그렇군.」

료이치는 무슨 수를 써서라도 나오미를 돌려보내야겠다고 생각했다.

「누가 돌아가신 거예요? 천식이세요?」

나오미는 료이치 쪽으로 살며시 몸을 기댔다.

「응.」

료이치는 체념했다.

「사실은, 나오미.」

「왜 그래요?」

「죽은 건…… 가와이 데루코의…….」

「네? 가와이 데루코가요?」

미처 다 듣지도 않고 나오미는 깜짝 놀라 소리를 질렀다.

「아니, 데루코의 아버지야.」

278

「어머, 어째서 데루코의 아버지가······.」

나오미는 언젠가 데루코의 집을 찾아갔을 때, 차로 바래다준 데루코의 아버지가 생각났다. 정력적이고 살찐 인상이었으나, 막상 이야기를 해보니 겉모습과는 달리 호감이 가는 사람이었다. 데루코와 료이치의 문제로 어머니에게 무슨 얘기를 끄집어낸 것이 아닌가 하고 나오미는 상상했다.

「그것이······.」

말을 잇지 못하고 료이치는 한숨을 내쉬었다.

「사실은 그분은 어머니한테 자주 놀러 왔었는데······.」

「놀러요?」

그처럼 료이치의 집과 데루코의 집이 친하게 지내는 사이였나 하고 나오미는 조금 놀랐다. 나오미의 부모가 노부코를 찾아간 적은 있었지만, 노부코는 나오미의 집을 방문한 적이 없었다. 그러니 나오미는 데루코의 아버지와 노부코의 관계를 상상조차 할 수 없었다.

「응, 쉽게 말하자면 애인 사이였지.」

「어머.」

나오미의 얼굴이 금방 새파랗게 질렸다. 나오미는 너무나도 뜻밖의 일이라 말이 나오지 않았다.

료이치의 어머니와 데루코의 아버지, 그리고 료이치와 데루코, 이렇게 연결시키기만 해도 나오미는 구역질이 날 듯한 혐오감이 생겼다. 자기는 그러한 료이치의 아내인가 하고 생각하니 견딜 수가 없었다.

'그러나 료이치는 지금까지 한마디도 데루코의 아버지에 대한 이야기를 한 적이 없었다.'

그것도 나오미로서는 용서할 수 없는 일이었다. 여고 시절에 데루코는 교코를 'ㅇㅇ집 딸'이라고 흉보면서 사사건건 모질게 대했는데, 이제서야 나오미는 그 이유를 알게 되었다. 그러나 그런 데루코가 어째서 료이치와 맺어지게 되었으며 또 그런 데루코를 어째서 교코가 친구로 삼을 수 있었는지, 나오미는 도무지 이해할 수가 없었다.

나오미는 차라리 지금 내려 버릴까 하고 생각했다. 자기가 내리면 료이치는 수치심에 다시는 자기에게로 돌아오지 않을지도 모른다. 그래도 어쩔 수 없다고 생각하며 나오미는 흥분해 있었다.

「놀랐지?」

료이치는 힘없이 미소를 지었지만, 나오미는 아무 대답도 하지 않았다. 료이치가 환자만 아니라면 당장이라도 헤어지고 싶을 정도로 혐오스럽게 여겨졌지만 나오미는 끝내 차에서 내릴 수 없었다.

＊＊＊

고스케는 서재로 들어가고 료이치는 침실로 들어갔다. 아이코는 흰 털실을 꺼내어 뜨개질을 하기 시작했으나, 나오미는 우두커니 난롯불을 바라보고 있었다.

「료이치는 생각했던 것보다는 건강해진 것 같구나. 지난번 집에 가서 여러 가지로 신경을 썼을 텐데 열도 나지 않으니 말이다.」

아이코는 익숙하게 뜨개질을 하면서 말했다.

「네.」

아이코에게는 노부코의 친구가 놀러 왔다가 죽었다고 거짓말을 했다.

「웬일이야, 오히려 네가 힘이 없어 보이니.」

「괜찮아요, 아무렇지도 않아요.」

나오미는 료이치와 함께 본 데루코 아버지의 모습을 머리 속에 떠올렸다. 이불에서 반 나체로 몸을 드러내 놓은 채 데루코의 아버지는 죽어 있었다. 그것은 어린아이가 장난으로 죽은 시늉을 하고 있는 것처럼 몹시 천진난만해 보였다.

노부코는 료이치가 오기를 문 앞에서 기다리고 있었으나, 료이치와 나오미가 왔는데도 방으로 들어가려고 하지 않았다.

「싫어, 무서워. 죽은 사람의 얼굴은 보고 싶지 않아.」

노부코는 이렇게 말하고 데루코 아버지의 알몸을 덮어 주려고도 하지 않았다.

「이런 모습으로는 의사도 부를 수 없어요.」

료이치는 데루코 아버지의 거대한 몸에 잠옷을 입히고, 이불 속에 반듯이 눕혔다. 료이치는 의사도 불러와야 하고 데루코 어머니에게 전화도 걸어야 했다.

그동안 나오미는 방구석에 꼼짝하지 않고 앉아 있었다.

데루코의 어머니는 전화를 받자마자 곧 달려왔지만, 노부코를 거들떠보지도 않았다.

「너무 폐가 많았습니다…… 뒤처리는 제가 할 테니 안심하고 돌아가 주세요.」

데루코를 닮은 그 부인은 몹시 침착했다.

그 말에 따라 료이치 일행은 그 자리에서 물러났다. 아무도 없는 방에서 데루코의 어머니는 시체를 부둥켜안고 통곡을 할까, 아니면 죽은 자의 뺨을 사정없이 후려갈길까 하고 나오미는 생각하고 있었다.

「그런데 정말 힘이 없어 보이는구나. 무슨 고민이라도 있는 게 아니냐, 나오미야?」

아이코가 말했다.

「글쎄요, 고민이 없지는 않아요.」

「고민이 뭐니?」

「어머니, 아무래도 저 료이치와 헤어져야겠어요.」

아이코의 뜨개질바늘을 놀리던 손이 멈췄다.

「아니 왜? 료이치는 요즘 많이 달라진 것 같던데……..」

「네?」

「열심히 그림 그리는 데 몰두하고 있단다.」

「그림을요?」

「그래, 너한테 크리스마스 선물로 줄 거래. 비밀이라고 하면서 그림을 보여 주지 않더구나.」

료이치가 그림을 그리고 있다는 것은 나오미도 짐작하고 있었다. 그렇지만 천으로 덮여 있는 캔버스를 나오미는 들춰보지 않았다. 전부터 료이치는 완성되지 않은 그림은 남에게 보여 주려고 하지 않았기 때문이었다.

「하지만 전 이제 더 이상 참을 수가 없어요.」

「뭘 참을 수 없다는 거니? 료이치는 술도 끊은 것 같고. 지금의 료이치라면 이 엄마는 전혀 싫지 않다.」

다시 아이코는 편물을 짜기 시작했다.

「어머니는 야에 이모님하고 아버지와의 관계를 어떻게 용서할 수 있었어요?」

아이코는 뜨개질바늘을 흰 털실 뭉치에 꽂았다.

「그야, 엄마도 처음엔 몹시 괴로웠단다. 아버지가 건실한 분이었기 때문에 더욱 배반당한 게 억울하고 분했어. 하지만 인간이란 완전할 수 없는 거야. 난 신과 결혼한 게 아니라고 생각했을 때, 아버지를 용서할 마음이 생겼던 것 같구나.」

「인간이란 정말 혐오스러워요.」

「그래, 인간이란 참으로 혐오스러워. 하지만 자신도 그런 혐오스러운 인간들 중 한 사람이야. 아버지처럼 건실한 사람도 잘못을 저지르니, 인간이란 존재가 얼마나 나약한지 절실히 느껴지더구나.」

「하지만, 어머니. 전 료이치가 싫어요. 용서하고 말고 할 것도 없어요.」

존경하는 아버지도 여자 문제로 잘못을 저질렀다, 료이치만이 잘못을 범한 건 아니다, 이렇게 생각하고 나오미는 료이치에게 관대하게 대하려고 했다. 그러나 데루코의 아버지와 노부코의 관계를 안 후로는 료이치가 끈적끈적하고 추잡한 인간으로 생각되었다. 그리고 교코와 만날 약속을 해놓고도 자기에게 찻집으로 가자고 하던 다케야마도 용서할 수 없었다. 그녀는 료이치의 아내면서도 다케야마에게 마음이 이끌려 그를 만나러 갔던 기억은 까맣게 잊고 있었다.

「너는 누구를 닮아서 그렇게 모진 거니? 그토록 싫어하니 오히려 료이치가 가엾구나.」

「료이치보다 제가 더 불쌍해요. 어쨌든 그의 병이 완전히 낫기만 하면 곧 헤어지겠어요.」

「그리고는 어떻게 할 거야? 누구하고 결혼할 거냐?」

「이제 결혼 같은 건 하지 않을 거예요. 어차피 사내들이란 전부 믿을 수 없으니까요.」

「결혼 얘기가 나왔으니 말인데…… 다케야마 선생과 교코가 곧 약혼한 다더구나.」

아이코는 아무렇지도 않은 듯이 말했다.

「그래요? 그거 참 잘됐네요.」

나오미는 요전 날 너구리 골목에서 만났을 때의 다케야마 얼굴을 상기했다. 료이치와 헤어지면 아무와도 결혼할 생각이 없다고 방금 말하고 나서도, 다케야마와 교코의 약혼 소식을 들으니 나오미는 마음이 흔들렸다. 다케야마와 교코가 포옹하는 모습을 분명히 두 눈으로 보았으니, 두 사람의 약혼은 당연한 결과라고 생각하고 있었다. 이제는 새삼스럽게 마음이 흔들릴 필요가 없는 것이다. 그러나 나오미는 몸 안에 찬바람이 스쳐 가는 듯한 외로움을 느꼈다.

「잘됐네요.」

나오미가 공허하게 같은 말을 되풀이했을 때 전화벨이 울렸다.

목사관에는 밤 12시경에도 전화가 걸려 오는 일이 흔히 있었다. 도쿄에서 걸려 온 전화였다.

「여보세요, 료이치 씨를 바꿔 주세요.」

데루코의 목소리였다.

「데루코야? 나 나오미야.」

「나오미라는 사람에게는 할 얘기가 없어. 그분이나 바꿔 줘.」

「벌써 자는데.」

헤어져도 무방한 료이치지만 어쩐지 데루코의 전화는 바꿔주고 싶지 않았다.

「아직 10시밖에 안 됐어. 자고 있으면 좀 깨워 줘.」

데루코는 술에 취해 있는 것 같았다. 나오미는 수화기를 귀에 댄 채로 잠자코 있었다.

「여보세요, 왜 대답이 없는 거지? 료이치를 바꿔 달라고 말했잖아.」

「데루코, 나 너의 아버지의 돌아가신 얼굴을 봤어.」

어머니가 앞에 있다는 것을 잊지 않고 있었지만, 나오미는 이렇게 말하지 않을 수 없었다.

「흥, 그 따위 아버지, 꼴 좋지 뭐야? 어디서 죽든지 내가 알 게 뭐야.」

데루코는 거칠게 대답하고는 큰소리로 웃었다. 장례식에도 참석하지 않았던 데루코의 심정을 나오미도 이해할 수 있었다. 그러나 아버지의 불륜을 분개하면서도 자기 또한 료이치와 그런 사이가 된 것을 데루코는 어떻게 생각하고 있는지 궁금했다.

「하여튼 료이치를 빨리 바꿔 줘. 설마 너 질투하고 있는 건 아니겠지.」

「아냐, 조금도. 다만 료이치는 네 전화를 받고 싶지 않을 거야.」

「설마, 그럴 리가 없어. 요전에는 크리스마스 전에 꼭 전화해 달라고 편지를 보냈어.」

「그래? 그럼 불러 줄게.」

방에 들어가니 료이치가 눈을 떴다.

「전화예요.」

「누구야?」

료이치는 상반신을 일으켰다.

「도쿄예요.」

나오미는 데루코의 이름은 말하지 않았다.

「무슨 일일까?」

료이치는 분명히 어두운 얼굴을 했다.

「잔다고 하지 그래.」

「하지만 당신이 전화해 달라고 편지를 했다면서요?」

「설마, 안 받는다고 그래 줘.」

료이치는 못마땅한 얼굴로 다시 누워 버렸다.

「하지만, 일부러 도쿄에서 건 전화예요. 받아 보세요.」

「별일 아닐 거야.」

료이치는 이불을 뒤집어쓰고 말했다.

「일어날 생각도 않는구나. 내일 다시 걸겠니?」

나오미가 부드럽게 말했다.

「그래? 그럼 내일 아침에 다시 전화할게.」

데루코도 순순히 물러서며 전화를 끊었다.

「아이, 추워. 오늘 밤은 꽤 춥겠는데요.」

나오미는 한기를 느끼며 말했다.

「이제 한 달도 못 있어 크리스마스잖아.」

아이코는 이렇게 대답할 뿐 전화에 대해서는 한마디도 묻지 않았다.

가로등

다음날 아침 다시 전화를 하겠다던 데루코에게서는 하루 이틀이 지나도 전화가 걸려 오지 않았다. 나오미는 어쩐지 불안하기만 했다. 혹시 자기가 없는 사이에 료이치가 전화를 받지 않았나 하는 생각도 들었다.

「전화 왔어요?」

나오미는 일요일 오후에 물끄러미 눈 오는 하늘을 쳐다보고 있는 료이치에게 물었다.

「전화? 어디서?」

전보다는 좀 살이 찐 얼굴로 나오미를 바라보았다.

「도쿄에서요.」

나오미는 료이치가 괜히 모른 척하는 것 같았다. 도쿄라는 말을 듣고 료이치는 약간 얼굴을 찡그렸다.

「안 왔어.」

「다음날 다시 전화하겠다고 했는데…….」

「변덕스러운 사람이니까…….」

료이치는 나오미에게 쓴웃음을 지어 보였다. 그 눈을 나오미는 아름답다고 생각했다. 예전에 보았던 어린아이 같은 앳된 눈과는 또 다른 맑은 광채가 나는 것 같았다.

「데루코가 화난 게 아닐까요? 일부러 전화를 걸었는데 받지도 않는다고…….」

료이치는 문득 골똘히 생각하는 표정을 짓더니 말이 없었다.

「나오미, 하코다테로 돌아가고 싶어.」

이윽고 료이치가 가라앉은 목소리로 말했다.

「네? 하코다테요?」

나오미는 료이치가 데루코 생각을 하느라고 잠자코 있다고 생각했다.

「응, 호라이초나 아오야나기초 근처를 꿈에서 보았어.」

「전 하코다테보다는 삿포로가 더 좋아요.」

나오미는 료이치와의 옛날 생활로 다시 돌아가고 싶지는 않았다. 료이치는 하루도 빠짐없이 술을 마시고 늦게 돌아와 나오미에게 행패만 부렸다. 또한 그는 나오미에게 냉담한 말을 몇 번이나 던졌는지 모른다. 그 당시의 생활이 암흑 같았던 나오미는 료이치의 말에 화가 치밀었다.

「나오미는 삿포로가 더 좋아?」

료이치는 쓸쓸한 듯이 웃었다.

「하코다테가 그렇게 가고 싶으면 당신 혼자 가세요.」

나오미가 하코다테로 돌아가고 싶지 않다는 것은 료이치와의 생활을 계속할 의사가 없다는 뜻이었다. 데루코 아버지의 죽음이 어떤 죽음이었는지를 알고 난 후로 나오미는 자기와 료이치는 화합할 수 없는 관계로 생각하게 되었다.

「혼자서 하코다테로 돌아가고 싶지는 않아.」

료이치는 나오미의 차디찬 표정에 놀라면서 애써 차분하게 말했다.

「그보다도 당신은 데루코에게 책임을 져야 해요.」

나오미는 잘라서 말했다.

「책임이라니…….」

「남자가 여자에게 지는 책임 말이에요. 결혼하려면 서둘러 하세요. 그리고 헤어질 거라면 하루라도 빨리 깨끗하게 정리하는 게 좋아요.」

「결혼 같은 건 할 생각 없어. 데루코도 처음부터 그럴 뜻은 갖고 있지 않았어.」

「어머!」

대체 어떤 생각으로 데루코는 아내가 있는 료이치와 그런 사이가 되었는지 나오미로서는 도저히 이해할 수가 없었다.

「헤어질 거야. 아니 이미 헤어진 걸로 생각하고 있어.」

「그건…… 일방적인 얘기예요. 데루코는 헤어지고 싶은 생각이 없을 텐데요.」

「그렇지 않을 거야. 자존심이 강한 여자라 내가 헤어지자고 말하면 더이상 붙잡을 여자가 아니야.」

료이치의 말에 나오미는 약간 얼굴이 일그러졌다. 마치 데루코라는 인간을 전부 알고 있는 듯해서 새삼스럽게 료이치와 데루코 사이를 인식하게 되었다.

「그렇지만…….」

「데루코와의 관계는 올해 안으로 반드시 매듭을 지을 거야. 제발 좀 그냥 내버려둬.」

「전 두 사람이 헤어지기를 별로 바라지 않아요.」

나오미는 창 밖으로 내리기 시작한 눈을 바라보았다. 눈은 위로 흩날리기도 하고 다시 아래로 춤추듯이 떨어지기도 했다. 료이치는 나오미의 싸늘한 옆얼굴을 애원하는 듯한 시선으로 바라보고 있었다. 맑고도 슬픈 눈동자였다.

* * *

요즘 들어서 교코는 다케야마의 말수가 무척 적어졌다고 생각했다. 결혼식 날짜가 내년 3월로 정해지고 나서부터 다케야마는 말이 없어진 것 같았다.

다케야마의 방에서 그와 얘기를 하면서도 어쩐지 교코의 마음 한구석은 편하지 않았다.

「스기하라는 요즈음 건강이 좋아진 모양이지?」

다케야마가 료이치보다는 나오미를 생각하고 하는 말로 교코에게는 생각되었다.

「네, 한겨울 푹 쉬고 4월부터는 직장에 나간대요.」

「그래? 생각보다는 빨리 회복된 것 같군.」

다케야마는 이렇게 말하고 하품을 했다. 교코는 그 하품을 보니 다케야마가 왠지 따분해하는 것 같았다. 교코의 손은 아까부터 손수건을 넷으로 접었다 폈다 하면서 같은 동작을 반복하고 있었다.

'만일 선생님이 나를 사랑하고 있다면 이토록 지루해 하실 수 있을까?'

「데루코가 삿포로에 돌아왔어요.」

「그래?」

다케야마는 교코를 쳐다보았다.

「아주 멋진 외제 코트를 입고 왔던 걸요.」

다케야마는 묵묵히 담배를 피우고 있었다.

「선생님!」

교코는 손수건을 손에 둘둘 말아 쥐었다.

「왜?」

「왜 선생님은 아까부터 아무 말씀도 없으세요?」

다케야마는 대답하지 않고 교코를 바라보았다.

「선생님은 따분하시죠? 저와 둘이 있으면……」

「따분해.」

다케야마는 솔직하게 말했다.

「어머, 너무해요.」

교코의 얼굴빛이 변했다.

「너무하다고 해도, 그건 사실이니 어쩔 수 없잖아.」

「어머!」

「교코는 아까부터 시집올 때 사야 할 물건 얘기나 가와이의 코트 얘기 따위만 하고 있잖아. 난 결혼 물건 같은 것에는 흥미도 없고, 남의 옷차림에도 관심이 없어. 수수한 게 좋지 않아?」

다케야마의 말에 교코는 무척 섭섭함을 느꼈다.

「하지만 이건 내가 베트남 얘기를 했을 때 교코가 따분해하는 것과 같은 거야.」

다케야마의 말이 부드러워졌다. 교코는 다케야마를 쳐다보았다.

다케야마가 따분해하는 것은 화제 자체보다도 다케야마의 사랑이 아직도 자기에게 쏠리고 있지 않기 때문이라고 교코는 생각했다. 가끔 다케야마의 마음에는 구멍이 뻥 뚫린 것 같은 반응 없는 공허함이 있었다. 그럴 때 다케야마는 무엇을 생각하고 있을까 하고 교코는 또다시 나오미의 일을 상기했다.

「선생님은 후회하고 계시는 거예요?」

이렇게 말하고 교코는 지그시 입술을 깨물었다.

「후회? 뭘 후회하고 있다는 거야?」

다케야마는 교코의 말의 뜻을 모른 체했다.

「저하고 결혼하는 걸⋯⋯.」

「설마! 좀더 일찍 결혼했더라면 좋았을 거라고는 후회하고 있지만.」

다케야마는 교코의 어깨를 끌어안았다. 소녀와 같이 청순한 교코의 입술을 지그시 바라보다가, 살며시 눈을 감고 다케야마를 기다리는 교코의 얼굴을 보자 더 이상 견딜 수 없어 입술을 포갰다.

'이제 와서 교코를 버릴 만큼 매정한 짓을 나는 할 수 없다.'

아마 내년 3월에는 교코를 아내로 맞이하게 될 것이다. 그렇지만 가슴 깊숙이 자리잡고 있는 이 말할 수 없는 쓸쓸함은 도대체 무엇일까. 요즈음 교회에서 만나는 나오미의 눈동자는 왜 그렇게 파랗고 슬퍼 보일까. 무엇 때문에 그런 쓸쓸한 눈을 하고 있을까 하고 문득 나오미의 일이 걱정되었다.

료이치를 문병하러 가보면, 료이치는 다른 사람처럼 변해서 조용하고 맑은 분위기를 느끼게 해주었다. 그 온화한 료이치의 얼굴을 보면 나오미와의 사이도 원만해질 것처럼 짐작되었다.

「스기하라, 자네도 많이 변했어.」

스기하라에게 문병갔을 때 다케야마가 이렇게 말하자, 료이치는 벽장에 있는 위스키 병을 보이면서 멋쩍게 웃었다.

「뭐야, 아직도 마시고 있나?」

다케야마는 배신당한 느낌이었다.

「아냐, 이건 지난 8월에 데루코가 갖고 온 위스키야. 딱지도 떼지 않았어.」

「아, 그때 그 위스키로군.」

다케야마는 놀랐다. 갑자기 가슴이 뜨거워지는 것 같은 감동을 느꼈다. 위스키 병을 손에 들면, 1분 안에 마개를 따지 않고는 견디지 못하는 료이치가 아니었던가?

「응.」

료이치는 약간 멋쩍은 듯이 웃었다.

「인간이란 변하려고 하기만 하면 변할 수도 있는 거군.」

「나 자신도 놀라고 있어. 그 여자가 이걸 갖고 왔을 때, 난 앞으로 죽을 때까지 술은 입에도 대지 않기로 결심했네. 물론 그것이 가능하리라고는 나 자신도 믿지 않았어. 내가 그 여자와의 관계를 끊을 수 없었던 것은 그 여자에게서 받는 돈으로 술을 마실 수 있다는 게 첫째 이유였거든. 술을 끊지 않으면 결국 그 여자에게 질질 끌려 다니게 된다는 걸 절실히 깨달았지.」

료이치는 쓸쓸하게 웃었다. 이번에야말로 진심으로 나오미와의 생활을 새로 시작해 보려고 하는 료이치의 의지를 의심할 수 없었다.

그런데 나오미는 왜 외로운 얼굴을 하고 있는 것일까? 다케야마는 은근히 기대 같은 것을 갖지 않을 수 없었다.

그렇다고 가련한 교코를 이제 와서 버릴 수는 없는 일이다. 다케야마는 요즈음 가끔씩 짜증이 나는 자기 자신을 나무라고 있었다.

다케야마는 교코의 입술에 오랫동안 몇 번이고 키스를 되풀이하면서 어느새 눈물을 글썽거렸다.

*　*　*

12월에 접어들자, 료이치는 웬만한 눈은 치울 수 있게 되었고 연통 소제 같은 것도 혼자서 할 수 있었다.

식은땀이나 열도 나지 않았으며 식욕도 늘었다. 하루 세 끼의 식사로는 모자라 밤참을 먹었기에, 병이 나기 전보다 살이 더 찐 것 같았다.

「점점 날 닮아 가는군 그래.」

어느 날 밤에 고스케가 말했다. 키가 큰 료이치는 여윈 편이었으나, 고스케와 나란히 서면 친부자지간처럼 체격이 비슷했다.

「영광입니다.」

고스케를 닮았다는 말을 듣고 료이치는 진심으로 기뻐했다.

「완쾌되면 다시 하코다테로 갈 건가?」

「네.」

료이치는 고스케 앞에 있으면 자기도 이상할 정도로 어린애처럼 솔직해졌다. 아버지를 모르고 자란 때문만은 아닌 것 같았다.

「떠난다니 섭섭하군.」

고스케는 정말로 쓸쓸한 얼굴을 했다. 료이치는 무척 기뻤다.

「료이치, 정말 이토록 귀여운 사람인 줄 몰랐어.」

저녁 식사를 마치고 사과를 깎던 아이코가 말했다. 나오미는 부엌에서 설거지를 하면서 거실에서 들려 오는 대화에 귀를 기울였다.

「이거 어머님한테는 못 당하겠습니다.」

료이치의 유쾌한 목소리가 들려왔다. 나오미는 약간 미간을 찌푸렸다. 고스케나 아이코가 료이치에게 호감을 갖고 있는 것이 나오미에게 기쁘지 않을 리 없었다. 그런데도 나오미는 아버지나 어머니처럼 료이치를 인정할 수는 없었다.

료이치와 데루코, 료이치의 어머니와 데루코의 아버지, 그들의 관계를 생각하기만 해도 나오미는 구역질이 날 것 같았다. 불결하다고 생각했다. 그런 물결에 휩쓸리고 싶지는 않았다.

「교코 양은 3월에 결혼한다고? 어머님이 바쁘시겠네.」

어머니가 묻는 소리가 들려 왔다. 나오미는 그릇을 씻던 손을 멈췄다.

「저희 어머니는 태평한 분이어서 아들딸이 있는지조차 모르는 얼굴을 하고 계십니다.」

료이치는 자기를 한 번도 문병오지 않았을 뿐만 아니라, 사돈댁인 고스케의 집에 인사하러 오지 않은 어머니에 대해 죄스럽게 생각하고 있는 것 같았다.

「가게를 하시니까 그러실 테지, 뭐. 얼마나 바쁘시겠나. 여자 혼자 힘으로 자네를 대학까지 보내 주셨는데, 그렇게 말하면 벌받네.」

아이코가 타이르듯 말했다.

'만일 데루코 아버지와의 관계를 안다면 아버지나 어머니는 어떻게 생각하실까?

나오미는 손에 힘을 주어 그릇을 힘껏 닦았다. 왠지 자기가 혼자 따돌림을 받고 있는 것 같은 쓸쓸함이 스며들었다.

「나오미, 아직 끝나지 않았니?」

어머니의 목소리가 들려 왔다.

「네, 이제 물만 빼버리고 갈게요.」

나오미는 수돗물을 기세 좋게 받은 뒤 뚜껑을 열었다. 물은 콸콸 소리를 내면서 내려갔다.

「참 오늘밤은 추우니까 물을 빼지 않으면 수도관이 얼겠구나.」

어머니가 대답했다.

나오미가 거실에 들어서자마자 옆에 놓인 전화벨이 요란스럽게 울렸다. 나오미는 천천히 수화기를 들었다.

「여보세요, 저 데루코인데요. 료이치 씨 계세요?」

나오미는 상대방이 데루코라는 것을 알자, 얼른 수화기를 귀에서 약간 떼면서 데루코의 목소리를 들었다. 그리고 아무 말 없이 눈짓으로 료이치를 불렀다. 료이치는 잠시 미간을 찌푸리더니 수화기를 들었다.

「아, 여보세요. 전화 바꿨습니다.」

료이치는 데루코인 줄 알면서도 정중하게 말했다. 고스케가 나오미와 료이치를 번갈아 바라보았다.

「아닙니다. 오래간만입니다. 무슨 용건입니까?」

어디까지나 사무적인 말투였다. 나오미는 태연한 얼굴을 하고 난로에 손을 쬐었다.

「그렇지는 않습니다만……」

그리고 나서 계속 뭐라고 데루코가 얘기를 하고 있는지 료이치는 그저 「네, 네.」 하고 대답할 뿐이었다.

나오미는 데루코의 아버지와 료이치의 어머니를 생각했다. 데루코의 아버지가 이불 밖으로 알몸을 드러내 놓고 죽어 있던 모습이 자꾸 생각났다. 나오미는 애써 무관심한 체했다.

「그러나 그건 곤란한데요. 물론 한 번은 만나야지요. 그러나 크리스마스 이브에 당신에게 가는 것만은 아무래도 안 되겠어요.」

료이치는 난처한 모양이었다. 그런 료이치의 어깨를 고스케가 가만히 두드렸다. 료이치는 「잠깐만 기다려 주세요.」 하고는 뒤를 돌아다보았다.

「그 데루코라는 아가씨의 전화야?」

「네.」

료이치는 머리를 긁적거렸다.

「만나자고 하면 만나지 그래. 자네도 하루빨리 관계를 매듭짓는 게 좋아.」

「네, 하지만 크리스마스 이브에 만나자는 겁니다.」

「어떤가? 자네로서도 책임은 져야 해. 그쪽에서 원하는 날짜에 만나서 잘 타협을 하도록 하게.」

고스케는 적극 권했다. 료이치는 고개를 끄덕이고 통화를 계속했다.

「알겠어요. 24일 오후 6시에 만나죠.」

료이치는 예의를 갖춘 말투로 전화를 끊었다. 나오미는 씁쓸한 심정으로 듣고 있었다.

'크리스마스 이브라고 해서 료이치에게 무슨 상관이 있나 뭐.'

나오미는 따뜻해진 손에 크림을 바르면서 힐끗 료이치를 쳐다보았다. 그는 심각한 얼굴을 하고 난로 옆에 앉아 있었다.

「크리스마스 이브에 만나면 무슨 안 되는 일이라도 있나?」

고스케는 사과를 먹으면서 물었다.

「여기 와서 첫 번째 맞이하는 크리스마스 이브니까…….」

료이치는 몹시 섭섭하다는 표정을 지었다.

「올해는 꽤 늦게 눈이 왔지만 요 2, 3일은 매일 오는군요. 크리스마스에 흰 눈이 오지 않으면 아주 삭막한데, 마음이 놓이는군요.」

아이코가 화제를 바꿔다.

「정말 그래요.」

나오미는 고개를 끄덕였다. 그러나 나오미는 아무리 새하얀 눈이 내려도 인간의 추함은 가릴 수 없을 것이라고 생각하며 비꼬는 듯한 눈으로 료이치를 바라보았다.

＊＊＊

근무처인 고마쓰(小松) 회계 사무소를 여느 때보다도 일찍 나온 나오미는 가로등 아래서 다케야마의 모습을 보고 놀랐다.

눈이 오는데도 오랫동안 서 있었던 모양이다. 다케야마의 몸이 눈으로 하얗게 덮여 있었다. 중대한 결심이라도 한 듯한 눈으로 다케야마는 나오미를 반겼다.

「미안해요, 길목에 지켜 서서.」

나오미는 말없이 머리를 옆으로 흔들었다.

「전화를 미리 걸려고 하다가 혹시 거절당하지나 않을까 해서…….」

다케야마는 진심으로 사과했다. 전화를 미리 걸었다면 자기는 분명 거절했을 거라고 나오미는 생각했다. 나오미는 요즈음 누구도 만나고 싶지 않았다. 깊은 산속의 한적한 호수처럼, 사람들 눈에 띄지 않는 곳에서 살고 싶은 심정이었다. 그런데 사람들이 모두 싫어진 것 같았던 자기가 다케야마에게 달려가 안기고 싶은 충동마저 느끼게 되는 것은 도대체 어떻게 된 일일까 하고 나오미는 생각했다.

「무슨 급한 볼일이라도 있으세요?」

나오미는 시계를 보았다. 5시 30분이었다.

「아, 스기하라가 기다리겠군.」

다케야마는 주춤했다.

「괜찮아요.」

「정말이오?」

다케야마는 나오미의 눈을 들여다보았다.

「괜찮아요. 전화를 걸어 두죠.」

나오미는 살며시 미소를 지었다.

「그럼 식사를 같이할 시간은 있겠지요?」

「전 괜찮지만, 선생님은 교코에게 혼나실 텐데요.」

나오미는 저번에 만난 교코의 말이 떠올랐다.

「싫은지도…… 몰라.」

교코는 나오미에게 이렇게 말했었다. 교코가 자기를 싫어하는 이유를 이제서야 알 것 같았다.

'그때 난 교코에게 말했었다. 내가 너한테 뭐 잘못한 거라도 있느냐고.'

지금 자기는 다케야마와 식사를 같이 하려고 한다. 교코를 위해서라도 거절해야 하지 않을까. 그러나 나오미는 다케야마의 심각한 얼굴을 보니 거절할 수가 없었다.

사실 나오미의 마음속에 뜻하지 않은 생각이 꿈틀거리고 있었다.

「싫은지도…… 몰라.」 하고 말한 교코에게, 그렇다면 진짜 싫어하게 될 짓을 저질러 보고 싶은 묘한 충동이 일었다.

「너도 데루코와 료이치와의 관계를 다 알고 있으면서도 데루코와 다정하게 지내고, 나한테는 전혀 알려 주지 않았잖아.」

이렇게 말하고 싶기도 했다.

교코에게 혼나지 않겠느냐는 말에 다케야마는 잠시 눈을 내리깔았으나 「교코에 관한 얘기도 하고 싶고…….」 하고 말하며 걷기 시작했다.

두 사람은 아담한 튀김집 2층으로 올라갔다. 방에는 장작을 땐 난로가 타고 있었다. 자그마한 선반 위에는 조화가 한 송이 꽂혀 있었다. 선반 벽의 족자에는 오뚝이가 묵화로 그려져 있었다.

「어쩜! 이 아가씨는 이렇게 예쁠까?」

차를 날라 온 50세 정도 된 여인이 나오미를 보고 감탄했다.

「놀라셨나 보죠?」

다케야마는 기분이 좋은 듯이 나오미를 바라보았다.

「그럼요. 젊은 아가씨들은 살결은 곱지만, 아가씨처럼 예쁜 사람은 정말이지 이 삿포로에서 보기 힘들 거예요.」

그 여인은 화장기 없는 나오미의 얼굴을 한참 바라보다가 방을 나갔다.

'아름다워. 정말 나오미는 아름다워.'

다케야마는 뜨거운 찻잔을 차가운 손으로 감싸듯이 잡았다.

'아가씨라니, 내가 아직도 처녀로 보일까?

나오미는 아름답다는 말보다 그 말이 더 기뻤다.

'그렇지만 난 이제 처녀가 아니야.'

나오미는 갑자기 교코가 부러워졌다.

「무슨 말씀인데요?」

나오미는 묵묵히 자기를 바라보고 있는 다케야마의 시선이 뜨겁다고 생각했다.

「그렇게 물으니까 왠지…….」

어두운 밖에서는 말할 수 있을 것 같았는데, 밝은 불빛 아래에서는 말을 꺼내기가 어려웠다.

「교코에 대한 얘기라고 하셨죠? 3월에 결혼하신다고요?」

「실은 그것 때문인데, 내가 정말 교코와 결혼해야 할 것인가 해서…….」

다케야마의 말투는 제자를 대하는 말투가 아니었다.

「왜요?」

다케야마는 얼른 대답할 수 없었다. 장작 타는 소리만 들려 왔다.

「이런 말은 죽을 때까지 입 밖에 내지 말아야 하는 줄 알고 있지만······ 말해야겠어. 난 아무래도 나오미를 잊을 수가 없어.」

「어머!」

나오미는 다케야마를 바라보았다. 전혀 예상하지 못한 말은 아니었다. 그러나 다케야마가 이렇게 자기 의사를 밝힐 거라고는 상상도 못했다.

「그런 말씀이라면······ 너무 늦었어요. 교코에게 못할 짓이에요.」

나오미는 벽에 몸을 기댔다. 몸이 흔들리는 느낌이었다.

「나오미! 난 당신에게 결혼을 신청했었소. 그때 나오미는 미혼이었지.」

다케야마는 나오미를 바라보았다. 원망하는 눈빛이었다.

「나오미는 스기하라를 사랑하고 있소?」

다케야마는 묻지 않을 수 없었다.

「몰라요.」

「몰라, 그럼 사랑하지 않는다는 거요?」

다케야마는 다그치듯 물었다. 그때 문이 열렸다. 조금 전에 온 여인이었다. 산뜻하게 튀긴 새우와 연어가 접시에 소복이 담겨 있었다.

「방해가 됐나 보네요.」

그 여인은 방안의 분위기에서 심각함을 눈치채고 곧 밖으로 나가버렸다.

「사랑하든 사랑하지 않든 전 어쨌든 스기하라의 아내예요.」

생각에 잠겨 있다가 나오미가 말했다.

「하지만 사랑하고 있지 않다면 그저 형식뿐인 아내잖소.」

「그럴지도 몰라요. 그렇지만 형식일지라도 남편이 있다는 것은 피할 수

302

없는 현실이거든요. 전 교코가 부러워요.」

교코가 처녀인 것이 부럽다고 말한 것이다. 그러나 다케야마에게는 자기와 결혼하는 교코가 부럽다는 뜻으로 들렸다.

「나오미!」

다케야마는 자기도 모르게 나오미의 어깨에 손을 얹으려고 했다.

「안 돼요, 선생님.」

나오미는 몸을 비틀어 다케야마의 손에서 벗어났다.

「이러시면 전 그만 가겠어요.」

방 앞을 지나가는 대여섯 명의 발자국 소리가 한참 들려 왔다.

「미안하오!」

다케야마는 머리를 숙이고 나서 낮은 음성으로 계속해서 말했다.

「실은 이런 태도를 보이려고 한 건 아니오. 교코와 결혼하기로 결심을 하고도 난 나오미를 단념할 수가 없었소. 교코도 그걸 민감하게 느끼고 울적해 하는 거요. 그럼 나도 어색해지고 도무지 잘 맞지가 않소. 그렇다고 해서 아무 죄도 없는 교코를 불행하게 할 수는 없소. 그래서 나는 용기를 내어 나오미에게 내 심정을 털어놓기로 한 거요. 오랫동안 마음 한구석에 감춰 두고 있기 때문에 괴로운 거니까 털어놓으면 단념할 수 있을지도 모른다는 생각에서 오늘 이렇게 말해버린 거요.」

다케야마의 말에 잠자코 귀를 기울이고 있던 나오미의 얼굴에 비꼬는 듯한 미소가 떠올랐다.

「그러니까 선생님은 교코와 행복한 결혼을 하기 위해서 가슴속에 숨겨 두었던 고민을 털어놓으신 거로군요.」

「아니오, 그건…….」

그게 아니라고 부인하려다가 다케야마는 입을 다물었다. 그러고 보니 자기 위주로만 생각한 이야기였다.

「마음이 가벼워진 선생님은 좋으시겠지만, 그 심정을 들은 전 앞으로 어떻게 되리라고 생각하세요?」

「어떻게 되다니…….」

다케야마는 나오미의 촉촉한 아름다운 눈이 지그시 자기를 바라보고 있어 당황했다.

「선생님은 이제 마음이 가벼워져서 결혼하실 수 있을 게 아네요?」

나오미의 말을 듣고 보니 다케야마는 자신이 없었다. 그러나 분명하고도 확실하게 오랫동안 품어 온 생각을 솔직하게 말해 버린 데 대한 개운함만은 느낄 수 있었다.

「하지만 저한테는 이제부터가 새로운 출발인지도 몰라요.」

나오미는 애써 불어서 꺼버린 불길을 헤집어 다시 불붙게 해놓았다. 다케야마가 홀가분하게 교코와 결혼할 생각을 하니 화가 났다.

'사랑만은 이 세상에서 가장 순수한 것이라고 생각했는데, 사랑도 결국은 이기적인 것에 지나지 않는지도 모른다.'

나오미는 갑자기 쓸쓸해졌다.

내일은 크리스마스 이브니까 료이치는 데루코를 만나러 갈 것이다. 이 세상에 얼마나 많은 남자와 여자가 사랑을 고백하고, 서로 사랑하다가 헤어지는 과정을 되풀이하고 있을까 하고 나오미는 생각했다. 자기도 한동안 다케야마에게 마음이 이끌려 고민하면서 살아갈 것이다. 그러나 그 사랑도 언젠가는 마지막 날이 기다리고 있을 것이다. 이 세상에 영원한 사랑이란 것이 진정 있을 수 있을까?

나오미는 허무함을 느꼈다. 전등 불빛 밑에서 다케야마와 나오미는 아무 말도 없이 앉아 있었다.

질투의 불꽃

콜택시를 부르는 다이얼을 돌리면서 나오미는 괴로운 심정이었다. 료이치는 코트를 걸치고 마스크를 한 채 난로 곁에 묵묵히 앉아 있었다.

데루코를 만나러 가는 료이치를 위해서 택시를 부른다는 것은 자존심이 강한 나오미에게는 견디기 힘든 일이었다. 그런 견디기 힘든 일을 자청해서 한다는 게 이상할 따름이었다.

「지금은 차가 없대요. 15분쯤 기다려야 된다는군요.」

「15분?」

료이치는 마스크를 벗고 코트도 벗었다.

「크리스마스 이브니까 혼잡한 것이 당연하잖아요.」

날씨가 더 추워진 것 같아 나오미는 커튼을 젖히고 밖을 내다보았다. 유리창은 벌써 하얗게 얼기 시작하고 있었다. 고스케와 아이코는 교회의 크리스마스 축하회에 나가고 집에 없었다.

「갔다 와서 당신에게 선물할 게 있어.」

료이치는 택시가 늦어지는 것은 대수롭지 않게 생각하고 있었다.

「그림을 그리셨다고요.」

「응, 알고 있었어?」

「그림 물감 냄새가 나니까, 알 수 있잖아요.」

「그렇지만 그림을 보지는 않았겠지?」

「네, 당신은 그림이 완성되기 전에 보는 걸 싫어하시니까.」

「아무튼 당신이 뭐라고 말할지, 그것만이 기다려져.」

료이치는 힘을 주어 말했다.

「그래요?」

나오미도 그림을 싫어하지는 않았다.

그림을 선물하겠다는 말을 듣고 기쁘지 않을 리가 없었다. 그러나 료이치가 데루코를 찾아간다는 생각만 해도 지금부터 나오미는 마음이 언짢았다. 나오미가 별로 좋아하지 않는 기색을 보고 료이치는 다소 실망하는 것 같았다.

「사실 오늘은 아무 데도 나가고 싶지 않았어. 빨리 돌아올게.」

15분쯤 기다리라던 택시는 채 5분도 지나지 않아서 도착했다.

「천천히 다녀오세요. 뭣하면 주무시고 와도 괜찮아요.」

나오미는 냉정하게 말했다.

「나오미!」

료이치는 약간 슬픈 눈으로 나오미를 바라보았다. 뭐라고 말하려고 입을 약간 움직이다가 그 입을 막기라도 하려는 듯이 마스크를 하고, 료이치는 방을 나섰다. 료이치가 들고 있는 보따리를 보고 나오미는 얼굴을 찡그렸다. 그 속에 무엇이 있는지 궁금했다. 차 앞까지 왔을 때 나오미는 용기를 내서 물었다.

「그건 뭐예요?」

「위스키야.」

차에 한쪽 다리를 걸친 채 나오미를 쳐다보며 대답했다.

「어머!」

나오미는 자기 자신이 얼마나 험악한 표정을 짓고 있는지를 잘 알 수 있었다.

차가 움직이자 료이치가 한쪽 손을 들었다. 그러나 나오미는 손을 들지 않았다. 위스키를 든 료이치는 마치 데루코에게 빈둥빈둥 놀러 가는 인상을 주었다.

＊ ＊ ＊

료이치는 데루코의 아파트 앞에서 차를 세웠다.

안개가 끼어 아파트의 아랫부분은 아련하게 보였다. 료이치는 1년 만에 보는 데루코의 방에서 흘러 나오는 불빛을 착잡한 마음으로 쳐다보았다. 푸른 불빛이 안개에 퍼지고 있었다.

'푸른 전등이야.'

데루코의 방 창문에 푸른빛이 비치는 것은 자기가 방에 있다는 것을 알리는 료이치와 데루코만의 신호였다. 이것은 료이치의 제안이었다. 료이치는 이 푸른 등불이 비치는 창문을 여러 번 찾아 왔었다. 하코다테의 여관에서 만날 때도 데루코는 방에 푸른 등불을 켜놓고 기다리고 있었다.

「이 푸른 빛깔이 아니면 전 분위기가 잡히지 않는걸요.」

이렇게 말하던 데루코의 말을 떠올리며 료이치는 마스크를 벗고 아파트 현관으로 들어섰다.

데루코의 방문을 두드리자, 기다리고 있었다는 듯이 안에서 데루코가 나타났다.

「어머, 아주 좋아지셨네요.」

악수를 하기 위해 내민 데루코의 손에 료이치는 위스키 병을 내밀었다.

「어머, 술을 사오셨어요?」

료이치는 아무 말 없이 코트를 걸친 채 의자에 앉아 방안을 살펴보았다.

「커튼 색깔이 바뀌었군.」

녹색이던 커튼 색깔이 핑크빛으로 바뀌어 있었다.

「어때요, 마음에 드세요? 오늘의 재회를 위해 바꾼 거예요.」

데루코는 들떠 있었다.

「별로 좋을 것도 없군. 이 방안의 분위기가 산만해졌어.」 하고 료이치는 말했다. 데루코는 눈을 동그랗게 떴다.

「그럼 예전처럼 색깔을 바꿀게요. 아무튼 오버를 벗으세요.」

데루코는 료이치의 어깨에 손을 얹었다.

「아니, 이대로가 좋아. 곧 돌아갈 거니까.」

료이치는 데루코의 손을 가볍게 물리쳤다. 데루코의 안색이 변했다.

「그래요? 알겠어요. 이젠 내가 싫어졌단 말이죠?」

「아냐. 당신이라는 사람이 싫은 게 아니라 나 자신이 싫어진 거야.」

료이치는 부드럽게 말했다.

「어머, 당신 아주 그럴 듯한 말씀을 하시네요.」

데루코는 진심으로 받아들이지 않았다.

「그럴 듯한 말이 아니야. 난 정말 나라는 인간이 싫어졌어. 당신을 싫어할 자격조차 없어.」

「이런저런 핑계로 이제는 저하고 인연을 끊어야겠다고 말하고 싶은 거죠?」

데루코는 입술을 꽉 깨물었다.

「료이치 씨, 난 숫처녀였어요. 알고 계시겠지요?」

데루코의 목소리가 달라졌다.

「알고 있어.」

료이치는 코트를 벗고는 무릎을 끓고 고개를 숙였다.

「잘못했어. 내가 어떻게 해야 용서해 줄 거야?」

「어머, 기가 막혀. 무슨 남자가 체면도 없이 무릎을 끓고 고개를 숙여요. 난 그 따위 애원에는 넘어가지 않아요.」

데루코는 담배에 불을 붙이고 의자에 앉았다.

「어떻게 하면 용서해 줄 거야?」

료이치는 방바닥에 앉은 채 데루코를 쳐다보았다. 료이치의 코끝에서 한쪽을 올려놓은 데루코의 늘씬한 다리가 흔들거렸다.

「글쎄요, 어떻게 해달라고 하면 좋겠어요?」

데루코는 아직도 료이치의 마음을 돌이킬 자신이 있었다. 료이치는 자기의 육체 앞에서는 반드시 무릎을 끓을 것이라고 생각했다.

데루코는 천천히 다리를 바꾸어서 꼬았다.

「내 발에 키스해 주면…….」

료이치는 이마에 땀이 밴 채 고개를 가볍게 옆으로 흔들었다.

「그러지 말고 용서해 줘.」

「어머, 기가 막혀. 당신은 그렇게 쉽게 나와 헤어질 수 있다고 생각하고 온 거예요?」

데루코는 담배를 재떨이에 비벼서 껐다. 그녀의 눈썹이 금세 파르르 떨리며 위로 치켜 올라갔다. 료이치는 그 얼굴을 유심히 바라보았다.

「당신은 여태까지 데리고 놀다가 싫어지면 차버린 여자가 몇 명인지 모르지만, 생각보다는 헤어지는 수법이 서툴군요.」

료이치는 자기 입으로 여자에게 헤어지자고 말해 본 적이 없었다. 차츰 발길이 뜸해지면 여자 쪽에서 스스로 단념하는 일이 많았다. 그 중 두세 명은 료이치에게 애를 먹인 여자도 있었으나, 다케야마를 앞세워 돈으로 적당히 해결해 왔었다.

료이치는 데루코처럼 교만한 여자는 이쪽에서 먼저 헤어지자고 말을 꺼내기만 하면, 자존심이 상해 싫다는 소리는 입이 찢어진다고 해도 하지 않을 줄 알았다. 물론 싫은 소리를 한두 마디 들을 각오는 하고 있었다.

어리석게도 료이치는 데루코가 오늘의 재회를 위해 얼마나 큰 기대를 하고 만반의 준비를 했는지 눈치조차 채지 못했다. 데루코는 료이치를 위해 피부를 곱게 하려고 야채를 많이 먹고, 온몸에 올리브 기름을 바르고 이 날을 손꼽아 기다렸다. 커튼의 색깔을 바꾸고 침대 시트도 새로 맞추고 향수를 뿌리고 전기 스탠드까지 새로 장만했다.

데루코는 무슨 일이 있어도 나오미에게는 지고 싶지 않았다. 료이치를 문병 가서 만났을 때, 샘이 날 정도로 아름답던 나오미의 모습을 데루코는 결코 잊을 수 없었다. 만지면 미끄러질 듯한 매끄러운 살결과, 눈이 가느다란 데루코에게는 화가 날 정도로 크고 맑은 눈동자를 질투하고 있었다.

「도대체 어떻게 하면 좋지?」

료이치는 애원하는 듯한 눈으로 데루코를 쳐다보았다.

「당신은 여자의 정조라는 것을 너무 가볍게 생각하고 있군요. 그렇게 머리를 한두 번 숙였다고 헤어질 수 있다고 생각하세요?」

데루코의 분노에 찬 눈동자가 오히려 이상하게 아름답게 보였다. 데루코가 화를 내고 있는 것은 자기의 정조 때문은 아니었다. 도쿄에는 데루코의 남자 친구가 둘이나 있었다. 그 두 사람은 료이치와는 비교도 되지 않을 만큼 유치했다. 단지 데루코의 몸에만 빠져서 여자를 다룰 줄도 기쁘게 해주는 방법도 모르고 있었다.

그러나 료이치는 그렇지 않았다. 두 사람의 다른 남자와 사귀었기 때문에 더욱 료이치를 놓치기 싫었다. 데루코는 남자와 여자 사이에 사랑 같은 것은 있을 수 없다고 생각하고 있었다. 오랫동안 아버지와 어머니 관계를 보아 왔기 때문인지도 모른다. 아무튼 데루코는 남자와 즐길 마음은 있어도 사랑할 생각은 없었다.

따라서 료이치가 병으로 눕게 되었을 때 다른 남자와 사귀면 된다는 생각도 없지 않았고, 또 사귀어 보았다. 그러나 번번이 데루코는 료이치가 생각났고, 다시 못 견디게 그리웠다. 삿포로에 돌아와도 료이치와 만나는 것만이 크나큰 즐거움이었다. 그것이 데루코에게는 데루코 나름의 사랑이라고 불러도 좋을 열렬한 그리움으로 변해 있었다.

데루코는 료이치가 전화를 받지 않은 것이라든지, 그 후로 냉정하게 전화를 받는 태도 따위에는 전혀 상관하지 않았다. 데루코의 아버지도 어머니의 전화를 그런 식으로 받았기 때문이었다.

오직 료이치와의 반가운 재회의 밤을 위해 피부를 마사지하고 기다리고 있었는데, 료이치는 자기 코끝에 내민 데루코의 다리 따위는 거들떠보지도 않았다. 데루코는 화를 내면서도 마음속으로는 적이 당황하고 있었다. 이럴 리가 없다. 료이치는 자기 발에 키스하기를 좋아하지 않았던가?

'이 남자는 정말로 내 곁을 떠나려고 한다.'

료이치를 나오미 혼자서 차지하게 된다는 사실이 더욱 데루코를 심술나게 만들었다.

「정 가고 싶으면 가세요. 언젠가 내가 말했지요? 내 몸값은 50만 엔이라고요. 50만 엔만 갖고 오세요. 그리고 위자료도 받고 싶어요. 3백만 엔쯤만 해두죠.」

자기 입을 통해서 나오는 말에 데루코 자신마저 처량한 생각이 들었다.

「3백50만 엔인가?」

료이치는 두툼한 양탄자 위에 털썩 주저앉은 채 다시 데루코를 쳐다보았다. 어머니 노부코에게 말하면 어떻게 해서든지 마련할 수 있을지도 모른다. 그러나 어머니에게도 결코 적은 액수는 아닐 것이다.

료이치는 어머니의 주머니 사정을 자세히 알지 못했다.

「3백50만 엔만 있으면 되는 거지?」

료이치는 다짐을 하듯이 물었다. 그 말에는 어떻게 해서든지 그 돈을 구해 보겠다는 의미가 담겨져 있었다.

「그래요, 그런 돈이 당신에게 있으세요?」

「어머니와 상의해 보겠어.」

료이치의 말에 데루코는 뜨끔했다.

「사람을 우습게 보지 마세요? 돈만으로 해결될 문제가 아녜요.」

돈을 꼭 가지고 오라는 것은 아니었다. 무슨 일이 있어도 료이치와 헤어지고 싶지 않은 것이었다. 그것은 료이치에 대한 애착과 나오미에 대한 질투 때문이었다.

「그럼 대체 어떻게 하라는 거야?」

료이치는 시계를 들여다보았다. 데루코는 초조했다. 온 지가 아직 30분도 되지 않았는데 료이치는 벌써 돌아갈 생각을 하고 있는 것이다.

'적어도 오늘밤만은 무슨 일이 있어도 이대로 돌려보낼 수 없다.'

데루코는 이렇게 다짐했다. 그녀에게는 오늘밤에 료이치가 자기를 껴안기만 하면, 헤어지겠다는 료이치의 마음을 바꿀 자신이 있었다.

「당신은 지금까지 여자를 버리는 것쯤은 대수롭지 않게 생각했지요? 하지만 여자만 그렇게 쉽게 버림받으란 법은 없어요. 지금까지 당신에게서 버림받은 여자들 몫까지 다 내가 원수를 갚아 줄 거예요.」

이렇게 말하고 데루코는 콧노래를 부르면서 찬장 쪽으로 걸어갔다.

그 말은 료이치의 가슴을 아프게 했다. 어떤 말을 해도 할 말이 없었다. 료이치는 과거의 여자들을 하나하나 머리 속에 그려보았다. 자기의 속옷을 빨아 주던 여자의 모습이 눈앞에 떠올랐다. 그녀는 뭐든지 료이치의 살이 닿았던 것은 빨아 주고 싶어했다. 그런 여자와도 잔인할 정도로 냉정하게 헤어졌다.

귀를 후벼 주기를 좋아하는 여자도 있었다. 료이치의 머리를 자기의 허벅지에 올려 놓고 그 여자는 곧잘 귀를 후벼 주었다. 료이치의 발길이 뜸해지자 매일같이 전화를 걸어 왔다.

사도미처럼 아이를 낙태시키다가 죽은 여자도 있었다. 한 사람 한 사람을 떠올려 보니 한 번도 깨끗하게 끝낸 적이 없다고 생각되었다.

'여자와 노는 것도 내 그림을 위해서는 필요한 일이라고 생각하고 있었다.'

료이치는 오랫동안 지금까지의 자기의 생활 태도를 돌이켜보았다. 자아(自我)의 주장만이 훌륭한 그림을 창조해낼 수 있다고 믿고 있었던 자기가 지금은 이상하기까지 했다.

'사실은 자기라는 것을 알기 위해서는 마음 구석구석까지 비추는 강력한 빛이 필요한데……'

헤어진 여자들에게는 물론이고 데루코에게도 고개를 들 수가 없었다. 여자는 나오미 하나만으로 족하다고 생각하며 료이치는 나오미의 얼굴을 떠올렸다.

'주무시고 와도 좋아요.'

나오미가 쌀쌀한 표정으로 하던 말이 머리에서 지워지지 않았다.

데루코를 찾아가는 료이치에게 역설적으로 그렇게 말한 것이 어쩌면 당연할지도 모른다고 생각했다.

「이것 봐요, 오늘밤에는 실컷 마셔요.」

데루코는 찬장에서 위스키 잔을 꺼내서 테이블 위에 올려놓았다.

「술 끊었어.」

「아니, 아까 위스키를 사오시고도? 술을 끊은 사람이라면 크리스마스 케이크를 사와야 하잖아요?」

「아냐, 그건…… 언젠가 당신이 가져 왔던 거야.」

료이치는 거북한 듯이 이렇게 말했다.

「어머!」

데루코는 약간 색이 바랜 포장지를 찢었다. 그 속에는 분명히 자기가 산 브랜디가 들어 있었다. 자기가 가지고 간 선물에 손도 대지 않은 것을 알고 데루코는 입을 삐죽거렸다.

「알겠어요. 당신, 그런 아멘 소리나 하는 곳에 있더니 이제는 머리가 약간 이상해진 거 아녜요? 술도 마시지 않는다, 여자와 놀지도 않겠다, 그렇게 살면 무슨 재미가 있어요?」

데루코는 경멸하는 말투였다.

「그래, 맞았어. 옛날의 내 머리가 이상했는지 지금의 내가 이상한지 그건 잘 모르겠지만, 아무튼 이제 난 당신에게는 별볼일없는 사내니까 헤어져도 섭섭할 게 없잖아.」

료이치는 팔짱을 낀 채 문득 천장을 쳐다보았다. 크리스마스를 장식한 빨간 꼬마 전구가 천장에도 이리저리 늘어져 있었다. 이 밤을 위해 혼자서 꼬마 전구를 장식한 데루코의 모습을 상상하니 데루코가 가여워 보였다. 그런 료이치의 부드러운 표정을 데루코는 재빨리 놓치지 않았다.

「료이치 씨!」

데루코는 료이치 곁에 바싹 다가앉아 그의 어깨에 머리를 기대었다.

「그만 가야 되겠어.」

료이치는 얼른 일어섰다. 데루코는 중심을 잃고 바닥에 쓰러질 뻔했다.

데루코는 절망적인 눈으로 료이치를 지그시 지켜보다가 생각을 바꾼 듯 명랑하게 말했다.

「알겠어요. 그럼 내가 갖고 갔었고, 당신이 다시 가져 온 이 브랜디로 이별의 건배나 해요.」

「술은 끊었다고 했잖아.」

료이치는 데루코에게서 등을 돌리고 코트를 입으면서 말했다.

「술을 마시면서 밤을 새우자는 게 아니에요. 다만 이별주를 마시자는 것뿐이죠.」

데루코는 료이치가 코트 소매에 팔을 끼고 있는 뒷모습을 바라보면서, 재빨리 평소에 먹던 수면제를 잔에 넣고 위스키를 따랐다.

이것을 마시면 료이치는 분명히 잠들고 말 것이다. 잠이 들어 하룻밤 이곳에 묵게 되면 우선 지금의 기분이나마 가라앉을 것 같았다.

「이 잔만 비운다면 아무 말도 않고 곱게 보내 드리겠어요.」

데루코는 잔을 료이치 앞으로 내밀었다.

얼마나 오래간만에 보는 술빛인가? 료이치는 위스키를 지그시 바라보았다.

「못 마시겠어요?」

데루코가 가까이 다가왔다. 료이치는 한 걸음 뒤로 물러섰다. 그는 술을 마신 뒤 자기가 어떻게 행동할지 두려웠다. 한 잔으로 끝내지 않을 것이다. 그리고 그대로 질질 끌려가 데루코와 옛날의 관계로 다시 돌아가게 될지도 모른다. 이렇게 생각하니 섣불리 잔을 손에 잡을 수 없었다.

「자, 한 잔 어떠세요? 이걸 마시고 미완성 교향곡이라도 듣고 헤어지는 거예요. 멋지지 않아요?」

데루코는 애교스럽게 말했다.

「꼭 마셔야 하나?」

료이치는 침을 꿀꺽 삼켰다.

「그래요. 이별주 한 잔쯤 가지고 그렇게 심각하게 생각할 건 없잖아요. 아니면 당신이 그 안에 독이라도 넣어 가지고 오신 거예요?」

「독이라니, 그건 너무…….」

료이치는 웃었다.

「그럼 빨리 드세요.」

뿌리치고 돌아가려면 돌아갈 수도 있었다.

'이 한 잔의 술로 이 여자와 헤어질 수만 있다면…….'

료이치는 잔을 바라보았다. 술을 한 방울도 마시지 않고 살아온 몇 달 동안의 고통이 되살아났다.

데루코가 이 술을 놓고 간 날 밤에 료이치는 나오미의 잠든 숨소리를 들으면서 가만히 일어났다. 그곳에 술이 있다는 것만으로도 목이 뻣뻣해졌다. 그러나 그러한 욕망을 참은 것이 지금 생각해 보면 자기 힘이었는지 잘 알 수가 없다. 료이치는 양손을 꼭 쥐고, 절대로 손가락을 펴지 않으려고 했다. 손가락을 펴면 반드시 술병에 손을 댈 것이다. 이렇게 생각하고 1분, 다시 1분을 참아 드디어 잠들기까지 얼마나 긴 시간을 보냈던가?

이튿날도, 그 이튿날도 료이치는 술에 손을 대지 않으려고 베개를 붙잡고 이불자락에 매달렸었다.

'술도 조금만 마시면 괜찮지 않을까?'

이렇게 생각하면서도 그날 밤의 자기와의 싸움이 나오미에 대한 사랑의 표시라고 생각되어 료이치는 끝까지 참고 견뎠다.

「레코드를 틀게요.」

데루코가 튼 미완성 교향곡이 방안 공기를 밀어내듯이 울려 퍼지기 시작했을 때, 료이치는 마침내 잔에 손을 내밀었다. 아까부터 잔을 앞에 놓고 료이치는 역시 술맛을 잊을 수 없었다.

료이치는 잔에 입술을 대고 단숨에 쭉 들이켰다. 오래간만에 마시는 술은 온몸에 속속들이 스며드는 것 같았다.

「위스키지? 어쩐지 씁쓸한 것 같군.」

료이치는 고개를 갸우뚱거렸다.

「오래간만에 마시니까 혀가 이상한 거예요. 한 잔 더 하세요.」

데루코가 능청스럽게 말했다.

「아냐, 이별주는 한잔이면 돼.」

데루코는 말없이 잔에 술을 따랐다.

「이제 그만 가겠어.」

료이치는 자기가 결국은 술의 유혹을 뿌리치지 못한 것을 의식하지 않을 수 없었다.

문 닫히는 소리가 요란했다. 데루코는 배웅하지 않았다.

'언젠가는 돌아오고 말 거야.'

데루코는 잔의 술을 들이켜고 전축을 껐다.

* * *

아파트의 현관을 나선 료이치는 전신에 취기가 확 퍼지는 것을 느꼈다. 아까보다 더욱 짙어진 안개 속에 데루코의 방에 켜진 푸른 불빛이 어른거렸다. 버스 길로 나가 차를 잡기 위해 료이치는 짙은 안개 속을 걸어갔다.

'지독한 안개로군.'

료이치는 뒤를 돌아보았다. 몇 걸음 걷지 않았는데 데루코의 아파트는 벌써 불이 꺼져 형체도 그림자도 보이지 않았다. 삿포로에 살아온 지 30년, 이렇게 심한 안개를 료이치는 본 적이 없었다.

사방 어느 쪽을 둘러보아도 사람의 그림자도 사물의 형체도 없었다. 료이치는 갑자기 불안해졌다. 방금 돌아온 길을 되돌아가니, 이윽고 데루코의 아파트가 환상처럼 어렴풋이 모습을 나타내었다. 료이치는 겨우 안심하고 다시 걷기 시작했다.

걸을 때마다 눈길이 소리를 냈다. 료이치는 이 소리가 싫었다. 아파트 앞 광장을 지나자, 약국 한 군데만 불빛이 환한 거리로 나섰다. 버스길로 나가지 않고 료이치는 거기서 택시가 지나가기를 기다리고 있었다. 평소에도 택시가 잘 다니지 않는 거리였다. 하지만 그날 밤은 10분 가량을 기다려도 차가 오지 않았다. 오늘밤은 크리스마스 이브라서 차가 거의 중심가로 몰려갔으리라 생각하고 료이치는 버스가 다니는 쪽으로 걸어갔다.

스포트라이트를 받은 것처럼 거리의 집들이 안개 속에서 조금씩 그 모습을 드러내더니 얼마 후에는 다시 안개 속으로 사라졌다. 료이치는 멈춰서서 뒤를 돌아보고는 다시 걷기 시작했다.

이제 50미터쯤만 가면 버스가 다니는 길이었다. 그곳에 있던 술집 창고

가 헐리고 1년쯤 전부터는 공터로 남아 있었다. 이곳을 비스듬히 가로지른 길이 있었다. 료이치는 공터로 발길을 옮겼다.

얼마 걷지 않아 다리가 휘청거렸다. 아무리 오래간만에 마신 술일지라도 겨우 한 잔의 위스키로 이렇게 취하다니 생각하면서, 료이치는 쓰디쓰게 웃었다. 머리가 무척 몽롱했다. 머리 속에도 안개가 낀 것 같았다.

그곳에서 다섯 걸음쯤 걸었을 때 갑자기 무거운 몽둥이가 머리를 내리치는 것 같은 졸음이 엄습해 왔다. 정말 이상한 졸음이었다. 료이치는 그것이 수면제 때문에 밀려드는 졸음이라는 것을 몰랐다. 아무리 정신을 차리려고 해도 도저히 견뎌낼 수 없는 졸음이었다. 료이치는 몸을 웅크리고 앉아 차가운 눈으로 얼굴을 씻으려고 했다. 그러나 손이 마음대로 움직일 수 없자 료이치는 눈 속에 쓰러지고 말았다.

'너무 졸린데, 왜 이렇게 졸릴까?

이렇게 추운 겨울밤에 이대로 잠들면 죽을 거라고 료이치는 생각했다. 그러나 그것마저 공포감으로 느껴지지 못할 정도로 료이치는 깊은 잠에 빠져들고 있었다.

'단 한 잔의 술로…….'

가까이에서 자동차의 클랙슨 소리가 울리더니 헤드라이트가 몸을 웅크리고 있는 료이치 위를 확 비치고 지나갔다. 료이치는 잠에 끌려가고 있었다. 나오미의 얼굴도 데루코의 얼굴도 머리에 떠오르지 않았다. 오직 캄캄한 졸음의 늪 속으로 끌려가고 있었다.

* * *

나오미는 시계를 쳐다보았다. 11시가 지나고 있었다.

「료이치가 늦는구나.」

아이코가 걱정스럽게 말했다.

「이야기가 잘 안 되는 모양이지.」

고스케는 차디찬 나오미의 옆모습을 바라보고 있었다. 아까부터 나오미는 말이 없었다.

「나오미, 몇 시쯤에 돌아온다고 했니?」

낙천적인 아이코였지만, 오늘따라 불안하다는 듯이 물었다.

「일찍 돌아오겠다고 했는데 이렇게 늦어지네요. 그만 자죠, 뭐.」

나오미는 귀찮다는 듯이 말했다.

「난 그만 가서 자야겠다. 크리스마스 축하회 때문인지 좀 피곤해.」

고스케는 목을 두세 번 빙빙 돌리더니 방을 나갔다. 자기마저 자지 않고 있으면 나오미도 신경이 쓰일 것이라고 생각했기 때문이었다.

「싫어졌어요.」

고스케가 나가고 나서 나오미가 말했다.

「뭐가?」

아이코는 료이치를 위해 손수 잔 흰 스웨터를 만지면서 말했다.

「몸이 조금 날 만하니까 또 바람을 피우는 거예요. 그 사람…… 정말 싫어요.」

나오미는 료이치가 위스키 병을 들고 데루코한테 간 것을 생각하고 있었다.

「그렇지만 나오미야, 료이치가 돌아오려고 해도 돌아올 수 없는 사정이 생겼는지도 몰라. 아니면 도중에 몸이 불편한지도 모르지 않니?」

아이코는 이렇게 말할 수밖에 없었다.

「설마 돌아올 수 없을 만큼 몸이 나빠지지는 않았겠지요.」

「아무튼 전화라도 해보렴. 너무 늦는구나.」

아이코는 왠지 불안했다.

「괜찮아요, 돌아오지 않아도. 이대로 헤어져도 좋아요.」

데루코에게 전화를 건다는 것은 나오미로서는 몹시 자존심 상하는 일이었다.

「어머니, 그만 자요. 꽤 추워졌어요.」

나오미는 자리에서 일어섰다.

「잘 거니?」

「더 이상 기다리지 않겠어요.」

나오미는 시계를 쳐다보고는 「안녕히 주무세요!」 하고 방을 나왔다.

나오미는 료이치의 이불에서 가능한 한, 멀리 떨어져서 이불을 폈다.

나오미는 료이치의 베갯머리에 놓여 있는 흰 천을 덮은 캔버스를 바라보는 것조차도 울화가 치밀었다. 헤어져도 좋다고 생각하고 있었는데, 지금쯤 료이치가 데루코와 무엇을 하고 있을까 하고 생각하니 나오미는 질투심에 몸을 가누지 못했다. 더구나 자기 몰래 료이치와 데루코가 여러 번 오늘밤과 같은 시간을 가졌다고 생각하니 몹시 고통스러웠다.

나오미는 이불 속에 드러누웠다.

지금 료이치가 뿌연 안개에 싸여 홀로 눈 위에서 죽어 가고 있다고는 상상조차 하지 못했다.

양치는 언덕

연기가 초원 위를 기어가는 것일까 하고 나오미는 양치는 언덕의 울타리에 기대어 서서 시선을 떼지 않았다. 연기가 기어가는 것처럼 보인 것은 바람이 초원 위를 스쳐 지나가기 때문이었다.

울타리 안에는 6월의 햇살을 받아 2백여 마리의 양떼가 풀을 뜯고 있었다. 풀을 뜯는 데 몰두하고 있는 그 무리 속을 아장아장 뛰어가는 한 마리의 양이 있었다. 귀여운 모습이었다.

「무리에서 떨어져 외롭게 걷는 놈이 있군.」

나오미에게서 조금 떨어진 곳에 서 있던 다케야마가 가까이 다가왔다.

「네.」

다케야마와 교코의 초청으로 나오미는 교외에 있는 양치는 언덕으로 왔다. 나오미를 불러내고는 급한 볼일이 생겼다고 하면서 교코는 끝내 모습을 보이지 않았다.

료이치가 죽은 지 벌써 반년이 지났다. 료이치는 눈 위에서 잠든 듯이 얼어죽었던 것이다. 아침에 지나가던 행인이 료이치를 발견하고 경찰에 신고했다. 료이치의 호주머니 속에 기다시치조(北七條) 교회 주보가 있었기 때문에, 경찰에서 교회로 혹시 아는 사람이 없느냐고 연락이 왔다.

전화는 아이코가 받았다. 처음에 '동사체(凍死體)'라는 말을 잘 알아듣지 못하고「동사체요?」하고 다시 물었을 때, 깜짝 놀란 것은 바로 옆에 있던 고스케였다.

료이치가 데루코와 잘 거라고 생각한 나오미는 새벽녘까지 잠을 이루지 못하고 뒤척였다. 그러다 어렴풋이 깜박 잠이 들려고 했을 때 어머니가 들어오더니「료이치가 큰일났어!」하고는 어깨를 흔들었다.

나오미는「그런 사람은 아무려면 어때요.」하고 돌아눕다가 어머니에게 뺨을 호되게 얻어맞았다. 아이코가 다른 사람의 뺨을 때린 것은 지금까지 한 번도 없었던 일이었다.

죽었다는 말을 듣는 순간, 나오미는 료이치와 데루코가 정사(情死)한 것으로 생각했다. 그러나 평화로운 얼굴로 잠든 듯이 죽어 있는 료이치를 보는 순간, 나오미는 깊은 바닷속에 던져진 것처럼 주위의 아무 소리도 들리지 않고 아무것도 보이지 않았다. 다만 죽어 있는 료이치의 얼굴만이 눈앞에 있었다.

「내가 죽였어.」

데루코는 이렇게 말하면서 절규했다. 그러나 나오미는 자기가 료이치를 죽인 거라고 생각하였다.

료이치는 집을 나설 때 손을 들어 나오미에게 미소를 지어 보였다. 그러나 나오미는 차디찬 표정을 바꾸지 않고 꼼짝도 하지 않은 채 료이치를 떠나 보냈었다.

'그것이 우리 부부의 마지막 작별이 될 줄이야······.'

나오미는 조용히 풀을 뜯고 있는 양떼들을 바라보았다. 그 후 반년, 나오미는 깊은 회한 속에서 료이치를 생각해 왔었다.

'단 한마디라도 빨리 돌아와 주세요 하고 생긋 웃어 주었더라면······ 이렇게 찌르는 듯한 아픔을 맛보지 않아도 되었을지 모른다.'

싸늘하게 식은 료이치의 시체를 껴안았을 때, 그 얼어붙을 듯한 차가움과 무거움을 지금도 나오미는 자기 팔에 느끼고 있었다.

집에 운반된 료이치의 시체를 둘러싸고 고스케와 아이코는 넋 나간 사람처럼 마냥 앉아 있었다. 달려온 료이치의 어머니는 크리스마스 이브에 밤새도록 술을 마셨는지 술 냄새를 풍기면서 새파랗게 질려 교코에게 안기듯이 하고 들어왔다.

나오미는 교코의 울음소리를 들으면서, 단순하게 료이치의 죽음을 슬퍼할 수 있는 교코가 부럽기까지 했다. 료이치가 미소를 지으면서 손을 들고 차에 올라타던 모습이 눈앞에 어른거려 슬픔보다는 자기 몸을 짓누르는 듯한 느낌이 앞섰다. 나오미는 온몸으로 흐느껴 울고 있었다.

료이치의 베갯머리에는 나오미에게 선물하려던 료이치의 그림이 흰 천에 덮여 있었다. 나오미는 문득 그것을 보고 일어나서 흰 천을 벗겼다. 매우 침착한 동작이었다. 나오미는 료이치가 자기에게 무엇을 남겼는지 알고 싶었다. 그림을 통해서라도 료이치의 목소리를 듣고 싶었다.

고스케도 아이코도 교코도 그리고 다케야마와 교회 임원들도 나오미의 손길에 비통한 시선을 모았다. 다만 노부코만이 엎드려서 료이치를 붙잡고 흐느끼고 있었다.

흰 천이 벗겨지고 그 그림이 캔버스 위에 바로 놓여졌을 때, 사람들 입에서는 동시에 탄성을 질렀다.

십자가에 매달린 예수 그리스도가 피를 뚝뚝 흘리고 있었다. 그 십자가 밑에서 그리스도의 피를 맞으며 그리스도를 지그시 쳐다보고 있는 사나이의 얼굴, 그것은 틀림없는 료이치의 얼굴이 아닌가? 울고 있는 듯한, 회한에 찬 그 료이치의 눈이 똑바로 십자가의 그리스도를 우러러보고 있다. 그것을 굽어보는 듯한 그리스도의 눈길은 얼마나 깊은 자비에 넘쳐 있는지! 자비로운 그 눈은 보는 사람의 마음을 위로하고도 남을 만큼 따뜻했다.

「그렇군…… 그랬군.」

고스케는 이렇게 말하고는 견딜 수 없다는 듯이 료이치의 시체를 끌어안았다.

'그랬군, 자네는…….'

이렇게 말하고 데루코의 집으로 갔었다. 료이치는 그리스도께 양손을 뻗치고 용서를 빌면서, 그리고 용서할 것이라 믿으며 죽어 갔다고 나오미는 생각했다.

'하지만 나는 그 사람과 데루코의 관계를 절대로 용서하지 않았어.'

나오미는 그림을 지그시 바라보면서 사무치는 마음의 고통을 참고 있었다.

나오미는 이렇게 사람의 마음을 격렬하게 감동시키는 그림이 이 세상에 존재한다는 것에 놀랐다. 그것은 료이치가 죽었기 때문인지도 모른다. 그러나 결코 그것 뿐만은 아닌 것 같았다. 나오미도 이 그림에 있는 료이치와 나란히 서서 십자가의 그리스도에게 자비를 빌고 싶은 심정이었다.

「훌륭한 신앙 고백이야.」

고스케가 감동 어린 목소리로 중얼거렸을 때, 나오미는 비로소 료이치에게 매달려 소리를 내어 울었다.

'용서하세요……'

나오미는 밤새도록 료이치에게 이렇게 부르짖었다. 료이치는 어느새 자기보다 훨씬 높은 경지에서 살고 있었다는 것을 나오미는 이제 겨우 알 수 있었다.

12월 26일, 료이치의 장례식은 교회에서 고스케의 인도로 지내게 되었다.

「그는 분명히 술꾼이었습니다. 내 딸 나오미는 술에 취한 그에게 매도 맞고 발로 채인 적도 있었습니다. 그러나 그는 병에 걸린 이후로 서서히, 아니 급격하게 변화되어 갔습니다. 나는 그가 교회에 나온 것을 본 적은 없습니다. 기도하는 모습도 보지 못했습니다. 그러나 그의 마음 깊숙한 곳에서 그는 하나님 앞에 용서를 빌고 있었습니다. 우리는 딸의 결혼을 반대했으나, 그는 결혼을 반대한 우리 부부에게 한 번도 적대감을 보인 적이 없었습니다. 그리고 그와 헤어지려고 냉정하게 외면한 딸에 대해서도 그는 용서를 비는 자세를 허물어뜨리지 않았습니다. 그는 독에 빠질 정도로 마시던 술을 끊고 사귀던 여성과도 손을 끊으려고 결심했습니다. 그러나 그녀가 내민 단 한 잔의 술에, 단 한 잔의 위스키에 그는 쓰러진 것입니다.

오랫동안 술을 끊었던 그의 몸에 위스키는 강렬한 작용을 한 것 같습니다. 그는 집으로 돌아오는 도중에 졸음이 밀려와 영원히 잠들게 되었습니다.」

고스케는 울고 있었다. 때때로 목이 메어 식사(式辭)가 끊어졌다.

「우리는 자칫 자기만을 옳은 사람처럼 생각하고, 남을 꾸짖고 냉담하게 심판하려고 합니다. 그렇지만 과연 하나님은 우리 인간에게 남을 심판할 권리를 주셨을까요? 저 성 바울조차도 자신을 죄인의 우두머리라고 말하고 있습니다. 우리가 하나님을 위해 할 수 있는 일은 남을 질책하는 일이 아니라 단지 용서를 비는 일뿐이 아닐까요? 여기 걸려 있는 그의 그림을 봐주십시오. 이것은 그가 십자가 밑에서 용서를 비는 모습과 그리스도가 흘리신 피를 양손으로 받아 '그리스도여, 당신을 십자가에 못 박은 저를 용서하소서!' 하고 고백하는 모습을 그린 그림입니다.

이 자리에서 나는 하나님과 여러분 앞에 고백합니다. 우리 부부와 나오미는 마음속으로 그를 꾸짖고 심판해 온 자들입니다. 그가 이미 회개하여 하나님께서 그를 용서해 주셨는데도 우리는 결코 그를 용서하지 못했던 것입니다. 사람들의 눈에는 그와 비교하면 우리 부부나 딸이 착한 사람처럼 보일지도 모릅니다. 그러나 하나님은 아십니다. 하나님께서 가장 싫어하는 것은 자기를 스스로 선한 인간으로 간주하는 것입니다. 그리고 남을 비난하고 자기만 옳다고 여기는 것입니다.

인간은 한 사람도 완전하지 못합니다. 나는 이 나이에 이르도록 날마다 얼마나 불완전하고 잘못이 많은 나날을 보내 왔는지 알 수 없습니다. 나는 젊었을 때, 아내가 있는데도 불구하고 다른 여성과 정을 통한 비열한 인간입니다. 비록 이와 같이 눈에 보이는 죄를 범하지 않았더라도 하나님의 빛으로 비쳐 볼 때, 도저히 얼굴을 들 수 없는 인간입니다. 인간은 실로 잘 못을 범하지 않고서는 살아갈 수 없는 존재이기 때문에, 우리는 다만 하나님과 인간에게 용서를 받지 않고서는 살아갈 수 없는 자들입니다.

그것을 잘 알면서도 우리 부부와 딸은 그를 용서하지 않고 그를 죽음에 이르게 한, 냉정하고 교만한 인간이었습니다.」

장례식 때, 아버지의 식사(式辭)를 나오미는 되새기고 있었다. 아버지와 어머니는 료이치를 용서하고 사랑하고 있었다. 그런데 아버지는 사람들 앞에서 자기 자신을 꾸짖고 있었다. 꾸짖음을 들어야 할 사람은 바로 자기가 아니었던가 하고 생각하며 나오미는 묵묵히 풀을 뜯고 있는 양들을 바라보았다.

료이치가 죽은 후 바로 열린 개인전에서 〈십자가의 그리스도를 우러러 보는 자화상〉은 상당히 좋은 반응을 일으켰다.

어떤 평론가는 「이런 천재를 미처 발견하지 못한 내가 미술평론가라는 것을 얼마나 부끄럽게 생각했는지 모른다.」라고 말했고, 신문에서는 「그림은 기교나 인스피레이션에 의해서만 태어나는 것이 아니라 깊은 영혼의 밑바닥에서 태어난다는 사실을 새삼 깨닫게 되었다.」라는 기사를 실었다.

＊ ＊ ＊

「나오미, 무슨 생각을 하고 있소?」

다케야마의 목소리를 듣고 비로소 나오미는 쓸쓸한 얼굴을 다케야마 쪽으로 돌렸다.

「선생님, 소세키(漱石)의『산시로(三四郞)』를 읽으셨어요?」

나오미는 먼 곳을 바라보며 생각에 잠겼다.

「읽기는 했지만⋯⋯.」

다케야마는 나오미가 무슨 말을 하려는지 짐작할 수 없었다.

「그 책에 ‘스트레이 쉽(방황하는 어린 양)’ 이라는 말이 나와요.」

「아마 미네코가 몇 번이나 산시로 앞에서 중얼거린 말이었지.」

「네, 그래요. 지금 이렇게 양치는 언덕에 와서 많은 양떼를 바라보니 ‘스트레이 쉽’ 이란 말이 자꾸만 떠오르는군요.」

다케야마는 고개를 끄덕였다. 그렇다, 인간은 이 양떼들보다도 더욱 어리석게 방황하는 존재라고 다케야마는 생각했다.

료이치가 죽었기 때문에 3월에 식을 올릴 예정이던 교코와의 결혼은 연기되었다. 솔직히 료이치가 죽지 않았더라면 다케야마는 교코와의 결혼을 아직도 망설였을지 모른다.

료이치가 죽기 전날, 나오미가 퇴근하기를 기다려 식사를 함께 하고 사랑을 고백한 다케야마는 교코에게서 자기의 마음이 멀리 떠나 있는 것을 느꼈다. 그리고 나서 료이치가 죽었다.

료이치의 죽음과 그가 남긴 그림에 다케야마의 마음은 몹시 흔들렸다. 데루코에게서 들은 료이치와의 그날 밤의 모든 이야기도 다케야마의 마음에 커다란 변화를 일으켰다.

그처럼 술을 좋아하던 료이치가 그대로 위스키를 데루코에게 돌려준 것과 데루코에게 사과하고, 결코 다시는 데루코의 매력에 사로잡히지 않는다는 것은 다케야마로서는 도저히 따르지 못할 경지처럼 생각되었다.

하나님을 믿는 신자로서, 료이치의 친구로서 자신이 해야 할 일은 교코와 결혼하는 것이라고 굳게 결심했다.

그러나 아직 스물 셋밖에 되지 않은 젊은 나오미가 일생을 독신으로 지낼 리는 없다고 생각하자, 교코에게는 미안하게 생각하면서도 다케야마의 마음은 흔들리고 있었다.

'슬픔에 싸여 있는 나오미를 멀리서 지켜보는 것이 진실되고 깨끗한 사랑이 아닐까?

「방황하는 어린 양!」

다케야마는 이렇게 중얼거리며 울타리에 등을 기댔다. 언덕을 넘어 빨간색의 관광버스가 먼지를 일으키면서 다가오고 있었다. 세일러복 차림의 소녀들이 세 대의 버스에서 내려오는 것을 다케야마는 조용히 바라보고 있었다.

나오미도 교코도 데루코도 모두가 전에는 저 소녀들처럼 세일러복 차림의 여고생이었던 것을 생각하면서, 다케야마는 옆에 있는 나오미를 바라보았다. 흰빛과 검은색이 조화를 이룬 외출복을 입은 나오미는 어른스럽게 보이고, 그 옆얼굴에서는 소녀에게서는 볼 수 없는 외로움이 깃들어 있었다.

소녀들이 울타리 근처에서 메를 지어 목장의 양떼를 배경으로 사진을 찍고 있었다. 이 소녀들도 앞으로 5년 정도 지나게 되면 제각기 어떤 길을 가게 될지 모를 일이라고 다케야마는 교사다운 감회에 젖었다.

「나오미, 숲 쪽으로 가지 않겠소?」

다케야마는 나오미와 어깨를 나란히 하고 걸어갔다.

「어머!」

나오미가 갑자기 멈춰 섰다. 숲 속에 캔버스를 세워 놓고 그림을 그리고 있는 청년에게 나오미의 시선이 고정되어 있었다.

「이쪽으로 갈까?」

다케야마는 숲 반대쪽을 가리켰다.

「아뇨, 숲 쪽으로 들어가요.」

나오미는 화필을 놀리고 있는 청년을 쳐다보면서 말했다. 무엇을 보아도 나오미는 료이치가 생각나서 괴로웠다. 그렇지만 아무리 괴롭더라도 그 현실을 외면하지 않고 살아가고 싶었다.

「며칠 전에 하코다테에 다녀왔어요.」

「하코다테에?」

다케야마는 가재도구도 없었던 호라이초의 썰렁한 방을 찾아갔을 때를 떠올렸다. 그때 다케야마가 기다린다는 것을 뻔히 알면서도 료이치는 좀처럼 돌아오지 않았었다.

그날 밤 밖에까지 다케야마를 배웅하면서 어디까지라도 따라올 듯하던 나오미를 뒤로하고 한 번도 뒤돌아보지 않고 언덕을 내려왔었다. 그러나 그날 밤 이후로 자기는 나오미에 대한 그리움이 한층 더 깊어졌다고 생각했다. 저 하코다테 산에 이르는 완만한 언덕길이 다케야마에게는 평생 잊을 수 없는 추억의 장소가 되고 말았다.

「그 호라이초의 2층이 괜스레 그리워져 무척 가보고 싶더라구요. 어쩐지 지금의 '나'는 진짜의 '나'가 아니고, '나'는 지금도 료이치와 함께 그 2층에서 살고 있는 게 아닌가 하는 생각이 들었거든요.」

나오미는 전찻길을 돌아 그 2층집이 고개 중턱에서 보였을 때, 가슴 가득히 애절한 그리움을 느꼈다.

「집 앞까지 가서 조용히 2층을 바라보니 창문이 드르륵 열리고 젊은 부부가, '날씨가 좋군!' 하면서 이야기를 나누고 있었어요. 힐끗 창 아래를 내려다보더니 별 이상한 여자가 서 있다는 얼굴을 하지 뭐예요.」

자기들은 그들처럼 행복해 보이는 부부는 아니었다. 가시 돋친 료이치의 말이며, 밥상을 뒤집어엎거나 재떨이를 내던진 료이치가 생각났지만, 그런 아픈 추억도 지금의 나오미에게는 모두 그립기만 했다.

아래층에서 하루를 보낸 나오미의 사정을 들은 그 젊은 부부가 방을 보여 주었다. 어두컴컴하고 경사가 급한 계단은 예전과 똑같아 가슴 아플 정도로 그리웠다. 그러나 방에 들어서자 화장대와 옷장, 그리고 찬장이 사람을 밀어낼 듯이 꽉 들어차 있었다. 그곳은 이제 남의 방으로 옛날의 나오미 방은 아니었다. 살림살이는 하나도 없이 캔버스나 구닥다리 같은 쇠주전자나 옻칠한 찬합, 냄비 거는 갈고리가 아무렇게나 달린 방은 아니었다.

「추억의 장소는 다시 찾아가는 게 아니라는데.」

하코다테를 찾아간 나오미의 마음을 생각하니, 다케야마도 가슴이 아팠다.

「하지만 찾아보지 않고서는 도저히 견디지 못하는 게 인정(人情)이라는 것인지도 몰라요.」

나오미는 엷은 미소를 지었다. 언덕 너머 저 멀리 흰 구름이 두둥실 떠 있었다.

「그렇겠지.」

「역시 지금의 저로서는 찾아가기를 잘했다는 생각이 들어요.」

나오미는 문득 데루코는 료이치에 대한 추억을 어디서 더듬을까 하고 생각해 보았다.

「데루코는 어떻게 지내고 있을까요?」

위스키에 수면제를 탄 데루코는 자기보다 훨씬 더 큰 가책을 받고 있을 것이라고 생각했다. 단순한 동사(凍死)로 처리한 경찰에 이 수면제 건은 아무도 발설하지 않았다.

「내가 죽인 거야.」 하고 절규하던 데루코를 나오미는 만나 보고 싶기도 했다.

'한 인간의 죽음이 이토록 사람의 마음을 크게 변하게 하는 것일까?

나오미는 료이치가 다정한 마음을 보여 주기 위해 죽은 것만 같았다.

「가와이는 그 아파트에서 나와 어머니에게로 돌아갔어.」

다케야마는 료이치의 죽음으로 나오미와 데루코가 얼마나 슬퍼하고, 또 괴로워했는지를 생각하고 있었다.

'난 어떠한가?

다케야마는 자기 자신을 돌이켜보고 온몸이 오싹해지는 것을 느꼈다. 여러 해 동안 친구이던 료이치의 갑작스러운 죽음은 확실히 뜻밖의 일이었고, 그가 남긴 그림에 의해 다케야마의 마음이 흔들리기도 했다.

그러나 과연 자기는 깊은 슬픔에 빠져 있는 것일까 하고 생각했다. 다케야마는 슬픔보다는 커다란 패배감을 느꼈다. 다케야마는 전에 료이치의 여자 관계 때문에 적지 않게 시달림을 받아 왔다. 사실 마음 한구석으로는 료이치의 자유분방한 여성 관계를 부럽게 생각한 적도 없지는 않았으나,

그러한 료이치를 인격이 비열한 자로 생각하며 한 단계 위에서 내려다본 것을 부인할 수 없다.

그러나 저 그리스도를 우러러보는 료이치의 자화상으로 인해 다케야마는 자기의 우월감이 처참하게 짓밟힌 것처럼 생각되었다.

'료이치처럼 하나님 앞에 공손히 머리를 숙이고, 하나님과 깊은 대화를 나눈 적이 있었는가?

다케야마는 료이치의 죽음을 슬퍼하기보다는 료이치에 대한 패배감이 큰 데에서 자기 마음이 너그럽지 못했음을 느꼈다. 좀더 대범하게 료이치의 신앙을 기뻐하고 그 죽음을 슬퍼해도 좋았을 것으로 생각되었다.

＊＊＊

「데루코는 매일 뭘 하고 지낼까요?」

나오미의 목소리는 부드러웠다. 그것은 자기 남편의 술잔에 수면제를 타서 죽게 만든 여자에 대한 말씨로는 생각되지 않았다. 다케야마는 죽은 료이치가 부러운 생각마저 들었다. 료이치가 남기고 간 나오미와 데루코는 결코 그를 원망하지 않았다. 원망하기는커녕 새롭게 사랑하고 있지 않은가? 다케야마는 질투와 비슷한 감정의 부러움을 느꼈다.

「사람은 언제 어디서 자기 인생이 끝날지라도, 그 단면만은 아름다웠으면 하네.」

전에 고스케가 한 말이다. 료이치는 갑자기 목숨을 잃게 되었으나, 그 단면은 얼마나 아름다운가 하고 다케야마는 생각했다.

「데루코보다도 나오미는 앞으로 어떻게 할 작정이오?」

양떼가 서서히 그 위치를 바꾸어 어느새 울타리 근처까지 와서 풀을 뜯고 있었다.

「저요?」

다케야마를 바라보는 나오미의 목이 하얗게 빛나서 눈부셨다.

「불우한 아이들의 보모가 되려고 해요. 료이치에게는 아버지가 안 계셨 잖아요. 그 사람의 어머니는 좋은 분이지만 살기 위해 너무 고생한 탓에 인간은 단지 돈만 있으면 된다는 인생 철학을 갖고 있었나봐요. 료이치는 그게 싫었던 게 아닌가 싶어요.」

료이치의 어머니 노부코는 끝내 료이치의 병문안을 한 번도 오지 않았 었다. 노부코는 폐병을 무서워했다. 다달이 2만 엔의 돈만 보내 주면 어머 니로서의 책임을 충분히 다하는 것이라고 생각했던 것 같았다. 그것은 고 스케와 아이코의 애정 속에 자란 나오미로서는 납득이 안 가는 모자(母 子) 관계였다.

「애정 따위보다는 1만 엔의 지폐가 빈 창자에 보탬이 되지.」 하고 언젠 가 노부코가 말한 적이 있었다.

「료이치는 애정보다는 돈을 중히 여기는 어머니 밑에서 자랐고, 결혼한 저마저 쌀쌀하게 대했으니 무척 외로운 일생을 보낸 것 같아요. 인간이란 언제 어떻게 마지막 이별을 할지 모르는데, 저는 그 사람을 냉정하게 대 하고…… 그게 마지막이었어요. 돌아오지 않아도 좋다고 전 심한 말을 해 버렸어요. 료이치가 저의 싸늘한 눈과 매정한 말을 생각하면서 죽어 간 게 아닌가 하고 생각하니…… 견딜 수 없어요. 그래서 속죄하는 뜻에서 불우 한 아이들의 보모가 되고 싶은 거예요.」

벌써 마음을 확고히 정한 것 같은 나오미의 말에 다케야마는 자기가 료이치와 나오미에게 따돌림을 받은 듯한 외로움을 느꼈다.

「그래요? 갈 곳은 정해졌소?」

「네, 아버지 신앙의 선배 되시는 분이 원장으로 계시는 학원이에요. 말하자면 모두 비행 청소년들이지만, 넓은 농장에서 밭을 일구고 소를 기르고 하나봐요.」

나오미는 이렇게 말하고 처음으로 환한 미소를 지었다. 다케야마는 비행 청소년들과 함께 밭일을 하고 있는 나오미의 모습을 상상해 보았다. 그것이 진정 나오미가 행복하게 사는 모습일까 하고 생각했다.

「왠지 서글픈 생각이 드는군.」

「어머, 왜 그럴까요? 전 료이치가 죽고 나서 날마다 제가 용서한다는 말한 마디만 했더라면, 이토록 괴롭지 않았을 거라고 슬퍼만 했어요. 선생님, 슬픔이란 얼마나 비생산적인 감정일까요? 이렇게 살다가는 식욕도 잃은 채 제 몸은 완전히 망가지고 말 것이라는 생각이 들었어요.」

「그래?」

그렇게까지 슬퍼했나 하고 다케야마는 생각했다. 그의 목소리에는 깊은 동정심이 깃들어 있었다.

「네, 슬픔이란 목숨을 빼앗을 수 있는 에너지예요. 이것을 깨달았을 때, 저는 힘을 얻었어요. 이 에너지를 다른 곳에 쏟아야겠다고 생각했어요.」

「음, 그래서 슬픔을 에너지로 바꾸려고 했단 말이지요?」

「네, 그렇게 생각하니 하나님으로부터 받은 에너지를 낭비하여 자기 혼자서 슬픔에 잠겨 있다는 것은 잘못이라고 생각되더군요. 전 학원에서 열심히 일할 거예요. 그리고 아이들에게 살아갈 희망과 용기를 주는 동화를 쓰고 싶어요. 단 한 편이라도 좋으니 말이에요.」

「그래?」

다케야마는 고개를 끄덕이고 숲 옆으로 나 있는 오솔길로 들어섰다.

「교코와는 언제 결혼하실 거예요?」

나오미는 급한 볼일이 있다면서 함께 오지 않은 교코가 아까부터 마음에 걸렸다.

다케야마를 사모하던 마음이 료이치의 죽음으로 씻겨졌다면 거짓말일지 모른다. 언젠가 이 슬픔이 가시는 날 나오미는 다케야마에게로 마음이 이끌리는 때가 올지도 모른다고 생각했다.

그러나 료이치 때문에라도 교코가 다케야마와 결혼했으면 하였다. 그것은 료이치에게 용서를 비는 일이기도 했기 때문이었다.

「글쎄, 올 가을쯤이 되지 않을까.」

다케야마와 나오미의 시선이 마주쳤다.

「올 가을에요?」

이제는 다케야마와 둘이서만 만나는 일이 없을 거라고 생각하며 나오미는 시선을 돌렸다.

「교코가 신부 옷을 입은 모습은 무척 아름다울 거예요.」

다케야마는 일그러진 표정을 보이지 않기 위해 양떼들에게로 눈을 돌렸다.

'나는 신부 옷을 입고 료이치와 결혼한 것은 아니었어.'

나오미는 처음 료이치와 맺어질 때를 생각했다. 하코다테의 2층에 있던 료이치의 이불 위를……. 나오미는 다케야마에게서 떨어져 숲 옆의 작은 길을 따라 내려갔다. 그러나 그 길의 끝에는 철조망이 쳐져 있고 '이 이상 들어가지 마시오'라는 푯말이 세워져 있었다. 나오미는 그 푯말 옆에 서서 널따랗게 펼쳐진 목장을 바라보았다. 풀밭 위를 바람이 스쳐 가면 연기가 기어가는 것 같았다. 완만한 언덕 너머에 떠도는 흰 구름을 바라보면서 나오미는 료이치를 생각했다. 료이치가 그림처럼 십자가 밑에서 예수를 향해 양손을 뻗친 채 하늘에 있는 것 같았다.

「무얼 보고 있소?」

다케야마가 다가왔다.

「저 멀리 구름을요.」

나오미는 다케야마에게서 등을 돌린 채 말했다.

「구름?」

불현듯 다케야마는 나오미 옆에 우뚝 서 있는 '이 이상 들어가지 마시오'라고 쓴 푯말을 보았다.

'그렇다, 나는 이제 더 이상 나오미에게 다가가서는 안 된다. 눈에 보이지 않는 출입금지의 푯말을 인간은 언제나 똑바로 보아야 한다.'

다케야마는 교코의 희고 부드러운 얼굴을 생각했다. 교코를 사랑하는 것 말고는 다른 길이 없다고 생각하고 다케야마는 나오미에게서 조금 떨어져 양떼를 바라보았다. 양떼를 바라보는 다케야마의 눈에 눈물이 맺히는 것을 나오미는 알지 못했다.

다케야마는 나오미가 바라보고 있는 저 멀리 흰 구름으로 시선을 옮겼다. 구름은 햇살을 받아 밝게 빛나고 있었다.

작가와 작품 해설

미우라 아야코의 생애와 작품 세계

1922년, 홋카이도 아사히가와 시에서 태어난 미우라 아야코는 1939년 1 아사히가와 시립 고등 여학교를 졸업했다. 이후 그녀는 초등학교 교사가 되어 1946년까지 열과 성을 다해 학생들을 가르쳤다. 그러나 교사 생활에 대한 보람과 열정은 태평양 전쟁으로 말미암아 퇴색하고 만다.

1940년부터 1945년에 걸쳐 일본의 전시 교육이 담당한 가장 큰 과제는 '인간이 되기 전에 국민이 되라' 는 것이었다. 당시의 일본 교육은 천황 폐하의 국민을 만드는 데 그 목적이 있었던 것이다. 그런 잘못되고 왜곡된 인간관을 갖고 교육에 열중했던 미우라 아야코는 1945년 패전과 동시에 미군이 진주함에 따라 교육의 의미를 새롭게 인식하게 된다. 미국인에 의해 이전의 국정 교과서의 여러 군데를 삭제해야 했던 교사로서, 지금까지 옳다고 아이들에게 가르쳤던 것을 다시 그릇되다고 말해야 하는 국면에 놓이게 된 것이다. 그리하여 교사 생활에 대한 회의와 자책감에 시달리다가 1946년 패전 이듬해에 7년에 걸친 교사 생활을 그만두게 된다.

교직을 떠난 지 한 달 남짓 되었을 때 그녀는 폐결핵과 척추 카리에스라는 병으로 투병 생활을 시작하였다. 그러한 그녀의 투병 생활에 유일한 버팀목이 된 것은 소꿉동무인 마에가와 다다시였다. 그는 미우라 아야코가 초등학교 2학년일 때 옆집에 이사와 같은 학교에 다닌 2년 선배로서 홋카이도 대학 의학부에 다니던 수재였다.

그는 침상에 있는 미우라 아야코와 사랑을 싹틔우며 그녀를 기독교로 인도하였다. 그리하여 1952년 30세의 나이에 미우라 아야코는 병상에서 세례를 받았다. 그러나 그녀에게 찾아온 사랑은 오래 가지 못했다. 마에가와가 폐결핵으로 세상을 뜨고 말았기 때문이다. 이에 절망으로 하루하루를 보내던 미우라 아야코는 마에가와를 닮은 미우라 미쓰요를 만나게 된다. 미우라 아야코의 폐결핵이 완치되고 결핵성 카리에스도 7년 동안의 사투 끝에 완쾌되자 그들은 1959년에 결혼을 하였다. 그때 그녀의 나이는 37세, 미쓰요는 35세였다. 그 후 그녀는 남편의 뒷바라지를 하면서 잡화상을 경영하며 틈틈이 소설을 쓰기 시작했다. 이에 습작기에 다져졌던 그녀의 문학적 재능은 1964년에 소설 『빙점』이 아사히 신문에 당선됨으로써 그 면모를 드러내게 된다.

그녀의 대표작이기도 한 『빙점』은 인간이기 때문에 누구나 어쩔 수 없이 떠안고 있는 약점——배반·좌절·절망·죽음의 깊은 나락——에서 헤어날 수 있는 길을 깊은 신앙의 사랑 안에서 모색하고 있다.

인간의 문제는 모럴로 해결되지 않는다는 것이 그녀 작품 세계의 대전제가 된다. 인간은 모럴에 충실하려 할수록 자책과 죄의식에 빠지게 된다는 것이다.

또한 미우라 아야코의 작품은 두 가지 시각에 의해 주제 의식이 표출된다. 그 하나가 기독교적 시각이며, 다른 하나는 어린이들을 향한 애정어린 시각이다. 이러한 시각을 바탕으로 하여 『빙점』은 '원죄'라는 주제를 중심으로 하면서 일상 생활 속에서 치유될 수 없는 영혼의 아픔을 그리고 있고, 어린이에 대한 애정어린 시각이 사건의 발단이 되는 것이다.

작품 줄거리 및 해설

문학을 인간의 해명이라고 볼 때, 인간의 절망을 해명한 작품, 인간의 부조리를 해명한 작품, 인간의 자기 상실을 해명한 작품 등은 많이 볼 수 있지만, 인간 구제를 발견할 수 있는 작품은 흔치 않다. 인간의 병에 대한 진단은 있지만, 과연 어떻게 살아갈 것인가에 대한 처방은 없는 것이다.

그러나 『양치는 언덕』은 인간의 깊숙한 현실을 해명하고 어떻게 살아갈 것인가를 제시하는 구원의 문학, 소망의 문학이 어떤 것인지를 잘 보여주고 있다.

새로운 학교로 전학을 온 나오미는 아름다운 소녀이지만 누구에게도 마음을 열지 않고 수업시간에는 창밖만 내다보는 등 새로운 환경에 적응하지 못한다. 뿐만 아니라 그녀는 자기가 목사의 딸이라는 것마저 말하기를 기피하는데, 이것은 뚜렷한 이유를 갖지 않은 불만족 때문이다. 이 불만족은 미우라 아야코의 문학에서 나타나는 중요한 문제이기도 하다.

영어 선생인 다케야마 데쓰야는 나오미의 무관심한 태도를 안타깝게 지켜보며 남몰래 그녀에 대한 사랑을 키운다. 나오미도 그러한 사랑에 동요되는 감정을 느끼지만 분명하게 의식을 하지는 못한다. 이에 다케야마는 나오미가 좀더 성숙하기까지 시간이 필요하다는 것을 깨닫는다.

한편 나오미의 친구인 교코의 오빠이며 다케야마의 친구이기도 한 스기하라 료이치는 나오미의 아름다움에 반해 적극적인 애정 공세를 퍼붓는다. 료이치는 어린아이다운 천진함과 솔직함이 있지만 자기 중심적이고 여자관계가 복잡한 사람이었다. 이러한 사실을 알지 못한 나오미는 그에게 강하게 이끌리고 마침내는 결혼을 결심하기에 이른다.

나오미의 아버지 고스케는 료이치의 사람됨을 간파하고, 한순간의 감정에 사로잡혀 료이치와 결혼하려는 나오미를 설득한지만 나오미는 료이치와의 생활을 시작한다. 사랑이라고 믿었던 그사람을 미워하게 되리라고는 꿈에도 생각지 못한 채 달콤한 생활을 시작하지만 점차 료이치의 인간 됨됨이가 드러나면서 나오미는 실망과 좌절로 하루하루를 보내게 된다. 그러나 작가는 료이치가 잘못을 뉘우칠 수 있는 기회를 준다. 폐병에 걸린 료이치가 따뜻한 사랑에 의해 완치되면서 점차 그도 성실하고 긍정적인 인간으로 변모하게 되는 것이다. 여기에 '사랑'에 대한 작가의 견해가 담겨 있다.

그러나 료이치는 새 삶을 살아갈 가능성이 엿보인 가운데 죽음에 이르게 된다. 이로써 나오미는 료이치가 폐병에 걸리고 그동안의 잘못을 뉘우치는 동안 그가 자기보다 훨씬 높은 경지의 삶을 살았다는 것을 깨닫게 된다. 여기에서 우리는 에로스적 사랑이 아가페적 사랑으로, 죄가 용서로 승화되는 과정을 볼 수 있다.

　미우라 아야코의 작품에는 다른 작가에게서 느낄 수 없는 용서와 사랑에 대한 그녀만의 시각이 담겨 있으며, 또한 이것은 그녀의 문학 세계를 탄생시킨 근간이 되고 있다.

작가 연보

1922년	4월 25일, 홋카이도 아사히가와 시에서 출생.
1939년(17세)	아사히가와 시립 고등 여학교 졸업. 이후 초등학교 교사가 되어 7년 동안 근무.
1946년(24세)	태평양 전쟁 패전 이후 국가의 기만과 교육의 오류를 알고 교직에서 떠남. 6월, 폐결핵 발병, 후에 척추 카리에스가 병발하여 13년 동안 투병 생활을 함.
1948년(26세)	결핵으로 요양중인 마에가와 다다시와 재회.
1952년(30세)	마에가와 다다시의 사랑으로 기독교 세례를 받음.
1959년(37세)	마에가와 다다시가 죽은 후에 알게 된 미우라 미쓰요와 결혼.
1961년(39세)	아사히가와 시내에서 잡화상을 개업.
1962년(40세)	1월, 잡지 《주부의 벗》에서 모집한 제1회 〈사랑의 기록〉에 응모, 「태양은 다시 지지 않는다」가 당선.
1964년(42세)	7월, 《아사히 신문》 1천만 엔 현상 소설 공모에 『빙점』이 당선. 잡화상 폐업.
1965년(43세)	11월, 『빙점』을 아사히 신문사에서 간행.
1966년(44세)	12월, 소설 『양치는 언덕』 간행.
1967년(45세)	10월, 수필집 『사랑하며 믿으며』 간행.
1968년(46세)	5월, 소설 『집짓기 장난감 상자』 간행. 9월, 소설 『시오가리다케』 간행.

1969년(47세)	1월, 자전소설 『길은 여기에』 간행. 10월, 단편집 『병들었을 때에도』 간행.
1970년(48세)	5월, 소설 『심판의 집』 간행. 12월, 자전소설 『이 질그릇에도』 간행.
1971년(49세)	5월, 소설 『속 빙점』 간행. 12월, 『빛이 있는 동안에』 간행.
1972년(50세)	6월, 수상집 『살며 생각하며』 간행. 소설 『자아의 구도』 간행.
1973년(51세)	3월, 소설 『잔영』 간행. 4월, 미쓰요 아야코 대담집 『사랑에 멀리 있으리』 간행. 5월, 마에가와 다다시와의 왕래 서한집 『생명에 아로새긴 사랑의 흔적』 간행. 11월, 미쓰요 · 아야코 합동 가집 『함께 걸으면』 간행. 11월, 단편집 『죽음의 저쪽까지』 간행.
1974년(52세)	4월, 자전소설 『돌멩이의 노래』 간행. 11월, 미쓰요 · 아야코 공저 수상집 『태양은 언제나 구름 위에』 간행. 12월, 『구약성서 입문』 간행.
1976년(54세)	3월과 5월에 소설 『아마기라 원야』 간행. 4월, 소설 『들의 숲』 간행.
1977년(55세)	3월, 소설 『넓은 미로』 간행. 4월, 『흙탕물 지대』 간행. 6월, 소설 『끝없는 언덕』 간행. 12월, 『신약성서 입문』 간행.
1978년(56세)	10월, 단편집 『독보리의 계절』 간행. 11월, 수상집 『하늘의 사닥다리』 간행.
1979년(57세)	4월, 소설 『속 흙탕물 지대』 간행. 수상집 『고독의 이웃』 간행. 5월, 소설 『바위에 서라』 간행.
1980년(58세)	3월, 역사소설 『센리큐와 그의 아내들』 간행.

1981년(59세)	4월, 소설 『해령』 간행. 10월, 화문집 『예수 그리스도의 생애』 간행. 12월, 『우리들의 예수님』 간행.
1982년(60세)	2월, 『내 청춘에 만난 책』 간행. 4월, 소설 『푸른 가시』 간행. 5월, 직장암으로 수술을 받음.
1983년(61세)	5월, 『미우라 아야코 작품집』 제1권 간행, 소설 『물이 없는 구름』 간행. 9월, 『샘에의 초대』 간행. 10월, 수필집 『내 마음을 사로잡은 말』, 소설 『사랑의 귀재』 간행.
1984년(62세)	1월, 소설 『폭풍이 불 때에도』를 《주부의 벗》에 연재 시작. 5월, 『북국의 일기』 간행. 7월, 소설 집필을 위해 미국, 이탈리아, 이스라엘, 그리스에 취재 여행. 6월, 귀국. 10월, 『미우라 아야코 작품집』 전18권 간행.
1985년(63세)	수상집 『흰 겨울날』 간행.11월, 『나나카마도의 거리에서』 간행.
1986년(64세)	3월, 『성서에서 본 인간의 죄』 간행.
1999년(77세)	10월, 다장기부전증으로 홋카이도 아사히가와 시에서 사망.